编／曹启文

编／张子帆

执行主编 / 宋子坤

主编 / 曹启文

浙江文坛

2020 卷

ZHEJIANG WENTAN (2020 JUAN)

浙江省作家协会　编

浙江文艺出版社

浙江文坛

2020 卷

ZHEJIANG WENTAN (2020 JUAN)

浙江省作家协会　编

浙江文艺出版社

浙江文坛

2020 卷

ZHEJIANG WENTAN (2020 JUAN)

浙江省作家协会 编

浙江文艺出版社

目录

胸中丘壑　纸上云山
——2020 年浙江长篇小说创作管窥

| 周保欣 | 余艺盈 |

2020 年浙江长篇小说气势不凡。钟求是的《等待呼吸》、张忌的《南货店》是本年度的重要收获，出版后，引起极大的反响。海飞的《醒来》《战春秋》，延续着之前谍战小说的写作路线，继续深化。哲贵的《金乡》、浦子的《长骨记》，则是近些年喧腾热闹的"非虚构写作"的浙江实践。此外，陈集益的《金塘河》系列，呈现出来的是对浙江独特的"乡土"生活和精神气质的把握。孔亚雷的《李美真》、郁雯的《瞬息间是夜晚》，都各有独特的创造。本年度，共收集到长篇小说十四部。就已经收集到的长篇小说来看，2020 年浙江省的长篇小说还是很有可论之处的。

一

钟求是的《等待呼吸》是 2020 年度的重头戏，小说出版以来产生很大的反响，浙江财经大学和北京十月文艺出版社联合召开《等待呼吸》的作品研讨会，《文艺报》、《文学报》、《文汇报》、中国新闻网等十余家媒体，报道了研讨会的研讨情况。除零散的评论外，《小说评论》（2021 年第 1 期）、《南方文坛》（2021 年第 2 期）还分别开辟专栏，专题研究钟求是和他的《等待呼吸》。这部小说之所以能够产生如此之大的影响，当然是由作品本身的质量决定的。对钟求是这个年龄段的作家来说，可能普遍存在着某种自我经典化的焦虑，用钟求是自己的话说，那就是他想"写一部压得住岁月"的小说。这种"压得住岁月"的念想，是路遥写出《平凡的世界》、陈忠实写出《白鹿原》的基本的动力。《等待呼吸》未必就是钟求是此生写作的最高点，但至少是他到目前为止，写得最为沉实、最为厚重的一本书。

《等待呼吸》出版以来，关于这部小说的评论文章已经很多了，评论者众说纷纭，新见迭出。从叙事的表层结构上看，小说写的是夏小松和杜怡的爱情故事；但如果我们据此就以为《等待呼吸》是一部情感小说，那就大错特错了。事实上，钟求是是在以大野心、大坚持、大气魄、大创造，营构着这部小说，更准确地说，钟求是是在为一代人和一个时代进行"精神气象学"的造型。这一代人，就是我们通常所说的"60后"的一代人，而那个时代，就是20世纪80年代。这个代际和年代学的承载者，毫无疑问就是夏小松。他出生于20世纪60年代中期，成长于80年代，死于90年代初期遥远的莫斯科街头的一颗流弹。在他的身上，有着20世纪60年代人身上普遍存在的理想主义，有着那个年代出生的人普遍存在的对于诗歌、艺术、真理的热爱，也有着60年代人更为深刻的某种特殊的历史幽暗意识。而夏小松的生命所全部展开的时代，则是一种经典化的"80年代"，充满着梦想、希望、热情、乌托邦幻想，在他的生命中，洋溢着对艺术、国家、社会、人民、政治的激情和热爱。

就《等待呼吸》而论，夏小松与其说是一个人物，毋宁说是一个符号，承载着作家钟求是对他自己那一代人和"80年代"的文化想象。夏小松死于1991年，可是他的价值、意义却构成记忆的力量，借助杜怡的生命而进入到90年代和新世纪。夏小松死了，却是真正地活着；杜怡活着，却是真正地死去了，她死于"80年代"，活着的是她的肉身。她在此后的世事中历经的挫折和磨难，不过是"80年代"和"90年代""新世纪"的文化冲突借她的肉身还魂而已。

从当代文学史乃至文化史的意义上看，《等待呼吸》是一部具有开拓性意义的重要小说。我们的文学史上，不缺令人动容的爱情故事，但像《等待呼吸》这样为一代人进行精神造型，为一个时代造型，而又能写出生动的时代生命气象和深刻的文化冲突的小说，则实不多见。特别是"80年代"，在当下的中国知识分子那里，是具有精神原乡意味的，而如何以小说的形式，去为那个时代赋性、赋形，为那个时代留下一座文学的纪念碑，文学界其实并没有切实的努力。正因如此，《等待呼吸》是一部具有补白意义的小说，是可以且应该进入文学史的。

与钟求是的《等待呼吸》相比，张忌的《南货店》是另一种风格的小说。钟求是是小说家中的"少林派"。虽说因为题材的限制，《等待呼吸》中有很多悬置、空白，有很多"不言之言"，但钟求是毕竟是一个讲究直接面对、讲究短兵相接、讲究力量的作家，《等待呼吸》更是如此。而张忌的小说则有"峨眉派"的风范，亦柔亦刚，内外相重，化万法为一法，以一法破万法。张忌的"法"，便是写俗世，写众生，写日常，写烟火。和《等待呼吸》相仿，《南货店》的年代感也极强，故事起于70年代，终于90年代。《等待呼吸》是一部可以用"大词"勾连和贯穿的小说，而《南货店》则通篇都是以小人物、小场景、小事件、小悲小喜串联铺叠而成。故事以陆秋林的小半生为线，从他到南货店做学徒起笔，波澜不惊，与各色人等交往，通过微不足道的小冲突，叠现微不足道的小人物各自斑斓的个性，穿插进形形色色的人事和命运。时代的风云变幻，全化为饮食男女的新仇旧怨、爱憎别离。

在《南货店》中，张忌有着与他的年纪不相称的沉稳和老练。语言的老练、叙事的老练倒在其次，重要的是对世间人事、物事的拿捏，张忌的深邃，既有一种入乎其内的老到，亦有出乎其外的通达和超然。张忌不温不火，不急不躁，虽说是写"大时代"，但小说中却全然没有大时代的浩荡之气，没有大时代的雷霆万钧，他在生活外表的内敛和平静中，不疾不徐地去勘探特殊世道下人心、人性的沟壑。这里面，有因时因势而变的东西，也有万古不变的东西。张忌如惯看秋月春风的大隐，又如参透人世万般苦厄的老僧，他"见"人来人往，亦"见"云卷云舒。他的这份稳重，倘若归结为一个字，我以为那就是一个"了"字，小说中的芸芸众生，好了，散了，来了，去了，困觉了，出格了，得恶疾了，逝去了……世间事的生死成败、兴衰明灭，全在那些个人事了了的"了"字当中。张忌的小说有烟火气、世俗气、人间气，但是作家的骨子里却是通透的和明亮的。世事的跌宕，生活的局促和悲喜，人性的困厄挣扎，这些在其他小说家那里可营构大冲突、大震荡的东西，在张忌这里却似乎成了可有可无之物，张忌在更高的层面上，把握到了艰难之为人世间的本相。张忌是"明白"的，但倘若作家就以"明白"写小说，恐怕就了无趣味了。张忌的高明之处，就在于他"明白"后却收敛起自家的"明白"，不以小说家的"明白"去映衬小说中人物的"明白"或"不明白"，而是用小说呈现时代逻辑和人物自身的逻辑，让他或她去活出自己的"明白"或"不明白"。就像故事将尽之时，知秋那句意味深长的话所说的那样："人嘛，就是活那么一点痴迷，否则还有什么劲道？"有所痴，有所迷，生命才能蓬勃起来，人世间才有它的"好玩"。

海飞的《醒来》和《战春秋》是两部谍战小说。在这两部小说中，海飞延续着他一贯的写作风格。险奇、诡谲、突变、陡转，构成海飞谍战小说的情节要素。《醒来》讲述了照相师陈开来为国家和信仰而战的故事。小说设定的叙事背景为抗战时期。从过去的创作情况看，海飞谍战小说的一个主要特点，就是对"三"的巧妙运用。这部小说也不例外：上海—杭州—重庆，构成《醒来》空间地理上的"三"；中共—军统—日本和汪伪政权，则构成小说中政治势力博弈上的"三"。就小说而论，某种意义上，"三"是开放的、动态的，具有叙事发散性的一个结构性要素。"三"是变化的端点，可以生变，故有"三生万物"之说；"三"也是小说能够均衡、平稳、绵延的法宝。倘若仅仅是"二"，那么，你死我活的生死缠斗，自然就少了些不可预料的变化。《醒来》值得关注的另外一点，就是对那个年代的城市风貌以及种种风土人情和物质生活细节的描写，像勉牌自动打火机、照相馆、仙浴来澡堂、76 号特务机关、石库门民居秋风渡等，都是别具时代风味的。

　　《战春秋》是海飞谍战小说在时空维度向古代的延伸。小说主要围绕"勾践灭吴"这一著名历史事件展开。勾践乃败国之君，十年卧薪尝胆，最后一雪奇耻。史载，越国"败吴于囿，又败之于没，又郊败之，遂灭吴"。海飞的目的不在重述历史，而在于以他擅长的谍战思维，反观那些具有传奇色彩的历史人物和事件。"吴越争霸"在史书和人们的固有认知中，是男人的故事，而在《战春秋》中，女性却成了主导历史的一个重要力量，海飞创造出一系列女性谋略家和间谍的形象，如幽羊、西施、郑旦等。西施在小说中的戏份自然很足，为父报仇，打入吴国，后宫争斗，长袖善舞，成就越国灭吴的大计。但《战春秋》中最成功的女性人物形象，却是勾践的妻子——越后幽羊。多年做吴国的阶下囚，她的心机极深，为了灭吴，幽羊授意越国人假扮吴国人，杀害西施父亲。西施为报父仇，费尽心机接近吴王，于是复仇大戏拉开序幕。故事最后，西施的弟弟施夷青被阿布砍成血人，幽羊补上了致命一剑，利用他的死激励将士，完成最后的复国之战。仇恨和计谋，构成解读跌宕起伏的历史大戏的核心密码。

二

2020 年，哲贵和浦子分别推出他们的"非虚构写作"的重要作品——《金乡》和《长骨记》。哲贵和浦子写小说多年，《金乡》和《长骨记》，是两位作家以小说家的笔法写出的纪实性极强的作品。区别在于，《金乡》的重心在写人，而《长骨记》的重心则在言事。《金乡》以温州金乡镇为样本，通过刻画二十位金乡的著名人物，凸显金乡在改革开放四十年历程中经历的社会、精神巨变。这二十位人物当中，有商场上的能人，也有市井里的奇人、异人、闲人，还有文人、艺人等，哲贵以生花妙笔，刻画人物，叙写事件。写人则简洁高逸，随意点染，自成生趣；叙事则缥缈轻灵，笔下自有连断和曲直。哲贵素来擅写商人小说，他的"信河街"，其实已然成为中国当代小说史上的一个引发关注的意象。（之所以尚未成为一个"经典的"意象，是因为总体而言当代文学中商业小说尚未成气候，写商场、塑造商人形象是当代文学的薄弱环节。在这个意义上说，哲贵的"信河街"其实是一个很有文学史突破意义的小说意象。）《金乡》更难得之处，在于作家下笔有万卷书的气象，作品虽以据实言事的写实面貌出现，但哲贵胸中自有丘壑，这个丘壑，就在于作品中不时出现的金乡的风物描写以及风物背后所隐藏的金乡的历史、语言和文化。在《金乡》的后记部分，哲贵说道："书中所写的每一种风物，都是形成我性格的综合因素，那是我的另一个胎记。书中所写的每一个人物，无论是他们的优点还是缺点，或多或少都能在我身上找到印记。"从创作的历史情况看，哲贵所写出的人物都特别有精、气、神。除了一般文学理论教科书上所说的"人物性格"之外，哲贵写人物的一个重要特点，就是人物身上往往氤氲着某种特殊的气运；而这种气运，则多出自一地之精神底色和文化气运。《金乡》中，哲贵虽说写的是当代的四十年，但金乡镇六百多年的历史，却构成书中人物的自然生命、社会生命、文化生命的深厚土壤。改革开放四十年金乡人锐意创新、敢闯禁区的气度和风范，有金乡数百年的历史沉淀与底蕴，这种沉淀与底蕴，或者混而为人物、故事、掌故，或者与人事融通，与时代共振，个中的取舍，全在哲贵的设色解事。

浦子的创作长期扎根于他所生活的土地。无论是小说还是非虚构类的作品，浦子的创作基本上都没有脱离开他所生活的浙东。"王庄三部曲"（《龙窑》《独山》《大中》）、《桥墩不是桥》、《长骨记》，在浦子的这些代表性作品中，"浙东"不单是一个地理空间，也是一个历史的空间、文化的空间、美学的空间。浙东史学发达，自宋室南渡以后，务实、事功与经世致用的学问堪称一流，浦子的文学创作赓续幽深的浙东文化气象，自始至终贯穿着浙东学派滋养下的那种对国家、对社会、对现实的饱满的热情。长期跟踪浦子创作的评论家朱首献有一个基本的看法："浦子是一个痴迷于浙东历史与文化的作家，他坚持不懈地解剖着家乡浙东土地上的文化人格，书写着浙东芸芸众生的精神操守和饮食生活。"此论确实精确——《长骨记》显然就是浦子书写浙东现实，进而从现实中展示浙东历史精神与文化气质的重要作品。小说介于虚构和非虚构之间，说是虚构，是因为小说所涉人物与事件皆为浦子所虚造，本是"小说家言"；说是非虚构，是因为小说所处理的故事背景以及事件，很契合当下中国社会的现实，那就是民法典颁布与依法治国在乡村社会的推进。小说从德富炒货公司董事长施德富之死开始写起，徐徐展开一场涉及房产合同与物权归属的官司，小说塑造了法官、律师、原被告、官员等生动的人物形象。浦子的语言富有张力，人性揭示淋漓尽致，细节刻画惟妙惟肖。更为难得的是，浦子在《长骨记》中糅合了大量的宁海元素，写到了像茶山、伍山石窟、前童古镇、徐霞客大道、宁海温泉等自然地理与人文空间。这些地理空间强化了《长骨记》的写实特色，同时也将浦子的"现实主义"品格推向一个更扎实的境地。

2020年，金华作家陈集益推出他的长篇小说《金塘河》。这部长篇小说是由六部中篇小说搭建而成的，包括《造水库》《砍树》《超生》《杀猪》《驯牛》《抗灾》等。六部中篇围绕着陈集益长期经营的文学地标"吴村"和"金塘河"，以一家三代六个人的视角，观照半个多世纪以来作家记忆中或所经历的中国乡村社会的变迁。六部中篇小说的写作时间不一，从中也大致看得出来，陈集益在不同时期的小说观念和处理小说的手段是不一样的，但从贯穿性上来说，《金塘河》却是一部极为完整的长篇小说。在一定程度上，"吴村"和"金塘河"，经由陈集益的努力，已渐渐成为当代小说中的一个有意味的符号。关于陈集益和他的《金塘河》，可论之处甚多，特别是作为"乡土小说"，陈集益的小说与当下一般意义上的乡土小说是不一样的，他的写作具有极其重要的文学史意义，其原因在于"乡土小说"不是历史性的文学形态，而是现代社会人们以"现代"的理念、精神、价值观照乡村社会，方有"乡土"的发现。需要指出的是，揭开百多年前中国现代"乡土小说"序幕的，便是浙东作家鲁迅。是故，浙东某种意义上是乡土小说的故乡。如今的浙江作家中，写乡土小说、能写得好乡土小说的，可以说少之又少，陈集益就是坚持写且能写好的，所以说，陈集益和他的乡土小说创作，是有极为重要的文学史分析意义的。百年之后，在"乡土小说"起源地"浙东"，乡土世界与鲁迅那个时代的乡土世界在思想、美学上有着怎样的关联？如何在历史变迁的百年中，审视浙东乡土小说自身的流变？这样的分析视角，需要我们把陈集益的乡土小说创作上升到"文学史"特别是"乡土文学史"的高度去认识，方可揭示其深层的历史意义。况且，当下中国的乡土小说，其主体建构，主要是北方和中原作家的乡村想象，陈集益的乡土，是和中原、北方极不一样的乡土，是中国当代"乡土文学"的一块重要的拼图。只是囿于认识的问题，我们的乡土想象未能跳出北方和中原，而在更宽广的"中国"和现代性的视野中看待"乡土"，故而缺少对陈集益的批评发现而已。

三

关于浙江 2020 年度的长篇小说，还应注意到郁雯的《瞬息间是夜晚》。郁雯写诗出身，兼擅绘画、朗诵和表演等。之所以提及郁雯的这些"身份"，是想表明，小说并不是单纯的叙事的艺术和语言的艺术，它是一门综合的艺术。在其他的场合，我曾不止一次提到过文学和"观"之关系，无论小说还是诗文，何曾离开过作家对自然、世界、人世的一个"观"法？作家如何"观"这个世界，便会有何等的"世界观"，至于文章体式、章法结构，如何下笔等，都是小道。也就是说，对世界的"观"，诗人与小说家是不一样的，即便是诗人与诗人、小说家与小说家之间，也有个体的差异。郁雯写诗出身，当她以诗人之身份写小说时，她的对于世界的"观"和她的小说之所"见"，便难免带有诗人的思维、眼光和兴味。从小说的名字《瞬息间是夜晚》就可以看出，郁雯是一个善于把握情绪、状态，把握词语，把握个体生命感受的作家。这部小说的名称和20世纪意大利著名的隐逸派诗人萨瓦多尔·夸西莫多的短诗《瞬息间是夜晚》同名。"每一个人依偎着大地的胸怀/孤寂地裸露在阳光之下/瞬息间是夜晚"，在夸西莫多的诗歌中，"瞬息间是夜晚"，表达的是诗人对于宇宙、时间、生命、孤独、死亡等深刻的悲剧性体验。这样的悲剧性体验转化为郁雯的小说标题，在无形之中就增添了小说的批判性色彩。小说以王大海与希云的爱情纠葛为主线，铺陈现实和人心的诸多怪象。瘟疫、天灾、人祸，现代社会人的精神异变和病症，构造成在劫难逃的宿命。小说塑造了王大海、希云、金浩然、假正经、白衣男子、杨老板、诗人乔乔、鹰钩鼻画家、黑脸庞导演等人物形象，展开生活冲突和价值冲突，将时代、生活、人性的裂口撕开，让我们看到其内在的种种溃败。这部小说属于批判现实主义题材，但又有些魔幻色彩，具有一定的警世作用。

冯峻的两卷本长篇小说《阶梯》，既简单又复杂。说简单，是因为它就是一部情感小说；说复杂，则是因为这部小说涉及成长、婚恋、犯罪等诸多方面。作品以小城青年马铎筠的回忆为主线，写了21世纪初那两年，他与无名的舞女、声讯台女接线员韦丹红、农村女孩陆芳菲、城市小白领杨欣儿、监狱女职工司徒小满的几段恋情以及与女教师商素颐等人几段夭折的相亲，其中穿插着他童年、少年、高中和南城大学期间的不同寻常的经历，生动丰满地刻画了一个男人从幼年到青年的心路（性心理）演变过程。小说借助主人公的双眼和"心眼"，全景式地介绍了宁波、湖州及下辖的慈镇、安乐县等城镇近二十年的变迁。小说对我国20世纪与21世纪交接时期的青年婚恋现状、社会热点事件等均有描写。小说构造上，《阶梯》既有大篇幅的自我心理剖析的段落，也有关于国家司法隐喻的精妙刻画，历史回顾的妙笔频频闪现，横跨文学、人类学、教育学、心理学、历史学和性学。

王英的《母爱之殇》是作家历时十四年创作而成的一部构思奇特且极富张力的小说。作品以第一人称叙事视角，叙述"我"的外婆悲苦、不幸的命运。故事的时间设定在抗日战争时期。王英的构思很巧妙，"我"的叙述是一方面，更重要的是小说处在双重语境之中，一个是家国之殇（抗战），一个是历史文化之殇（夫权）。整部小说有很大的冲突，主要的就是爱与残忍。外婆是一个富有爱心的女人，她三十多岁的时候，就和外公有了十四个孩子，但是因为生活窘迫，很多孩子都被送人或遗弃，外婆的内心长期处在痛苦、自责的煎熬中，最后疯疯癫癫而遭到外公的背弃。在这个层面，作家写出了男权社会的无情、刻薄和残忍。战乱之中，外婆受到日本侵略军的羞辱和蹂躏而生下了孩子，因此，《母爱之殇》所处理的就不只是一个女性的苦难，而是远比苦难丰富得多、复杂得多的主题。

徐寅的《圣地》虽为虚构，但却有很强的写实气质。小说写信安市城市改造和拆迁过程中，以艾立特为代表的共产党人与少数利欲熏心之徒的正邪之争。这样的小说，当可归入"官场小说"之列，但徐寅的写作用意却不是像时下一般的官场小说那样去揭示文化传统中的某种历史幽暗意识，大写特写中国传统文化中的权力争斗与计谋、心机、诡道，而在于展示一种新的政治伦理，那就是小说中通过艾立特市长等人所呈现出的一种以百姓苍生为念，以民众利益为最高利益、民众福祉为最高福祉的政治伦理。小说中有斗争，有冲突，但不是围绕权力而展开，小说呈现的是由政治伦理的分歧所引发的价值冲突。

王立的《梁祝蝴蝶梦》重写梁山伯与祝英台的经典爱情故

事。文学史上，类似这样的重写不胜枚举。重写之所以成立并被人们需要，皆因时代在变，人的审美意识、价值意识亦随之而变。新的语境当中，人们需要重勘经典人物、经典作品的内在意涵，以满足当下人对历史的新的认知。而经典之所以为经典，很大程度上就在于它有被重写的可能和被重写的空间。《梁祝蝴蝶梦》就是一个有一定创造性的重写文本。艺术形式上，作品采用地方志、民间传说、官方和地方文献、墓记，兼及戏曲里面的唱词等，利用副文本的形式丰富小说的表现手段。结构上，小说取祝英台的叙事视角，笔墨浓缩于一天，从她的大婚之日到次日赴约殉情。作品穿梭于现实与往事之间，集中展现祝英台的情爱历程。"蝴蝶"作为梁祝爱情的独特意象，贯穿于整个叙事过程，无论是翩然飞舞的玉带凤蝶，还是爱情信物白玉蝴蝶，都聚焦于那一出千古绝唱的悲剧。因为时间浓缩于一天，小说的情节变化、时间和叙事场景转换、叙事节奏变化等都非常快，王立便是在快而不乱中，展示了他的叙事控制能力。

最后要说的是余杭作家梁山的《窠》，这是他的"唐栖三部曲"中的一部。梁山生于余杭，长于余杭，笔下处处是余杭"地方性"的历史与地理记忆。《窠》的开头写村庄，便凛然有一种历史的气运：运河之水一路从北京流淌而来，流经杭嘉湖平原后，孕育出许多的江南名镇，村子就坐落在一个叫唐栖的古镇边上。梁山的小说有人物，如小说中的"父亲""隔壁爷爷""我爷爷""我奶奶""酒师"等。但与一般初学写作者略有不同，梁山的志趣似乎并不在于讲述乡土气息浓郁的故事，而在于在一种生活的总体性中传达出地方性的历史、语言、生活的神韵。从某种意义上讲，梁山的写作，是刘绍棠等为代表的"运河写作"的一个余脉。写作过程中，梁山不断调动地方志、地方民谣和谚语等资源充实到小说中，为小说增添了历史的厚度和文化的深度。

2020 年浙江长篇小说要目

一、书

钟求是　《等待呼吸》　北京十月文艺出版社 2020 年 4 月版

张　忌　《南货店》　中信出版集团 2020 年 7 月版

海　飞　《醒来》　浙江文艺出版社 2020 年 8 月版
　　　　《战春秋》　北京十月文艺出版社 2020 年 2 月版

哲　贵　《金乡》　上海文艺出版社 2020 年 4 月版

浦　子　《长骨记》　春风文艺出版社 2020 年 9 月版

陈集益　《金塘河》　北京十月文艺出版社 2020 年 9 月版

冯　峻　《阶梯》　四川民族出版社 2020 年 8 月版

王　英　《母爱之殇》　浙江工商大学出版社 2020 年 4 月版

徐　寅　《圣地》　浙江教育出版社 2020 年 12 月版

王　立　《梁祝蝴蝶梦》　安徽文艺出版社 2020 年 1 月版

梁　山　《窠》　大众出版社 2020 年 1 月版

孔亚雷　《李美真》　上海文艺出版社 2020 年 10 月版

二、文

郁　雯　《瞬息间是夜晚》　《作家》2020 年第 10 期

庚子年，弥合人心的力量
——2020 年浙江中篇小说述评

| 郭 梅 |

2020 年，是不平凡的一年。在新冠疫情的影响下，许多人经历生死、别离，对家庭、社会的责任有了深刻的感知，还有更多的人战斗于一线，无畏无惧，勉力书写时代的最强音。浙江作家将更多的目光投射于社会现实，既有对当下的审视，也有对生命的赞颂，二十余篇中篇小说相继发表于《人民文学》《钟山》等重要刊物，并被各大选刊选载，彰显着文学浙军在中篇小说领域进一步的探索与精进。

现代都市下的生活百态

在现代都市的快速发展与融合中，快节奏的时代步调加剧了都市人的生存压力。面对世俗的层层重压，当代青年人时常处于自我否定的困局之中，难免心灵异化与畸态，呈现出边缘化的悲伤。

在当前的文学创作中，女性题材作品依然保有鲜活的生命力，作家们关注女性的婚恋观，鼓励女性解放个性，独立自主，然而过度地强调精神上的自由也会产生新一轮的情感问题。当女性们真正走入家庭的琐碎时，眼前的烟火气变得不再楚楚动人，反倒滋生出无尽的苦楚与怨怼。艾伟的《敦煌》和郊庙的《啄木鸟》不约而同地把女性、欲望等元素纳入笔底，试图深入探索都市女性隐秘的心理需求。在《敦煌》中，艾伟展现了真实世界与精神幻想的对立与冲撞——当现实侵入想象后，女主人公小项再也无法原路返回，面对丈夫陈波，她只觉得如白水一样平淡、机械，丝毫没有恋爱的激情，于是性成为她精神的基石。因此，她一直幻想与其他男人的恋情。这种逾越情感和伦理的"原罪"让她欲罢不能，尤其是在面对韩文涤时，她更是放大了自己内心的母爱与欲望，用破碎的假象润泽枯燥的生活。陈波知道妻子出轨后，一反常态地用性爱来掌控她，小说由此进入到极具张力的恐怖之中。读者在阅读《敦煌》时，也许始终得保持警惕，否则极易被表象迷惑，比如小项的闺蜜周菲，周围的人都以为她放荡开放，可其实她对性的态度谨慎、克制而又乐观，是小说中相对保守的那一个。而旁人眼中的贤内助小项却从精神出轨发展到肉体交合，为人妻母的她如玫瑰绽放，在异性热烈的注目中开始重新审视自己，并受困于宿命的轮回，不断地回到起点，坠入难以自拔的境地。在艾伟的笔下，小项与陈波的关系，与卢一明、秦少阳的关系，都重复循环着卢一明和前女友的关系，让爱与死亡沦为悖论，再也无法得到救赎。正如卢一明写给小项的绝笔信所言，"爱就是穷途末路"。渴望情感的专一已然成为绝望的乞求，唯有华丽的崩塌与断裂才能摆脱情感的羁绊。显然，这种突破边界的书写，有关日常之海下的暗流涌动，有关太多女性的不可名状之殇。

郊庙的《我们夜里在咖啡馆喝啤酒》聚焦现代都市与家庭矛盾——面对七年之痒，究竟该何去何从？小说因其欧·亨利式的结尾而令人印象深刻。正如评论家金庆伟所言："小说写基层派出所副所长薛涛不动声色地确认妻子和他最要好的朋友老方存在暧昧关系后，如何以他的成熟和睿智成功地化解危机，挽救了家庭，同时避免了可能的流血事件。薛涛以邀请老方夜里在咖啡馆喝啤酒的方式，抽丝剥茧般地揭开了后者令人不齿的行为，却不失风度，同时达到了让对方知难而退的终极目的。如果我们以求本溯源的方式细细地从结尾倒过来读，就会发现，薛涛看似酒后的零言碎语，其实每一句都蕴含刀光剑影，暗藏杀机。"其中，戒烟多年的男主"复吸"时，还特地买了个烟灰缸端着，一路走一路不让烟灰掉在地上，引起了有漂亮单身女儿的老太太的注意，这个细节很好地体现了人物的理性和隐忍节制，颇为可圈可点。

官场生活同样充满博弈和竞争，不少浙江作家以小人物的经历引发读者的思考。如程绍国的《金及爵事略》以闲散老辣的笔致构建"我"的发小金及爵的"传略"，主人公会在"我"为了报社的事情找他帮忙时提出让自己弟弟到报社工作的交换条件，也会谈及死后身上要盖党旗，很入世亦很世故，而他却偏偏姓"金"名"及爵"，耐人寻味。在故事里，"我"和金及爵打小相识，金在学生时代就是个"刺头"，经常嘲笑"我"的身世，甚至早早放弃学业做了一名筏工。而"我"则凭借自己的努力，大学毕业后担任天州晨报经济部主任一职。不料，成年后的两人依旧冤家路窄——金及爵已伪造学历与身份混入反贪局，一时风头无两，他帮"我"出面掩盖了报社主任的案件，避免其因贪污身陷囹圄，而"我"则迫于恩情，处处受其掣肘。金及爵仗着自己的职位，行事凶狠，得罪了很多人，被人送花圈报复。饶有意味的是，这件看似微不足道的小事惊动了公安局和报社，闹得人尽皆知。而金及爵在过失杀人后很快变成了"过街老鼠"，只有淳朴的村民们还感怀他对修建祠堂的捐助，愿意为他操办丧事，"闹了三天三夜。全村人穿着白衣出动，在祠堂前的空地上，围着金及爵，左三圈右三圈地转，像是游动的雪龙，最后把金及爵送到山上"。这一幕讽刺意味十足，不由让人慨叹人情冷暖、时移世易，充分揭示了当代社会的官场生态。

城市的急速拓展催生出许多新型的观念与话题，成为当代社会议论纷纷的热点，如林晓非的《恋爱吧，孩子!》就很有意思——小说以当代流行的相亲模式为切入点，映射出时下父母热切催婚的心理。"我"父母的朋友家都生了女儿，"我"作为唯一的男生，成为苏姨、张姨、林姨眼中的"香饽饽"。几家父母各出奇招，都想让女儿把"我"这位优质男青年领回家，解决终身大事。而蕊蕊姐、怡怡、鲁鲁等人看似应承此事，实则暗地里抗拒父母的主张，计划让"我"假扮男友应对家人催婚，而"我"则夹在中间左右为难，反而成了最手足无措的人。作家借用这桩趣事，剖析当下的相亲热和婚恋观，颇引人深思。而池上的《天梯》则围绕信仰差异带来的婚姻问题构建了祖孙三代的信仰纷争，在不徐不疾的叙事中，众多人物纷纷出场，牵扯出多年前的恩怨，同时，多头线索也在回忆的穿插中开花结果。从他们错综复杂的故事中，我们能清晰地看到普通人在成长过程中蒙受的痛苦与风沙，也能看到他们用信仰自我救赎，把隐秘的伤痛化解成生命的印痕，成为永恒的记忆。

虽说婚姻的围城里风景迥异，但挣扎着渴望突围的又何止当代女性呢？一众承担"丈夫"角色的男人也亟待脱困，期待回归正常的家庭生活。毋庸置疑，婆媳关系始终是热门话题，但张水明的《一九九四年的爱情》却另辟蹊径，把"翁婿关系"作为创作题材，叙写农村女婿王田地的婚姻历程。王田地追求家境不错的赵志芳，成功抱得美人归，却没想到婚后生活一地鸡毛，满是欺骗与谎言，尤其是赵母的处处干涉让小家庭濒临解体。王田地忍辱负重，但终难敌赵家人步步紧逼，始终以钱财相威胁，最后小夫妻劳燕分飞。在故事里，作家通过小家庭的矛盾详细摹写和诠释了当下社会婚恋的现状和隐忧。而林晓哲的《鸭子与先知》则展现男性对自我意识的表达与高呼。朱盾和前女友张宛在街头重逢，在他们欲言又止的对话中，扯露出二人年轻时对艺术的疯狂与痴迷。他们为拍一组照片，甘愿赤身裸体钻入河水中，险些被当作神经病。不过时移世易，步入中年后，朱盾舍弃曾经的狂热，与周芹结婚，走入了庸常的生活。即便旧爱出现在眼前，朱盾的选择也已经显而易见。小说以"我抱着一叠日记，镇定地朝周芹走去"结尾，正是映射出当今中年男人面对婚姻困局时的挣扎与回归。

除却人们在职场与家庭中遭遇的困惑，在都市的急剧扩张中，本该纯真的校园也变成了冲突的集聚地。池上在《曼珠沙华》中，将教师们的生存境遇立于纸上。主人公史千秋是一名重情重义的好教师，在家庭中却屡屡受挫——他的儿子史云帆是癫痫患者，被妈妈应悦溺爱，行事孤僻乖张，竟跟踪女学生回家，造成同学安琪的意外死亡，史千秋本就摇摇欲坠的生活更为不堪。除了家庭的考验，小说还侧重书写特殊学生的生活百态，以及同事间的过往故事，这些人物关系相互缠绕，呈现出小说的密度与质感。

金晖的《飞翔鸟》则刻画了优秀教师李小乐的生活实景——李老师很有才华，在写作上有着独到的见解。因为《海城都市报》的一次采访，他声名鹊起，还结识了爱人李柔，一切看起来很是美满。然而，在爱情、房子等现实压力下，他左支右绌，一方面是自己热爱的事业，一方面是经济重担，逐渐局限了他的人生路径，当他来到生活的十字路口，面对纠结而复杂的选择时，最终不得不放下尊严，被世俗欲望、社会的重压所吞噬，失去了曾经的灵气。显然，李小乐的故事令人不胜唏嘘，而这个世界上还有无数个"李小乐"正面临同样的抉择，这恐怕是作家本人留给我们的生存难题吧！

历史天空下的人生走向

过往的岁月总能赋予我们丰富的想象和憧憬的空间，在小说家的雕刻下，那些酸楚而动人的记忆串联起来，以不朽的文字延续其蓬勃的生命力，演奏成悲欣交集的历史长歌。

无独有偶。杨方的《断桥》、符利群的《少年寻亲记》和陈集益的《大地的声音》《被当作鬼的人》等均植根于乡土记忆，给予人们许多艺术层面的想象与思索。其中，《断桥》和《大地的声音》将笔触指向传统婺剧，道尽艺人的辛酸不易。《断桥》颇具烟火气，出场的人物多为婺剧演员，彼此关系深厚，他们不单在戏里有纠葛，在戏外的关系也剪不断、理还乱。戏里戏外，虚实相生，让整篇小说颇具戏剧的张力。方卿卿、方艳艳、曹衣雪等婺剧女子在事业、爱情上都面临考验，如曹衣雪把自己当作网红，将偏执的粉丝作为炫耀的资本，而方卿卿始终坚守戏曲人的本心，精心照顾因意外跌落舞台而只能困在床上的许燕君。于是，他们的人生走向也变得截然不同——当年饰演仙鹤的一名龙套演员已能在国家大剧院彩排，或许还能登上春晚的舞台，尽管只是龙套，但也让人歆羡了；而曾经的当红小生许燕君却无法再挪动身体，任凭大火带走了宝贵的生命。显然，作家杨方对他的怜惜贯穿始终，其创作谈《我不在断桥，我在塔克拉玛干》提及："《断桥》这部小说，本可以伸展开去，写得更深，我遗憾结尾处没能让师父出场，方卿卿无法盗来仙草，让师父重返戏台，但师父可以借她还魂，再唱一曲《断桥》。"从他们身上，可以看出作家对传统戏曲倾注的热爱，以及对戏曲人生存境遇的关注。正如《人民文学》编辑所强调的，"那种尽力克制的主体热爱的投入，以探究之实，给我们呈现出经历非凡的小人物的个性活剧、跌宕起伏的时代动势、连通历史与现实的戏内戏外的声腔，于是在微小的群落，演绎出了天地大舞台上的'艺术人生'"。

相较而言，陈集益以婺剧民间戏班为描写对象的《大地的声音》尤显悲怆。小说一改作家往常的荒诞性和先锋性，透露出冷冽的现实感，渗透在字里行间的，绝不仅仅是民间文化和地域风俗。作家显然进行了深入的田野调查，民间艺人的命运和对家乡大地的厚重情感，使作品具有一份难能可贵的内在张力。通过张难生命途多舛的人生，我们能清晰地看到作家对文化衰败的叹惋——面对传统文化的式微，尤其是婺剧和道情的日渐边缘化，在当下如何延续它们的生命活力，这个话题是沉重而引人深思的。当婺剧逐渐被村人遗忘，连剧团都难以维系时，张难生不得不依靠偷放黄色录像维持生计。但即便生活跌入低谷，他仍以自己对戏曲的诚挚热爱，在生命的最后十年里一边卖艺一边收集古本，完成了精神上的承继与蜕变。这，是作家塑造的主人公给予读者的最大慨叹。

乡村生活看似浪漫、童真，收藏着童年的梦境与理想，不过在令人魂牵梦萦的乡村图景背后，总是避不开那些陈旧的陋习规约。陈集益的《被当作鬼的人》，字里行间充满了黑暗的色调，诉说着"我"在计划生育年代血淋淋的过往——吴村的妇女一心求子，反复怀孕，不生出儿子不罢休。但故事里的"我"一连生了两个儿子，却还一心想生女儿，并因此冒着风险躲在山上。没想到事情败露，"我"和其他的超生妇女被强制拉去堕胎。在紧张、压抑的氛围下，陈集益用死亡剥离了人性善恶，剖解传统题材中的生育与母性，露出真实的私欲与畸态。正如他在另一篇小说《恐怖症男人》（2007）中所描述的，传闻中恐怖骇人的"鬼"起初是一个普通、敏感的人，只是在生活的压力下变得患得患失，最后成为活生生的"鬼"。而《被当作鬼的人》却恰好相反，因为"荷"生不出儿子，看到"我"又怀孕了，妒火满腔，于是在叫骂与推搡中，"我"受伤倒地，险些丧命。为保留这个来之不易的孩子，"我"摒弃"人"的身份，在不见天日的墓圹里生活。这种生子的执念近乎病态，作家用阴冷的故事碎片逼出自私的人性，无论是妇女们对生儿子的执念，还是计生办对超生对象的残酷，都昭示着时代曾经的面貌与症候。

符利群的《少年寻亲记》讲述了少年黄小波寻找失散多年的亲人的故事。父母将自己当作"生育机器"，把子女卖掉赚钱的桥段在当下显得过于荒诞，但在二十多年前却并不罕见。放眼当时的乡村，尤其是偏离城市的"原乡"地区，社会伦理与法律意识的缺失为卖子牟利提供了操作的空间。所幸，黄小波在寻亲过程中遇到了嘴硬心软的记者孙以明和善良热心的民宿老板等人，本该孤独的寻亲之旅变得温情动人。陪他寻亲的，还有流浪狗阿郎——它屡次被人抛弃，又数次寻回本家，黄小波执意将阿郎留在身边，恐怕也是为了在寻找真我的过程中实现"放逐"和"回归"吧！

陈河的《天空之镜》令人遐思。作家以故事中人和故事看客的双重身份，时时评点、抒情或批判，相隔漫长岁月的碎片和碎片碰撞出新的光彩，显露出新的缝隙，而小说也由此拼凑出一条真正能够进入历史的路径，抵达历史的真实。在小说中，主人公"李"通过一部《玻利维亚日记》发现了中国人奇诺的踪影——1967 年，和伟大的革命者切·格瓦拉一起遇难的还有一个中国人，他叫奇诺。奇诺是如何出现在南美的，又和切·格瓦拉有着怎样的关系？带着重重疑问，作家将相隔数百年的华人拓耕南美的历史与现状连接在一起，在浩瀚的历史中寻找沉默的真相。可以说，作品始终游离于现实与虚构之间，以乌尤尼盐沼湖"天空之镜"为喻，探寻出一条串联起百年历史的文学路径，而在"李"的寻访、解密中，华工的血泪史、游击队的革命史，均在时光的回廊上浮现，照见国人在海外的梦想与坚持。

此外，陈河对"新移民"题材的开发也引人瞩目。他在《丹河峡谷》里书写了"新移民"的故事——相比20世纪90年代的"留学热"，形形色色的"新移民"群体精神世界的空虚与守旧成了小说最大的论题。小说采用双线并行结构，其中"我"经营着一家便利店，同时还兼职房地产经纪人，看似平稳幸福，但一成不变的生活却早已使"我"备感枯燥，就连与妻子的感情也逐渐像破碎的花瓶一样无法黏合。脆弱的夫妻关系在"我"决定四十岁去加拿大参军的那一刻起宣告破灭。这突如其来的抉择与其说是冲动，倒不如说是在自身价值与生存困境斗争中的妥协。难以实现理想的苦痛感引出另一条更加复杂的故事线索——学历出众的奚百岭在攻读完博士学位后依然找不到合适的工作，更具讽刺意味的是他做了一名油漆工。幸好某国防工程核物理研究院向他递来橄榄枝，但理想的回国机遇与岌岌可危的家庭关系产生了冲撞，自我价值无法实现的痛苦最终造成了奚百岭"纵身一跃"的结果。我们不由关注到现代社会中物质与精神的对立及其引发的危机，如何实现人生价值是我们亟须解决的重要命题。而杨怡芬的《棕榈花》则更偏向于情感的传递，小说跨越国界、时间等的阻隔，将孺慕、守护和坚贞等价值展露于字里行间，构筑成最坚强的堡垒。小说追溯了爷爷杨阿有和奶奶柴翠玉跨越数十年的爱情——他们在美好的年华相遇、结合，眼看生活逐渐丰实，却因战争的侵袭而被迫分隔两地。从上海到美国，他们的子女接连夭折，饶是如此，他们也依旧坚守内心的忠贞与责任，阿有埋头做事，一心将工资补贴家用，翠玉则将精力倾注于领养的思云，将其培养成才。他俩虽然相守的时间很短，却用多年的时光彼此相守，展现出感人至深的爱情。同时，小说对战争的描写，淋漓尽致地折射出时代的残酷，映衬出人心的至善。

人性命题下的传达与思辨

人性是古往今来文学作品中永恒的主题之一，涵盖着独特的生命体验和人生体悟，无论是遥远的过去，还是深邃的幻想，总能映射出人对本能的欲求与体察。诚然，人性是最捉摸不透的，可以使人消极堕落，也可以令人积极向上，而作家所能做的，就是竭力发掘既有的素材，呈现隐藏在表面之下的普遍人性，并进一步审视伦理与道德间的紧密关联。

在现代家庭中，女性常以控诉者的形象出现，她们往往遭受命运的不公或是伦理的压制，心理逐渐畸化，并把这种压力施加给后来人，致使悲剧重复上演。郊庙的《为你太难的事》全篇透露出浓重的悲伤。主人公喜凤在重重压力打击下精神趋于畸态，她失去丈夫后，又因意外失去独子聪聪，以至于内心世界几乎崩塌，产生了极大的空洞与创痛。于是，她领养了和聪聪长相相似的孤儿亮亮，把他安置在聪聪的房间，成天与聪聪的骨灰盒相对。小说中那看似温情的场面简直令人毛骨悚然，无论是嘘寒问暖，还是带亮亮出门游玩，喜凤都俨然将亮亮当作替代品，无疑给亮亮的心灵造成了极大的冲击与损伤。在故事中，母亲在经历丧子之痛后走向了人性的扭曲，用温情包裹着残酷，这种另类的母爱表达呈现出真实而隐秘的人性。在阴郁、疯狂、悲怆的背后，人性的精神实质才是我们需要思考的意义所在。诸山的《西墅肿瘤医院流水》以女婿曲泽波的视角书写岳母身患皮肤癌后的遭遇。在人生最后的时间里，曲泽波看到了子女们的不同做派以及岳母无言的关爱。小说真切地折射出人性在疾病面前的脆弱与不堪，同时，还记录了许多绝症患者的生活样态，让生命的无常与艰难成为作品的基调与底色。

张嘉丽的《耻》和张玲玲的《新年问候》则将焦点引至社会时事，以公共事件考验大众的价值取向。在《耻》中，妻子小彤被流浪汉强奸，此事引来满城风雨，作为丈夫的"我"深陷舆论旋涡，对妻子的态度更是旋即发生转变。受害者小彤的生活也由此发生了翻天覆地的变化，甚至一度想用自杀终结耻辱。最后，两人离婚，小彤失踪，不知去向。作家透过时事热点将人性的弱点——投影在读者面前，展现女性在面对侵害后的自我救赎与和解。

张玲玲的《新年问候》围绕案件展开，主角是三代警察——胡杰锋、丁国忠和老吴，三人以师徒之名代代传承，又巧合地遭遇了三起大案，在横跨二十年的时间里，各类细碎的谜案和线索纷至沓来，交织成密不透风的大网。通过主人公的视角，我们窥见城市的边边角角，零零散散地还原出生活的样貌和气息。这几起案件无不触目惊心，直指人性的黑暗。比如，一个西北农民因听信一个白须老人的算卦之言，将在凤凰山背后挖出的两块石碑供奉在道观中，以求转运。后来他发现这两块碑竟被当作踏脚石，于是与道士产生了口角，一怒之下杀害了道观的十几口人。作品的最后一章《魔笛》直面案犯的内心世界，挖掘人性的至暗面，还原出罪恶萌生的初始及其终局，令人心有戚戚焉。

小说叙事既然有残忍苦痛的一面，也必会有充满光亮的一面，给人勇气和希望，符利群的《黑马穿过白马镇》就是如此。作家讲述的是一群抢劫犯的故事，没有大起大落的情节，也似乎没有完整的小说形态，在光怪陆离的意象中用片段化的情节，如镜头般缓缓移动，讲述笔下的人物故事。在月黑风高的台风夜，几个人组团在外抢劫，同时捎带了一个十五岁的流浪少年。罪恶的劫犯们充当起正义使者，非但没有抢到钱，反而将自己身上的钱给别人应急，最后还因为送被抢的人去医院而被警察抓获，让人在啼笑皆非之余也心生点点温情。可以说，在作家纪录片式的语言中，底层人物的心理、境遇映于眼帘，直捣人心。

耳环在《远方有间松木屋》里虚构了一个特殊的民族——忘族，据说族人可以遗忘内心的痛苦。于是，"我"患脑癌后决定来到这里，希望能够成为忘族的一员，以忘却自己的不幸，过几天安生日子。在这里，"我"受到许多好心族民的欢迎，在日出而作、日落而息中，竟对淳朴而勇敢的腊加产生了别样的情愫。作家对于病症的处理极具奇幻色彩——"我"从忘族聚居地回来后去医院复诊，竟发现肿瘤明显缩小了，简直堪称奇迹。可当"我"与相亲的男士重新在一起后，事情却又反转了——在攀岩过程中，"我"意外遇险，他本可以拉"我"一把，可他竟视而不见，导致"我"最后负伤，就连肿瘤也扩大了。作家看似在描绘一个乌托邦，其实是借用"我"身上癌症病况的反复变化，映照出时代背景下的人性善恶。

当然，作家们对人性的书写并不局限于现实主义题材，他们也从非虚构作品中取材，表现出共同的主题趋向。"乌头白，马生角"，语出司马迁的《史记·刺客列传》，许梦熊将其作为小说的题目，昭示了作家的用心。作家将大量的独白拆解开来，让芬妮成为倾诉的对象，对话也从刚开始营造的情感家乡逐步拓展至更高的领域——死亡、伟大、罪人、黑夜等，许多形而上的辩驳直面个人的精神困境，体现出晦涩的美学色彩。

"00后"作家杨渡在《丸子，丸子》中构建了介于传统经典与网络文学之间的武侠世界。在故事中，各方势力为抢夺武林盟主之位用尽毕生武学，争夺方式也很新奇——能用自己手中的那双竹筷夹住石柱上的丸子，并让它落到自己肚子里的，便是新的武林盟主。众人各出奇招，厮杀到底，没想到最终却是幕后黑手渔翁得利。杨渡把对人性的理解注入武侠元素之中，同时把对江湖的判断折射于虚构的故事，让人看到武侠背后的人性纷扰。

祈媛的《夜里的彩虹》喜剧感分明，作者将故事的背景设置为垃圾场，主角则是垃圾，作家以旁观者的角度审视各类事物的插科打诨，一览荒诞背后的众生世相。

综上所述，不难发现，2020年，浙江作家们对时下热门的现实题材的关注度有显著的提升，凸显出强烈的社会意识与人文关怀，他们的笔映照出多元化的生命历程，也对社会百态作了现实性的披露。总体而言，浙江作家继续砥砺前行，扎根人民，立足本土，展露出更为恳切、细腻的表达，带给读者更为深刻的情感体验。

2020 年浙江中篇小说要目

陈　河　《丹河峡谷》《收获》2020 年第 1 期
　　　　《天空之镜》《当代》2020 年第 5 期
张玲玲　《新年问候》《作家》2020 年第 1 期
诸　山　《西墅肿瘤医院流水》《时代文学》2020 年第 1 期
艾　伟　《敦煌》《北京文学》2020 年第 2 期
陈集益　《大地的声音》《人民文学》2020 年第 2 期
　　　　《被当作鬼的人》《野草》2020 年第 3 期
池　上　《创口贴》《钟山》2020 年第 2 期
　　　　《天梯》《作家》2020 年第 4 期

　　　　　　《曼珠沙华》 《山花》2020 年第 10 期

符利群　《黑马穿过白马镇》 《野草》2020 年第 2 期

　　　　　　《少年寻亲记》 《西湖》2020 年第 8 期 《中篇小说选刊》2020
　　　　　　年增刊第 2 期转载

杨怡芬　《棕榈花》 《天涯》2020 年第 3 期

杨　方　《断桥》 《大家》2020 年第 3 期 《中篇小说选刊》2020 年第 5
　　　　　　期转载

金　晖　《飞翔鸟》 《钟山》2020 年第 4 期

程绍国　《金及爵事略》 《天津文学》2020 年第 6 期

耳　环　《远方有间松木屋》 《星火》2020 年第 6 期

祈　媛　《夜里的彩虹》 《中国作家》2020 年第 7 期

许梦熊　《乌头白，马生角》 《西湖》2020 年第 8 期

张水明　《一九九四年的爱情》 《中华文学》2020 年第 8 期

郊　庙　《我们夜里在咖啡馆喝啤酒》 《啄木鸟》2020 年第 9 期

　　　　　　《为你太难的事》 《湖南文学》2020 年第 9 期

杨　渡　《丸子,丸子》 《青年作家》2020 年第 9 期

张嘉丽　《耻》 《海外文摘》2020 年第 10 期

林晓非　《恋爱吧,孩子!》 《西湖》2020 年第 12 期

林晓哲　《鸭子与先知》 《收获》2020 年第 6 期

保持距离　传递力量
——2020 年浙江短篇小说述评

| 周　静 |

2020 年，浙江短篇小说创作佳作迭出。艾伟的《最后一天或另外的某一天》、哲贵的《仙境》分列"2020 收获文学榜"短篇小说榜榜首和第二名，黄咏梅、钟求是、畀愚、雷默的作品入选中国作协创研部、《小说选刊》杂志选编的《2020 年中国短篇小说精选》和《2020 中国年度短篇小说》，夏烁、但及、周如钢、俞妍的新作体现了浙江中青年作家写作的丰富性和差异性，卢德坤、徐衎、杨方、池上、周文五位新荷作家在《大家》杂志集体亮相，展示了新生代的实力。

比列举成绩更重要的是，一年多以来经历的疫情让人在非常态和常态之间思索自然和众生的另一副面孔、另一重根基，并再度提示文学的探索发现不仅标识智力和见识的高度，也锻炼知觉和情绪的弹性，这在相当程度上为好作品赢得了更阔达的阐释空间。

一

艾伟的《最后一天和另外的某一天》居"2020 收获文学榜"短篇小说榜榜首。评论家杨庆祥在上榜理由中提到这个作品是"作家和他作品中人物的角力"，带有"元小说"的气质。按此读解，这个小说里有两个作家跟人物角力。一是次要人物、戏剧导演陈和平，他与女主人公俞佩华正面"较量"，以她犯罪服刑的经历为原型创作，再造一条善良人性被唤醒被救赎重获生命意义的曲折光明路，但在观剧中途退场的俞佩华面前，他完败，这是天真的艺术家在复杂人性面前的失败；二是作者艾伟，看上去他刻意隐没俞佩华杀人动机背后的心理真相，尝试探索因果链条之外的人性破坏力量的启动机制。在创作谈中，艾伟说，小说叙事要建立可信的平衡感。那么，创作过程中作家和主要人物当是棋逢对手。比如狱友黄童童就不是艾伟的对手，她意志薄弱，几乎被黑暗力量猎杀。但黄童童是俞佩华维护个人意志完整性的最后据点，她对童童的关爱，即是对威严的个人意志力的尊重。由此可见，这个作品力量巨大。即便两人都拒绝重现杀人的暴力心理，艾伟和俞佩华也必然会以其他方式与不被惩戒的黑暗力量面对面：俞佩华苦苦克制它，艾伟则让它刺穿，要它释放。出狱前的最后一天，俞佩华"第一次表现出同平常不一样的意志"，她拒绝狱监指令，未按规矩休息，但她的安慰仍未阻止黄童童自残。在另外的某一天，俞佩华借观剧之机请狱警转交给黄童童一个大洋娃娃，当听说童童已不在女监区时，她不可抑制地爆发出低吼。至此，艾伟超越了刻画人性复杂性的通常路径，超越了对人性悖论的慨叹悲悯，他在结尾定格了狱警和导演的表情，表达对人的意志力量的惊叹。在这个意义上，艾伟赢了，以一个谦卑的观察者的态度，或是以一个沉默的探索者的态度；俞佩华也赢了，成为艾伟创造的又一个人格饱满、情感深沉的女性人物。

哲贵的《仙境》，位居"2020 收获文学榜"短篇小说榜第二名。这个作品为信河街创造了一个痴人余展飞，戏痴情痴，但其实是反写。他是戏痴？他痴迷的不是戏，学戏练功二十多年，只学只练《盗仙草》一出戏。他是情痴？师姐舒晓夏明白他没有现世之爱。那么，这个信河街"大痴"的惊心之处何在？哲贵如有神助，将它隐于余展飞借戏"盗"取女性体验的表演中，全篇有四次白素贞挑枪的片段描写，次次艰苦卓绝，又细腻隐秘。第一次是越剧团团长舒晓夏陪着上市公司董事长余展飞排练《盗仙草》，两人多年来保持周练，自创八根枪一起投成一排，分别用脚尖、膝盖、肩膀和枪顺次挑回，"这种挑枪只有他们两个会"。第二次是侧面描写，年轻时的余展飞初见舒晓夏演的白素贞和四个仙童挑枪，他"整个心提了起来，挑枪结束后，他发现手心和脚心都是汗，浑身都是汗"。他对这段戏一见钟情，决意学戏。第三次是余展飞学成后的汇报演出，这次是虚写，他浸没在白素贞盗仙草、战仙童、救许仙的哀伤绝望的情景中。但这种欢愉他无处可诉。他接班父亲的皮鞋厂，《盗仙草》只能悄悄练。第四次是结尾处的高光，余展飞在父亲丧宴上登台，这是第二次公开表演。哲贵用"她"作代词，成全这个早就跟盗仙草的白素贞合二为一的男人。父亲离世，仿佛让他压抑顿消，但挑枪时竟难以自持，幸有舒晓夏飞奔上台救场，两个白素贞战胜仙童，盗得仙草，并肩舞枪花，如在仙境。忽而发觉，哲贵要写的是人间两痴。全篇最动人的场面，舒晓夏看着余展飞问：你演不演？青春已逝的舒晓夏早就认定自己是为余展飞盗仙草的白素贞，她明白余展飞苦苦要"盗"的是什么，也明白自己要向余展飞"盗"什么，难道不痴？哲贵刷新了信河街的精神高度，开发了"盗亦有道"的新意思，痴情里有坦荡荡的情欲，有若即若离的真心。

二

夏烁的《新生》之简，大概出于天性，沉静有力，气韵庄严，又具备轻盈流畅、脉动不息的质感，接近当代欧美小说。有音乐式的节奏，主题不断在回旋中推进，落点清晰，段落分明；或者说有建筑式的结构，理性和感性分别在横向和纵向上发展，有错落有汇合，有细密有疏朗，值得细品。更见功力的是，夏烁用简单的词句切换时空、人物，信手拈来，不紧不慢，又调度准确，剪接稳当。作品的当代感还表现在人物关系塑造上，母子、夫妻、同事、祖孙、兄弟之间，千丝万缕，所有出场人物，哪怕只有几个词或一句话的描述，皆面目清晰，坦诚真挚，话到理到，情在理中，每个人都有"主角光环"，但又一闪而过。相比之下，主角像一个迟缓的行僧或一头反刍的牛，承接起所有的话语和形象，体悟这些飞快来去的经历和知闻，豁然明白"爱漂亮"的父亲对生活的热情，治愈幼年丧父带来的偏执、孤独，重建精神归属感，感知生命的庞大体量，仿佛新生。

黄咏梅的《跑风》写在都市打拼的女白领回乡过年，重温大家庭的热络欢乐，些微幽默的笔调正好契合叙事者宽和的态度。写得最好的人物是老娘，她知道最有出息的小女儿玛丽上牌桌就相当于派压岁钱，就坐在女儿身后督导，拽住第四张发财不出，执意帮女儿跑风六圈，自卫反击。这一段描写欢声笑语，快意鲜活。看了太多的所谓原生家庭的"刻薄娘"和"势利哥"，黄咏梅赋予玛丽回乡的目光值得回味，其中蕴含着都市回望乡村、成年回望童年的惆怅，蕴含着发现时间真相的欣喜。在接受《中华读书报》采访时，黄咏梅提到创作《父亲后视镜》（2014）的初衷是表达生活状态的变化，从节奏相对快的广州来到相对慢的杭州生活。《跑风》也写生活状态的变化，短短几天，从都市到乡村，又从乡村回到都市，由此带来心理和情绪的变化，是具有典型性的现实题材。但叙事本质上不是空间性的，黄咏梅在访谈中说，时间是她反复书写的主题，"时间是常态，也是变化，是物理的，也是精神的"。玛丽对大家庭的感情正是在不知不觉中深厚起来的：第一层是对支持她求学改变命运的爷爷的感念，第二层是与曾经劝她辍学的父母兄弟的和解，第三层更幽微一些，她从小儿麻痹的邻居姑娘身上、从不知道她高茉莉还有个英文名叫玛丽的大哥身上意识到，她的人生如牌桌上跑风一样幸运。随着时间流逝、年龄增长，她对乡村的微讽里有理解、有谦和、有爱。

钟求是的《瓦西里》最内核一层的故事是，小尤准备给女朋友看自己写的苏联电影人物瓦西里的影评，还得意地想请她帮忙誊抄一份，但文稿找不到了，遍寻不见，尚未开始的爱情也丢了，小尤的两份表白都落空。外一层的故事是，小尤成了老尤后明白，当年女朋友喜欢苏联文艺浪漫的异国情调，并非真要跟他一起做"面包会有的，一切都会有的"美梦。退休后他到圣彼得堡朝圣，追忆失落的文稿《瓦西里的面包》。最外层的故事是，老尤发现年轻一代的俄罗斯人也不知瓦西里其人其事，他的情怀无处安放。究竟哪一层面更动人，或者说这个作品最初和最终的驱动力何在？答案与人物塑造相关。小说中的尤教授和叙事者，与其说构成某种松散的代际联系，不如说是作者善意的解构。如果把两人的叙事视角合并起来，能由此探看两个年代的精神情感核心，那么，上述三层中最难描述的一层，就是能量聚积的一层。可能正因表达之难，作者不得不启用了这个叙事者，轻轻绕开作为思想者的尤教授的内心冲撞，轻轻绕开瓦西里的面包，轻轻绕开向往和失落中令人动容的感情，但保留了"夏虫不可语冰"的纯洁骄傲。因为瓦西里，这个作品必然具有延展性，足以接通当代史以及几代人心中的回响，召唤读者像一只黄昏起飞的猫头鹰，在青春里，在20世纪，在欧亚大陆上空飞翔。

徐衎的《第四十三遍落木》篇幅很小，隐喻很多，讲述遗忘和记忆之间的战斗，以及这个战斗在意识里日益变成自我表演。

对于这个作品，复述故事本身显得多余。开篇的句子"胡子的生长速度似乎远远落后于指甲"，要等到几乎读完整个作品时，才能感受到这其中充满的对遗忘的恐惧。小说进行到一半篇幅后，核心事件显露出来：叙事者的父亲工伤死亡，赔偿金让母子俩有了湖景房和商铺，以父亲生命换来生活的极大改善，让叙事者痛苦不堪，无比自卑。其中最有攻击力的隐喻是生理上的恶心替换伦理上的困厄。叙事者好像失去了行动力，他发现父亲被砸死的工地现场已经建成豪华别墅，每当发觉记忆敌不过遗忘时，他就迷茫地滞留在别墅门前。关于这个心理依赖的描述占去了主要篇幅，有点接近徐衎在一次创作谈中说的"浸入感"，但到结尾，文字创造沉浸式情景的努力被推翻了。父亲鲜活地出场，批评一个人明明不快乐却故意反反复复出丑逗乐旁人是令人恶心的。念及此，叙事者自嘲地快活地笑起来，跟自己和解，这个作品也逃出了沉溺于情绪的危险。

王手的语言朴素舒展，几乎每个句子都见人见物，落笔处即成故事。这些有修为的文字不仅能演绎各色人物的姿态，字句后面更仿佛有个博物馆可以随时调度，呼之欲出。《养匹马怎样》的趣味在于故事之外还有形式可欣赏。小说前半部分写一个不服老的退休局长畅想新生活，营造轻松幽默的风格，让"老实巴交的写法"自带机智讽刺的装饰音。他严谨规划，充分衡量，思路很开放，眼界很开阔，像个预备跳入社会大海的小青年，仿佛谙熟世事，总是充满自信，几乎把局长的刻板样子全卸了，一门心思唱"归去来兮"。结构上，这部分层叠了数十个微故事，一个故事三两词句的容量，琳琅满目，它们像密集的发酵气泡一样，稳稳地将后面的"养马事件"从日常逻辑中架空。一个大气泡扭捏作态地浮起来，小说的正解出场，叙事风格从"现实"的转为"魔幻现实"的。局长的思维越来越浮夸，情绪越来越陶醉，他像被选中一样，如愿以偿地在公路边租到一块养马地，紧接着又买到一匹从天而降的白马，年轻的幼儿园老师带着孩子们充满感恩地领受他的生物课。最后一记豹尾：白马尴尬地露出"战备腿"，浪漫梦想蒙羞，女老师不会再来，白马遁去，田园将芜。

三

俞妍的《秤砣压几斤》贴近现实，直面晚期癌病的农村老人在经济和精神上的困厄。相较近年类似题材影视剧机智地加入明快的时尚都市元素，冲淡重病和濒死的压迫感，这个小说的叙事策略显得笨拙，但不落俗套。不轻易绕过困难的创作态度决定作品的基本面貌，甚至影响和塑造读者的面貌。俞妍极富耐心地构建细致入微、扎实可信的生活场景，降低人物正在被诗化、被戏剧化、被赋予意义的虚构感，让他们的言行其来有自，既平常又惊心，"绝望之为虚妄，正与希望相同"。比如牛国民去看望已经病逝的病友的家属，家属把尚未吃完的药转送给他，他凄惶地续命。他在生日上许愿：希望能再活一年。他从接连乱梦中醒来，对老婆低吼："我想去做手术，我还想活！"俞妍将无力的求生煎熬比作一个秤砣，要将沉重的命运逼平实在难，小小的铁块能压得住几斤就算几斤，其他且待来人。

周如钢的《孤岛》是这次阅读中停逗时间较长的作品。它触及一个古老的、极其挑战感受力和判断力的问题：艺术天赋代表的精神世界是否对贫瘠的日常生活构成压迫，或者说，在绝对的真善美的光芒下，贫乏的、卑微的，甚至罪恶的人性该如何自洽。《孤岛》借用父子深情，也尝试模仿当代人在先验的、能量巨大的东西面前无所适从的状况。小说开篇叙述父亲庄守城对儿子日益展现出不同凡响的绘画天赋措手不及，从经济条件、家庭

氛围到理解能力都捉襟见肘。在作品核心部分，作者不动声色地
描摹庄守城与儿子相处，不仅是疼惜，还隐有某种因自己的父爱
不得力而卑微愧疚的压抑。这压抑残忍地变相施加到妻子身上，
因为他对妻子的感情同样充满矛盾、混乱失控，以至借着酒醉失
手将她推下河。悲剧的力量在结尾抬升，儿子目击了父亲推母亲
落水，画成连环画作品获得大奖，以真相之名把庄守城的精神意
志打入地狱。不夸张地说，这个小说指向的暴力残酷，真是冰山
一角！仅就作品叙事本身而言，其暗含的伦理困境与通常的弑父
故事相比，戏剧冲突弱一些，哲学意义上的生存困境重一些，也
言说不尽。另外值得分析的是，作者几乎没有赋予这个天赐般的
孩子童趣可爱之处，他的天赋总让人战战兢兢。不多赘言，或许
以庄守城的儿子为主角，周如钢会写得更过瘾吧。

　　但及的《此画献给吴云》的精彩之处是犀利的结尾。全篇叙
事如拉锯，一冷一热一缓一急的落差缝隙里，一个被战争碾压的
女人从历史车轮下幸运脱身的传奇若隐若现。一边是"他"发现
病故的母亲吴云年轻时是著名的战地记者、文化名人，从疑惑到
诧异到失落到抵触，越来越疲惫；另一边是吴云拍的老照片被当
作亟待挖掘利用的文化资源，仰慕者好事者趋利者闻风而动，各
显身手，越来越急切。其中最具讽刺意味的人物是老画家，他追
忆吴云年轻时的光彩，赞美她的浪漫和才华，同情她在前线遭受
精神创伤，还祭上一幅《喜上眉梢》：此画献给吴云。让人不接
收都不行。最后老照片被盗，像装了消音器的枪打出一发子弹，
这个收尾创造了突然落空的感觉，阻断了喧哗，故事仿佛回到起
点。"他"有机会摆脱事功之人的裹挟，这样一来，母亲的传奇跟
他无关，历史跟他无关。他要快点下决心，到底还陪不陪大家玩。

　　雷默的《飞机光临鸦雀窝》借一张跑火车的嘴讲了一个魔幻
现实主义版的新闻故事。小米是个特别有戏的主人公，因为遗腹

子身份被人看轻，从小胡思乱想，习惯于精神胜利法，练就语出惊人博眼球交朋友的本事，后来到动物园做后勤，顺带编造动物趣事招揽游客。这个人物的戏谑形象颇有新意，性格中的复杂性值得深思。小米见证了动物园老虎吃人的新闻事件，却基本上被目睹父亲命断虎口的小男孩带跑了节奏，整个小说的叙事策略发生了偏移。可能雷默不忍心用轻盈的、荒诞的、疏离的方式讲述现实悲剧，但前半部分打开的小说叙事的无限可能性被同情同理的泪光阻击了，笑和泪的张力无法通过更卓越的叙事构造起来。另一篇《大樟树下烹鲤鱼》以近乎虔诚的态度塑造了一个进入化境的厨师老庄。小说有趣之处在于这个厨师充满矛盾。烹调手艺高超自不必说，他的志趣也不在赚大钱，随性定价：同一道红烧鲤鱼，竟按食客人数收费——两个人吃鱼，收两百块；三个人吃鱼，收三百块。这个细节足见老庄是个随性的人。但他又一点也不豁达，还钻牛角尖，显得心事重重。每烹一条鲤鱼，必留一颗鱼眼珠，存下一大瓶后，他自责杀生太多，又听说鲤鱼与菩萨有关，顿觉罪孽深重，再不烧鲤鱼，生意寥落。这仿佛提示老庄有点固执颓废。最后一幕，老庄用豆腐做成一条鲤鱼，出神入化，分明在修功德。其实对照工匠精神，厨艺不负鲤鱼、不负自然规律、不负人间辛劳，杀的、烹的、大快朵颐的，都算各得其所。雷默却压进一步，要问刀俎油锅的罪孽慈悲，让人肃然。

四

詹政伟的《国忠在1983》轻松有趣。泥水匠国忠去应征装甲兵，看似困难重重，希望渺茫，他下定决心，积极成事，关键时刻，总有意料之外的好运气助他过关。但作者把这些好运气悄悄隐在无心闲笔里，把事在人为的道理摆在醒目处，有叙事的智慧，也有生活的智慧。

　　赵雨的《下落不明》巧妙编织了人物和动物的对位关系。小说三次给野猪特写：第一次是父亲赵天赢逃赌债离家前一晚，"我"目睹父亲端着猎枪发觉墙外有野猪乱撞时惊惶的样子，这次野猪跳下窗走了。第二次是几年后父亲从东北开着桑塔纳回乡，父子俩打野猪，父亲提着枪穷追，这次野猪被一枪打穿脑子。"我"在父亲身边感觉到依靠。两次描写父子对抗野猪，表现了闯荡在外的父亲变得机敏野性。第三次是下落不明的父亲被注销了户口，"我"在美食节看到"显然是一只经历过某些糟糕的事被吓破了胆的野猪"，再看到父亲的猎枪已毫无兴趣。全篇节奏舒缓，关于父亲的一切刻画极细致，特别用温和的环境描写传递伤感的情绪，对父亲的幽怨和想念矛盾地交织起来，而关于自己的一切描述都潦草带过，仿佛"我"在生活中的正确选择与父亲不负责任的人生相比，竟不值一提。结尾处，"我"回忆当年父亲抬高枪口放走的小野猪，"滑稽的步伐透露出一种叫人感动的希望"。父亲的一念仁心显出光彩，而被遗弃的孩子循规蹈矩地过着黯淡的生活。

　　马叙的《卡夫》节奏好，用叙事模拟一石激起千层浪的波幅扩散态势，但视野并不宽泛，而是保持对女主角的聚焦状态，既展现个体在席卷一切的舆情面前应对失措的样子，也透视网络媒介促发信息自主繁殖失控的样子。不过马叙是温和的，女主角在梦中与丢失的宠物猪一起飞去郊外，逃离所有认识她们的人。陈家麦的《我们的领地》是动物小说、生态小说，题材、叙事和情感调度都有新意。前半部分的趣味体现在，读者跟着叙事者从冬眠中醒来，她的行动透露了她的体征和习性，展示着她的行走、捕食方式，她的食物、天敌和繁殖等等，还有她对环境的感知力和判断力。作者营造出一种探索的气氛，自然界的一切变得清晰可见，读者仿佛更新了感官，在野外环境中探索，也在动物生息中探索。然后，读者了解到这个叙事者是一只母刺猬。后半部分提出生态议题，从动物眼光看人类活动。在作者笔下，母刺猬在农场的经历，跟在自然界中的遭遇是同等的，一样要跟捕食的敌人决战，一样要平静地跟死去的亲人告别，农场只是路过的一片草地而已，水管跟树洞没有区别，刺猬重回自然。这个作品的叙事视角和叙事方式本身就带有生态价值观，对人类活动的描述相当克制，颇有回味。

顾艳的《阿里的天空》和《阿忠的遗嘱》，这两部作品赋予艰苦环境、战乱死难以一种壮美之感，个人审美风格鲜明。陈莉莉的《游泳》，优势不在结构技巧，而在细节的吸附力。这个细腻忧郁的心理小说描摹了羞耻感的各种表现，探讨生理羞耻与伦理羞耻的边界。小说的叙事环境设计得比较成功。作者把人类对身体的羞耻心及道德羞耻感放到一个小医院的环境中讨论，也就是把这类最不易承认、最难以释放的情绪，放到一群必须首先把身体视为客观事物的医生中间，探勘其黏性和深度。这个设置，让小说显得既特殊又日常，能精密地把读者的情理之辩调动起来，甚至升起一点莫名的怒意，使这个写法上看上去不怎么先锋的小说，具备某种叙事上的实验性。主角小姨的行为选择呈现了作者的思考：小姨不适应外科护理工作，长期被生理耻感困扰，反而对伦理耻感失去考量，她的洁癖偏执具有迷惑性，更有腐蚀性。对此，作者的笔调是温和的，态度是冷峻的。

杨渡的《我的脑袋进水了》是儿童心理小说，笔触细腻，情感层次丰富，通过颇具奇幻色彩的描写，展现小男孩想象脑袋进水的新奇又害怕的心理状态，渐次透露孩子内心的"小人"对关心和陪伴的期待，展现儿童世界与成人世界的隔阂以及由此带来的童年忧伤。在这个审美方向上，这个作品有伊朗儿童电影的色调：孩子是在同龄人的相互陪伴下长大的，在精神上跟大人是无法沟通的，既忧伤又美好。虞燕的《鱼会不会悲伤》有一个巨大的黑洞。作品摹写了母亲对儿子的唠叨抱怨、课外辅导老师对学生成绩的期待、校园霸凌的伤害、父亲的缺失等，经历中考失利的考生的内心仍无从探知。作者保留了这个黑洞，也保留了语言对真相的敬畏。郊庙的《成人仪式》探讨青少年对爱的认知问题，提出父母亲人的陪伴关爱对孩子的道德观和价值观的正确树立具有重要意义，小说主人公对保姆阿姨的牵挂、对女性的尊重以及他保有的最基本的是非观都指向这个主旨。杨邪的《野猫》从老年人视角关注代际问题以及老人的孤僻心理，老人从朝北小房间窄窄的窗口望见小树林，听到树林里野猫哭，隐喻衰老带来某种幽闭的感受。

　　一年又一年，每年的述评肯定有诸多遗漏的、没读完的、读了不知说些什么的、说了也没有到位的作品，实在惭愧。写作的焦虑、阅读的焦虑，多数时候是关于意义的焦虑。而在 2020 年里，我们被提醒减少聚集，保持距离，更多地与自己、家人相处。有时候真像乔治·斯坦纳说的"漫长的星期六"。那就写作、阅读、与自己和家人相处，用语言和沉默度过"漫长的星期六"。

2020 年浙江短篇小说要目

一、书

瞿　炜　《只是遇见过》　吉林文史出版社 2020 年 8 月版
牧林铨　《赵钱之合》　团结出版社 2020 年 4 月版

杨　渡　《魔幻大楼》　百花洲文艺出版社2020年1月版

二、文

艾　伟　《最后一天和另外的某一天》《收获》2020年第4期

哲　贵　《仙境》《十月》2020年第3期　《小说选刊》2020年第7期、
《新华文摘》2020年第17期转载

王　手　《养匹马怎样》《人民文学》2020年第5期
《上海长途汽车》《作家》2020年第3期

程绍国　《大房子的夜晚》《钟山》2019年第6期　《小说月报》2020年
第3期转载
《金亮同志，请坐》《作家》2020年第2期

黄咏梅　《跑风》《钟山》2020年第3期　《小说选刊》2020年第7期、
《新华文摘》2020年第17期转载

钟求是　《瓦西里》《长江文艺》2020年第6期

徐　衎　《第四十三遍落木》《上海文学》2020年第5期

夏　烁　《新生》《上海文学》2020年第5期
《末年》《山花》2020年第7期

东　君　《面孔》《山花》2020年第1期
《门外的青山》《江南》2020年第4期

陈集益　《人面动物》《花城》2020年第4期

詹政伟　《国忠在1983》《长江文艺》2020年第7期

雷　默　《大樟树下烹鲤鱼》《收获》2019年第6期　《小说选刊》2020
年第1期、《新华文摘》2020年第5期转载
《密码》《花城》2020年第4期　《小说选刊》2020年第9期
转载
《飞机光临鸦雀窝》《飞天》2020年第10期　《中华文学选刊》
2020年第12期、《小说选刊》2020年第12期转载

顾　艳　《阿里的天空》《湖南文学》2020年第10期

《阿忠的遗嘱》《百花洲》2020 年第 6 期

赵　雨　《船长》《天涯》2020 年第 6 期

《下落不明》《江南》2020 年第 4 期

《山林深处》《作家》2020 年第 3 期

《刀光》《雨花》2020 年第 5 期

马　叙　《卡夫》《青年文学》2020 年第 4 期

陈莉莉　《游泳》《十月》2020 年第 4 期

草　白　《等这个夜晚过去》《山花》2020 年第 9 期

《艰难的一天》《大家》2020 年第 1 期

柳　营　《女画家》《大家》2020 年第 5 期

周如钢　《孤岛》《钟山》2020 年第 5 期　《小说选刊》2020 年第 11 期
转载

《春意浓》《青年作家》2020 年第 9 期

《离岸》《雨花》2020 年第 7 期

陈家麦　《相濡以沫》《作家天地》2020 年第 2 期

《我们的领地》《延河》2020 年第 9 期

郊　庙　《成人仪式》《钟山》2020 年第 1 期

《功德圆满》《天津文学》2020 年第 6 期

但　及　《此画献给吴云》《上海文学》2020 年第 3 期

畀　愚　《春暖花开》《青年文学》2020 年第 2 期　《小说选刊》2020 年
第 3 期转载

民　啸　《半梯村游魂》《上海文学》2020 年第 2 期

《比起这个黑夜》《作家》2020 年第 10 期

杨　邪　《野猫》《百花洲》2020 年第 3 期

《理发》《雨花》2020 年第 10 期

杨　渡　《我的脑袋进水了》《雨花》2020 年第 1 期

《幻》《青年作家》2020 年第 9 期

余静如　《夏日午后》《大家》2020 年第 1 期

池　上　《仓鼠》《大家》2020年第3期

卢德坤　《伴游》《大家》2020年第3期

周　文　《星光》《大家》2020年第3期

俞　妍　《化蝶》《天津文学》2020年第6期

　　　　《童话镇》《安徽文学》2020年第7期

　　　　《秤砣压几斤》《广西文学》2020年第11期

虞　燕　《戏痴汤小花》《安徽文学》2020年第5期

　　　　《莲花灯》《江南》2019年增刊

　　　　《鱼会不会悲伤》《延河》下半月2020年第3期

方　淳　《水井深处的呻吟》《作家》2020年第7期

西　维　《岛》《作家》2020年第10期

徐建宏　《霍尔施塔特的轮椅》《山花》2020年第6期

金岳清　《白莲花》《边疆文学》2020年第6期　《小说选刊》2020年第7期转载

蔡圣昌　《最爱刘象贤》《西南文学》2020年第1期

来　其　《硬通货口罩》《江南》2020年第2期

孙敏瑛　《小山上》《青春》2020年第11期

三、补遗

黄咏梅　《走甜》　花城出版社2019年4月版

畀　愚　《通往天堂的路》　花城出版社2019年4月版

陈集益　《制造好人》　花城出版社2019年4月版

吴文君　《彩色玻璃》《大家》2019年第6期

柳　营　《卦》《上海文学》2019年第11期

俞　妍　《拼团》《安徽文学》2019年第6期

　　　　《自由落体》《清明》2019年第6期

胡柏明　《香火》《上海文学》2019年第11期

高上兴　《七月在野》《长江文艺》2019年第12期

风流自是渠家事，功夫深处独心知
——2020 年浙江诗歌创作述评

│ 柯　平 │

　　2020 年，一批前些年陆续崭露头角的有才华的作者，凭借自身的写作实力，开始逐渐为全国各重要文学期刊所接纳，他们在年龄上或稍有差异，水平却大致相当，隐约有形成一个新的实力群体的可能。更可喜的是，这些人在观念上和技艺上处于相当开放的状态，既不恃才自娱，仅满足在公众号和朋友圈里博个点击率，也不执着于官方或民间的狭隘概念，想发表就投稿，大刊物发不了就发小刊物，诗风明朗，心态良好，佳作频出。其人数相当不少，仅以 2020 年在各主要刊物上露面的为例，如宁波的飞白、张小末（现居杭州）、林杰荣、朱夏楠，温州的手格、叶申仕、卢小宇、谢健健、赵文斌、余退，湖州的赵俊、小书、伏枥斋，绍兴的风舞，金华的许梦熊、杜剑，丽水的叶琛，台州的燕越柠，杭州的卢山、非非（方汇泽），衢州的崔岩、阿剑等。擅长对客观景物做真实描述，而又时能出人意料，可以说是他们较为显著的一个美学特征，或者说，更多地关注人间烟火和市井生活，明知画鬼容易画人难，而又敢于尝试。一百年前胡适曾告诫他的诗友们："凡是好诗，都是具体的；凡是抽象的材料，格外应该用具体的写法。"相信今天浙江省年轻一辈诗人绝大多数都没领教过胡博士的这番高论，缘于精神的相通，在写作中却也无师自通，各自默默努力并实践着。

具体到作品上，如手格《人民文学》2020年第5期上的组诗《命运》和《诗刊》下半月刊2020年第8期上的《环海路上》（9首），"潮水涌动是一次次挥刀的过程/涛声翻卷着深底的隐秘/默默地撕扯出白银的低叫"（《渔寮月夜》），这是映现在他视觉里的月夜潮水的形态。叶申仕《星星》2020年第4期上的《把自然还给自然》（4首）同样如此，"我记着一个三轮车夫的背/黝黑，仿佛积攒了五十个夏天的阳光/不断析出的盐分把脊梁腌制得越来越薄/骨头制成的翅膀有力地扑腾着"（《把背影留给我的人》）。谢健健《诗刊》下半月刊2020年第4期上的《平衡术》（6首），他在母亲古老的针线活中看清自己的来途与去向，"少女时代的练习与经验/在靠近我皮肤的地方/留下针眼，'穿针引线'/但两者不时重合，刺痛我/将时间的针眼汇总统计：/过去的时日远比我们想象更多/稳定是手的特质/它对抗视觉的衰退/并在有节奏的穿梭中完成作品——我诞生/并在时日的缝补中达到至臻"。许梦熊《星星》2020年第5期上的《晚雪》（4首），其中有个细节写一个勇敢的孩子用讲义夹遮头踏雪回家，"放学的孩子往空中举着文件夹，/雪落在透明的塑料上面/像失去色彩的斑点，她的小手冰凉/却一点也不想缩回火的衣兜"。小书《诗歌月刊》2020年第11期上的《小书的诗》（10首），其中有一首写到开车上班时发现一团柳絮飘入车内，"行道树中并没有柳树/它可能源于时间的流逝/瑞亚（希腊神话时间女神）挥舞的一缕烟峦/我见过大量的它们/这时间的溢出物/具体的呼吸/即便我是个无信仰主义者/也会为它出神一小会儿/然后再慢慢混入这清晨的车流"。伏枥斋《草堂》2020年第11期上的《梯形黎明》和《在地铁上读诗》，后面这首写的也是车，不过是犹如灰喜鹊般的地铁，诗一样的女孩坐在一旁，似乎彼此还有微妙的心灵默契，然后途中停站，"她在另一个站台起身下车，这是一个/虚假的存档点，是一次因为紧张而/错按的快门。在跨过玻璃门的一刹那/那犹豫似乎是她也看到脚下的冰层正在融化/在一只灰喜鹊的巨大的阴影中"。余退《青年文学》2020 年第 11 期上的《余退诗五首》，有一首写自己听民谣的感觉，"粗粝的嗓音堆砌着/滚落的沙堡。沙子飞起，摩擦着/我的脖子，晚风中有盐粒正在凝结"（《黑色乐器盒》）。林杰荣《文学港》2020 年第 11 期上的《时光的尽头》（7 首），其中有一首写一个很少关心父母的人在接到父亲来信后的复杂心态，"我翻出手机，想立刻打给他/强烈的窒息感又开始作祟/一个年过半百的男人最希望听到什么呢/我又想到他的胃病和肩周炎/曾替他买过的药名还记在备忘录里/这是我最不愿在对话时提及的/但每一次，它都很好地化解父与子之间的沉默"（《父亲的来信》）。赵俊《上海文学》2020 年第 5 期上的《蜷缩的翅膀》（6 首），相比之下我更喜欢他的获奖长诗《文成侨民》，前者题材抽象不算什么，关键是手法同样如此，或许就有问题了。而后者洋洋洒洒近两百行，密布着大量丰富而真实的细节，在叙述巧妙的穿插下，如同金属碎屑被吸附于磁石，或如法国新小说派鼻祖西蒙所形容的那样，即用一根丝线于不经意中串起一盘珠子。风舞《诗刊》下半月刊 2020 年第 3 期上的《玻璃桥》（4 首）亦较出色，他在题材上的开拓以及把握能力，让人想起当地早些年的另一位好手濮波。杜剑《星星》2020 年第 1 期上的《富春山居图》（7 首）和《西湖》2020 年第 11 期上的《杜剑的诗》（9 首），戏剧性的叙述后面，往往藏有一个坚固的不会让人失望的秘密按钮，这是他目前最拿手的功夫。燕越柠《诗刊》下半月刊 2020 年第 11 期上的《飞过松阳的燕子》（6 首），写自己练瑜伽坚持不下去的时候，脑间转过一个念头，"过二十年或者更晚，我会准确地回忆它们/回忆这一刻，会记起温暖和迷人的东西/像头顶昏黄摇晃的灯光，会记得一只小蚕/缓慢地啮食桑叶，小心翼翼不发出声音/哦，它在蜕皮/夹杂着坚忍的痛楚"（《坚忍的品质》）。非非的作品读到不多，但留下较深的印象，如《诗刊》上半月刊 2020 年第 2 期上的《空山新雨》，《江南诗》2020 年第 1 期上的组诗《芭蕉绘》，《诗歌月刊》第 12 期上的《深林》与《文竹》等。我对他的获奖作品《文成四章》印象更深，那种沉稳的叙述，奇特的意象和画面切换技术，让人几乎不大敢相信非非是一个 1996 年出生的人。

2020 年，那些 20 世纪 80 年代和 90 年代前期就登上诗坛，为读者所熟悉的名字，如杭州的黄亚洲、张德强、谢鲁渤、李曙白、顾艳、梁晓明、孙昌建、蒋立波、卢文丽、胡澄，宁波的荣荣、张文斌、原杰，温州的池凌云、马叙、东群、刘秀丽，金华的章锦水、蒋伟文、周亚，台州的伤水、陈剑冰、林海蓓，舟山的王国平（谷频）、厉敏、朱涛、姚碧波，绍兴的蒋立波、东方浩，嘉兴的伊甸、邹汉明、晓弦、张典、李平，湖州的潘维、沈方、李浔、石人、胡加平、沈健、姜海舟，依然光彩不减，他们的新作刊登在各大期刊上，有些甚至写得越来越好，不断创造个人意义上新的高度，如卢文丽《中国汉诗》2020 年第 1 期上的长诗《西湖诗雨》，张典《诗刊》下半月刊 2020 年第 3 期上的《音乐》（5 首），伤水《江南诗》2020 年第 3 期上的《只有月光苍凉慷慨》（18 首），沈方《江南诗》2020 年第 4 期上的《深夜的木心美术馆》（14 首），荣荣《诗刊》上半月刊 2020 年第 6 期上的《另类》（9 首），晓弦《诗刊》下半月刊 2020 年第 6 期上的《仁庄的仁》（5 首），池凌云《诗刊》上半月刊 2020 年第 7 期上的《青海书》（8 首），梁晓明《中国作家》2020 年第 8 期上的《最初》（4 首），邹汉明《山花》2020 年第 8 期上的《我们活在一个漩涡里》（6 首），东方浩《诗刊》下半月刊 2020 年第 11 期上的《浦阳江边垂钓者》（5首）。诗集方面，有马叙的《错误简史》、李平的《走到鱼鳞塘的尽头》、姚碧波的《日常片断》等，一想到背后是长达三四十年的坚守和源源不断的创作力量，不免让人肃然动容。

其中，谢鲁渤与陈剑冰因发表不多，作品值得一提。谢鲁渤是20世纪80年代初浙江写得最好的诗人之一，后改写小说，又转攻散文，均有不俗的成就。他重又写诗是很令人欣慰的事。他的新作《七种鸟声》（15首）发表在《江南诗》2019年第6期，《江南诗》2020年第1期《诗人读诗》栏目再次刊发。"清晨测试你听觉的有七种鸟声/你始终都没能找到/可以角色互换的那一种"，这样沉着而别致，且不无煽动性的开头，既显示了此诗的品质，也证明作者深敛的功力，只是平时不轻易出手罢了。评论家一苇渡海对此诗的写作背景与作者心理进行研究后认为：听鸟声为心灵功课，以此清点人生，诗歌技法和诗人心态都相当从容。说得比较到位。陈剑冰亦由诗人而为小说家，又为影视剧编剧，但每年仍挤出不少时间用于写诗，自秘不宣而已。《山花》2020年第4期上的《回音》（5首）和《江南诗》2020年第6期上的《围炉夜话》（6首）不知作于何时，侧重点或有不同，但那种温情而开阔的气息是绵亘连贯的，或山或水，或景或人，均有随手拈来之妙。"即便小动物的嬉戏有些粗野，逃之夭夭的/恰是山的华年，与我的羞愧"（《登虎山》），"当轮船靠岸，海浪不停到处走/追求遥不可及的地方，平静如琴键/他爱上那个地方，但没有揭开秘密/不再因寻根究底而虚度光阴"（《音乐家》），这样的句子尽管算不上如何出彩，但没有恬淡的心境和对人生本义的透彻写不出来。还有顾艳，四十年前的杭州美女诗人，名闻一时，后来逐渐淡出了视线。2020年她重返诗坛，新作多多，《诗歌月刊》2020年第11期有她的《某个秋天》（6

首），《中国诗人》2020年第3期有她的《美丽的消失》（4首），第6期又有她的《穿越岁月之河》（18首）。路过吴山下的旧居时她说，"一生的烦忧与疼痛／瞬间纯净得没有一丝杂质"（《中山北路》）。而在香港太平山下的萧红骨灰葬地，"我坐在船上读她／读懂一个女人的梦／尽管悲惨，但有浅水湾——珊瑚枝丫上滴着的月色／意义就在其中"（《浅水湾》）。句式干净而富内涵，大有"我见青山多妩媚，料青山见我应如是"之余韵。

　　李郁葱的年龄要小一些，也属于那种低调而顽强，能在长达几十年的时间内不断拿出好作品来的人。《草堂》2020年第1期上的组诗《寻宝记》、《作家》2020年第2期上的《诗15首》、《诗刊》2020年第5期上的组诗《有所思》等，是他近年醉心于生态环境和古代文史研究的成果。杭州北郊的文化高点皋亭山望宸阁，有一年我们应当地主人任轩邀请一起攀登，或许只有他的目光超过了远处的钱塘江甚至更远，"白驹过隙？抬眼处大江如练／但也仅此而已，有更加奔腾的潮水／更加壮丽的落日……大地的纽扣／它只是触及我压低了的喉咙／如果那么多的声音让我／同时说出，我是这秘密的傀儡／用一种标准打量这些微茫"（《登望宸阁》）。而旅途中的一个寻常夜晚，在下榻的宾馆闲眺，他看见李白曾吟咏过的月亮，"这月光是另一道墙，另一种／打开：唯有不存在的骑士驰骋／床前，有明明白白的月色。／当有千里之远，但我只听到／月色如马蹄，像白发的催促／斗室里，现世的鼾声平衡着左右"（《明月千里》）。对此，评论家兼诗人芦苇岸的看法是："一种基于精神参考的现代性考量，从精神层面向更深的哲学意味挺进，像所有中国古代诗人喜好寄情山水展现高洁心境一样。"

　　20世纪70年代出生的那些诗人，现在年龄正当四五十之间，正是写作力量最强的时候。2020 年在刊物露面的男性诗人有商略、泉子、高鹏程、陈人杰、陈星光、王孝稽、津渡、陈律、芦苇岸、吴艺等，女性诗人有叶丽隽、钱丽娜、桑子、寒寒、戈丹、冷盈袖、六月雪等，还有寄籍本省的灯灯和扶桑。陈人杰《诗刊》上半月刊 2020 年第 1 期的头条《米堆冰川》（6 首），对西藏的一往情深开始获得丰厚的回报，感觉雪山的神灵已寄居在他的诗中。商略《诗刊》上半月刊 2020 年第 5 期上的《在金岙》（6 首），身居红尘繁华，心在荒村听雨，现实与历史在他手里被玩得出神入化。津渡《诗刊》上半月刊 2020 年第 5 期的头条《铃铛》（8 首），在所附创作感想中称"天马行空地想象，完全独立地思考，进而耐心地梳理"，这一点他确实做到了。王孝稽《诗刊》下半月刊 2020 年第 5 期的头条《屋角海带》（7 首），发表时配有评论家荣光启和诗人潘维的评论，这对他本人来说是一件大事，代表一个新的创作高度。芦苇岸在《钟山》2020 年第 5 期上发表了《向内的坦途》（10 首），他每年发表的作品多，而同时又能维持相当的质量，这在浙江省实不多见。陈星光《草堂》2020 年第 8 期上的《星辰》（11 首），想象狂放，句法独特，其中的《大雪》和《在书店》尤佳，读后让人情不能已。吴艺《诗歌月刊》2020 年第 9 期上的《在夕阳的余晖中镀上悲悯》（9 首），狂野的思绪与平静的叙述结合良好，如同石头隐于水下的那种感觉。高鹏程在《钟山》2020 年第 5 期发表《高鹏程的诗》，又在《作家》2020 年第 10 期发表《后视镜》（12 首），其中《玻璃上的雨滴》一诗写得惊心动魄。叶丽隽的大气和优雅总给人留下深刻的印象，这次《扬子江诗刊》2020 年第 1 期上的《太湖晨读》和《诗刊》上半月刊 2020 年第 10 期上的《和解》也不例外。冷盈袖发表在《江南诗》2020 年第 2 期上的《我们在自己的局限里获得安慰》（5 首），这种诗只有如她那样宁静到几入禅寂的人才写得出来。桑子《青年文学》2020 年第 2 期上的《在词语内部疾速前进》（10 首）和《大家》2020 年第 3 期上的《大地在雨中攀登》（9 首），触目成诗，或雄放或婉约，再次展示了她的多才和驾驭题材的特殊能力。寒寒的《多少年了，我们依旧怀念它》，我仅在《文学港》2020 年第 5 期和《星星》2020 年第 8 期上读到了一部分，感觉这是她的一个新的里程碑。以上随想随说，限于篇幅无法展开讨论，片言只语，窥其一斑罢了。

2020 年有两本无法忽略的诗集：陈律的《还乡》和饶佳的《槲寄生的分行书》，两人虽说相差一代（陈律出生于 1969 年，饶佳出生于 1995 年），但奇异的想象力和优雅的叙述，是他们的共同特征。陈律从不投稿，多年来选择的是一条与众不同的道路，因此新书出版可谓 2020 年的一件大事。记忆中上一次收到他馈赠的诗集时，我才刚进学校，一晃十几年过去了。但诗歌的时间与现实的时间不同，这就是沃尔科特能在八十岁时写出他一生最好的作品的原因之一。打开诗集，最吃惊的是语言风格上的显著变化，越来越简练、结实，直指人心。像其中的《餐厅》："喧闹餐厅里，你看见一张相片，/是一处流放地的暴风雪。/不由想起一位朋友，/想起他朴素、绝望的语言。/觉得美就是这么诞生的，/呼应着你急切的需要。/是对残存的你的审判和宽怀，/令你在这太晚来到的末日耿耿于怀。"从内心而言，我对陈律的真实期待不是成为中国的沃尔科特，而是当代林和靖，哪怕高度稍低一点也没关系，只要精神和方向大致相同就行，把古代文人的优良传统即身怀异才而甘心隐逸的精神传承下来。饶佳继 2018 年由宁波市资助出版处女作《动物异志集》后，此次新书又由浙江文学院资助出版。这位天生的诗歌怪才，在同龄人中应该是比较幸运的了。好在她也不负众望，新作在继续展示她强大想象系统的同时，依然固执地将关注力投放在动物身上，让人感觉她原本就是它们中的一员。有人曾认为她的语言表述稍嫌西化，建议适当汲取口语，我的看法是，口语如果不能取其朴素而流于粗俗，再生动也没用，这就是张打油和薛蟠体的本质区别。同样，只要表达的是内心的真切感受，语言唯美优雅一些也没关系，至少一名合格的读者在用心倾听时不会产生隔阂。风格近似这一路的还有温州的瞿炜、金华的周亚等，碰巧两人新近也都有诗集出版，前者的《骑鱼而翔的歌者》和后者的《理想国》，语言上同样也有较大的变化。这是一个有意思的话题，希望以后有机会再详细讨论。

说到陈律总会想起泉子，因二人同为杭州人，也因陈律与泉子年龄和实力大致相当。2020 年泉子出版了自己的诗集《青山从未如此饱满》，又在《人民文学》2020 年第 1 期上发表了新作《硬币》（22 首）。"在苏堤从北往南的第五座拱桥上，/我被一对步履蹒跚的老人所吸引，/一种令人心惊的苍老：/一位气喘吁吁的老妇人/搀扶着一个更为孱弱的/她的男人，/这会是他们最后一次经过吗？/而正是他们急促的呼吸声/让我再一次看见了/拱桥那不易察觉的起伏"（《苏堤》）。如果把这首诗比作风筝，线头就是最后一句，没有它的话，风筝就飞走了。这既是技术方面的有趣话题，更是思想深度的比拼或测量标尺。没有十年以上的功力，要写出这样干净而有力的一句诗几乎不可能。

同样，说到泉子又会很自然地想到黄纪云，作为《诗建设》和《星河》的幕后资助人，多年来他除了为浙江诗坛默默做贡献，自身的写作也一直坚持着没有停断。新作《秋风啊，为登高者击鼓》（13 首）由《江南诗》2020 年第 5 期作为头条推出，其中《初恋》《只是版本不同》《记一次海难》《白箬岭》等几首读后都有较深印象。《只是版本不同》后半部分尤为出彩，讲诗人少年时与一邻家女孩看露天电影后摸黑回家，"当经过一片墓地时，你的双脚/如上紧的发条/双手紧挽我的胳膊/我像电影里的英雄，昂首挺胸/现在想起来/我们好像就在银幕里，一直/等着卸妆、谢幕、哭泣"。温情、朴素而生动，而又不仅于此。另一位有才华的圈外诗人是宁波的鱼跃，他的诗集《大地之光盖过所有的忧伤》2020 年由上海人民出版社推出，颇受欢迎。刘立云序言中的一段话或许可以用来解释其中的原因，"鱼跃是性情中人，写诗随情所至，像他在生意场上那样当机立断，带着很强烈的主观色彩。或许他觉得形式并不重要，思想表达决定一切，因此对主题、结构、语言，采取能做到什么程度就什么程度的态度。但他的写作用心，诚实，冷峻，深厚，直抵时代和人们的心灵"。

近年两位骁将加入浙江诗群：杭州的沈苇和宁波的颜梅玖。沈苇是湖州人，在新疆工作二十多年后调入浙江传媒学院当教授，《诗刊》上半月刊 2020 年第 6 期上的《为杏花而作》（7 首）和《星星》2020 年第 6 期上的《沈苇近作选》（9 首），相比过去呈现出一种新的审美意蕴，是地域的影响抑或时间的力量，暂时还说不大清楚，更符合我的美学趣味。颜梅玖是辽宁籍，现居宁波，供职于《未来作家报》，是网络诗坛上名气很大的玉上烟的真身。《作家》2020 年第 6 期的《明州夜潭集》（23 首）通过对植物、社区和日常琐事的描述，采菊东篱，意在南山，寓思想于庸常之中，于无佛处见佛，就像她在《墙的里面》一诗中所告诉我们的，"有一次，我用力在墙上钉了一枚钉子/我听到墙发出"咚咚"的呼叫/钉子进入了沉寂/它的尖锐被一截黑暗吞噬/和墙合为一体/成为墙的一部分/我知道，它不会告诉我们墙的内在/墙的倾诉/只有把它拔出/墙才会露出一个细长的黑洞——/你会发现，墙里面的世界/有别于光滑的表面"。

更多的诗人重返诗坛，带着多年的人生体验和读书积累，这使他们的作品大多在思想性和内涵上具有某种优势，个别哪怕技艺方面稍欠娴熟，仍有相当的分量。其中湖州的舒航是沈苇的老乡兼同学，20 世纪 80 年代在大学读书时就一起写诗，在圈子内为很多人所熟悉，他的新作《水歌》（7 首）刊登在《江南诗》2020 年第 3 期上，在《小河对岸》最后一节，他说，"在蔬菜加工厂，新鲜的红薯来不及碾碎/于是它们成堆成堆地腐烂/这样的事情也许到处都是/而这正适于我对时间的比拟/也最终是对人的比拟/正是我，宽恕它们，而又原谅了自己/像所有心地善良的人对待罪孽一样/隔着小河，天空和鸟/我睁开眼睛，又闭上眼睛"。虽说采用的是自我心灵对话的秘密仪式，又总觉与我们息息相关，读来有一种莫名的感伤。温州青田的陈墨二十年前就以写诗成名加入中国作协，2020 年新作频频发表，如《扬子江诗刊》2020 年第 6 期上的组诗《合影》，《绿风诗刊》第 3 期上的《石雕青田》（10 首），《诗歌月刊》2020 年第 12 期上的《在河姆渡遗址》等。"这些白垩纪的幻想/在一次次燃烧而冷却之后/再次从内心的矿脉中取出/已经破碎不堪如同石头/如同你所说的一切无所谓/都在所谓之中"（《互梦之间》），这是如红楼梦醒那样的空寂与觉悟，诗龄三十年，近作大有如顾恺之啖蔗渐入佳境之态势。宁波象山的陈雨 20 世纪 80 年代写诗并先后创办殷夫诗社和海地诗社，在当地声名甚著。《诗潮》2020 年第 4 期有他的新作 4 首，《中国诗人》2020 年第 5 期有新作 5 首。在《抽屉》一诗里，他说，"或许，一只抽屉对自己/也有怀疑。在一拉一推之间/它警惕、小心，在阳光照射不久/迅速地退回黑暗之中/似乎黑暗已成为生命的本身"。语意警策，不乏言外之意。

浙南的衢州因地域偏远，交通不便，多年来在浙江省享有声名的诗人不多，印象中除了小荒、淡舟、赖子、施瑞涛（现居杭州），其他不甚了了。近年来随着高铁兴建和经济腾飞，一个有相当规模的诗人群正在形成和崛起之中，除了前面提到的，还有余风、崔岩、阿剑、凡人、麦田、涧星、步红祖、陈华元、叶大洪、余元峰、徐俊飞、徐卫剑等，大名均频频见于报刊，其中印象较深的有余风《作家》2020年第12期上的《西藏印象》（外一首）和《星星》2020年第12期上的《那个小门里的灯一直亮着》。余风作为曾经的支边干部，取材依然围绕西藏主题，即生命中永难抹去的那一部分，他眼中秋季的雪域"纯净如记忆空白处深不见底的伤痕"，作为1989年的远方诗社中坚，单此一句即可见其功力。小荒《诗潮》2020年第12期上的《小荒诗选》（8首），试图以萧闲散漫的笔法化解越来越强大的商品社会的压力，走的是黄药师以一管玉箫对付欧阳峰蛤蟆功的路子，志向高远，值得期待。崔岩的新作有《扬子江诗刊》2020年第1期上的组诗和《西湖》2020年第8期上的《崔岩的诗》（8首），相比往年的诗作，其写法和取材有所不同，似乎有向玄思与深度努力的趋向，一时说不准是好是坏。阿剑《草堂》2020年第5期上的组诗《依旧》和《诗潮》2020年第5期上的《书房里的雪崩》（6首），狂放的思绪和文人的家国情怀构成他的特色，技术上也基本跟得上，坚持下去或能自成一家。当然，这需要时间来证明。赖子在《扬子江诗刊》2020年第6期发表《野径》，"只有脚印，才能叫醒一条废弃的路"，他在诗的开头对"脚印"作如此定义，语简而意深，大有与杨炼《诺日朗》中的名句"只有坚持是唯一的信念"媲美的可能，惜结尾稍弱。陈华元《文学港》2020年第12期上的《观剧》（10首），戏里戏外，世象生态，触目成章，均有余味。凡人《诗潮》2020年第5期上的《孤独》，"整个夜晚，他听见落雪的声音/先是落在山上树上地里水里/之后所有的雪，都落在雪上/并发出一种/叫作寂静的声音"。虽然只有短短五行，却开阔而深沉，语尖意新。尤其是第四句，表达上很特别，没有一定的功力写不出来。

说到群体，《江南诗》杂志功不可没。自 2018 年设立一个以县区为单位的地域专集栏目以来，至今已刊出五辑。在推动当地诗歌发展的同时，也方便外界了解和交流。让我们知道永康除了章锦水、陈星光、蒋伟文，还有杜剑、朱惠英、张乾东等优秀诗人。奉化除了原杰、高鹏程、林杰荣，还有曾谙安、南慕容等优秀诗人。岱山除了谷频、厉敏、苗红年、舟子，还有白峰、王幼海、虞珍科、啊呜等优秀诗人。温岭除了江一郎（已故）、杨邪、陈剑冰、戈丹、若水，还有范蓓丽、张明辉、老屋等优秀诗人。洞头除了余退、叶申仕、谢健健，还有王静新、杨隐、马号街、北鱼等优秀诗人。浙江省县级行政单位有九十个，仅仅推出其中五个，而且还是择优，已有如此规模，全都介绍一遍的话，数量一定相当可观。

近年浙江省诗人在自身努力写作的同时，还热心于各类优秀作品的选编工作，如由赵思运、卢山、李俊杰主编的《江南风度：21 世纪杭嘉湖诗选》，作为向新诗百年致谢的礼物，历时三年，历经磨难得以完成。该书于 2020 年 5 月由北岳文艺出版社出版，比较完整地呈现了浙北地区进入 21 世纪以来的诗歌面貌，为浙江诗坛留下了一份珍贵的历史遗产。象山县文联副主席、缨溪诗社社长杨晟主编的《中国诗瞭望·2019 卷》，选取当前活跃于国内诗坛的一百多位诗人的精品力作，意在为初学者提供一条相对可靠的捷径。瑞安市文联副主席林新荣主编的《中国当代诗歌赏读》，遴选国内著名诗人的力作一百八十首，展现了当代诗歌的创作成就与美学风貌，并附有评论文字，方便读者鉴赏学习。桐乡市作协主席陈伟宏（康泾）主编的《中国当代诗人诗选》，收录国内两百余位著名诗人不同风格技巧的佳作，对诗歌爱好者能起到引领与指导的作用。定海区文联的《群岛十年诗选（2011—2020）》，主编谷频经营推动海洋诗歌多年，十年磨一剑，有此成果殊属不易。台州杨雄主编的《越人诗》，一本有特色的同人诗选，但地域上不局限于浙东，采用相对宽泛的百越概念，跟北宋著名的《会稽掇英总集》有所不同。朱夏楠选编的《弦歌知雅音——宁波诗人诗作选读》也别具特色，择选四十位诗人的六十余首诗作，从技法到创作意图予以细心的评点。作为宁波《文学港》杂志社的资深诗歌编辑，她对诗人的创作情况了如指掌，且能毫不利己，专门利人（这一点对评论家来说很重要），自非泛泛而谈者可比。

两年一届的文成全国诗歌大赛，已坚持了六届，知名度和影响力都在扩大。主持者慕白多年来付出的辛苦是值得的，浙江诗坛在全国的影响力与日俱增，他自己诗歌水准的不断提升有目共睹。这方面，《作家》2020年第3期上的《我觉得，有一座房子是我的》（22首）应该是一个较好的综合观察点，里面有些作品以前曾经见过，因此不妨将之看作是慕白近年力作的集中展示。在这组诗中，他的诗歌品牌"包山底"依然占据了不小的比例，而乡情与亲情依然是他写作最丰厚的源头，但相比以前的作品，目光更远，思虑更深。在意大利旅游时，他登上比萨斜塔，想到的是，"无论身体在哪里，谁都无法治愈时间的痼疾"。同样，下班开车行驶在"冬天的路上"，当遇上因修路而堵车时，脑子里跳出来的两句居然是，"一只冬眠的青蛙/在挖土机下暴露了国籍"。一首好的诗歌需要的就是这样的意外之笔，而且越多越好，这取决于作为创作主体的诗人本身的素质和功力，就像他对自己的"祝福"，"冬风浩荡，显现自己/一切都回来了/我窗口可以看到的那棵树/终于脱下所有的形容词"。

　　2020 年的另一件大事是突如其来的疫情。由评论家兼诗人涂国文收集整理的《浙江疫情诗歌不完全备忘录》，收录了浙江省老中青三代三百五十六位诗人的作品，其中既有黄亚洲和楼奕林（无患子）这样的前辈著名诗人，也有郭靖、刘翔、小雅、郁雯等久不于诗坛露面的高手，更有瑞安小说家俞海、杭州第一人民医院办公室主任朱真伟这样的圈外人士。或许，用霍俊明的话来解释就是："2020 年是极其特殊的一年，写诗、读诗以及评诗都带有了特殊的意义，甚至诗人的世界观也正在发生变化。"（《2020 年中国诗歌精选·序》）2020 年年初，德清的大三女生吴卓方从遥远的昆明回家过年，突然爆发的疫情使她震惊，更令她思考。在《故事》一诗里，她展开奇异的想象力，描述了灾难倒映在自己内心的影像，然后平静地说："二月的每一夜都这样过去，每一夜/都有年轻人的手风琴奏唱。"这让我想起张巧慧《隔离日志》的后半部分，"阳光透过衬衣，不能阻挡/那半透明的美/也不能阻挡对面楼道里/传来一个年轻女人的歌声/她充满弹性的声音/在空气中微微震荡"。是的，尽管事件突如其来，而且前所未有，但依然有手风琴的声音和女人的歌声在街道上飘荡，这就是对待灾难的态度。需要强调的是，在任何一次出现自然灾害，必须表达人类信心和力量的时候，由于形式的轻便和抒情，诗歌往往成为首选的表达工具。若仅仅强调诗歌的功能，而忽略了诗艺方面的严格要求，就容易对艺术性造成伤害，这方面的例子可谓举不胜举。在此意义上说，吴卓方的笔触尚显稚嫩，张巧慧的新作也并未完全展现她的水平，但作为正面描述抗疫的作品，至少在一定程度上维护了诗歌的尊严。

　　最后不能忘了两位勤奋的老诗人，浙江大学的杨达寿和淳安的江涌贵，2020 年他们分别出版了自己的最新诗集《生命颂》和《本命年》。还有宁波的潘之光，继 2019 年获第九届"红高粱诗歌奖"提名奖后，又在《诗探索》2019 年第 4 期发表新作《水中的一棵芦苇》。像他们这样生命不息、宝刀不老的诗人还有很多，这也是浙江诗坛能不断发展、壮大的坚实基础。

2020 年浙江诗歌要目

冷盈袖　《我们在自己的局限里获得安慰》（5 首）　《江南诗》2020 年第 2 期

伤　水　《只有月光苍凉慷慨》（18 首）　《江南诗》2020 年第 3 期

沈　方　《深夜的木心美术馆》（14 首）　《江南诗》2020 年第 4 期

王孝稽　《屋角海带》（7 首）　《诗刊》下半月刊 2020 年第 5 期

寒　寒　《多少年了,我们依旧怀念它》（7 首）　《文学港》2020 年第 5 期

荣　荣　《另类》（9 首）　《诗刊》上半月刊 2020 年第 6 期

池凌云　《青海书》（8 首）　《诗刊》上半月刊 2020 年第 7 期

植物先生
——2020 年浙江散文阅读札记

| 周维强 |

一

2021 年年初，我读到袁明华先生花木葱茏的《植物先生：二十四节气植物研学课》（简称《植物先生》），真是眼前生出新绿，舒心快意。

这真是一部奇妙的散文集，开卷即能体会到植物的自然芳香气息。封面用纸富有肌理质感，装订采用异化传统线装，又具现代语境。每一插图页都夹入一张设计师到宣纸故乡安徽泾县亲自挑选的手抄纸，与这一页植物图像气息相连。印刷的图形和文字被半透明的纸张遮盖，形成朦胧之美，通过翻折，植物图像隐隐出现。二十四款手工花草纸选用的有花叶纸、果实纸、植染纸、水印纸以及使用千年的成熟手工纸。封面使用日本进口手造太阳纸，纸面天然粗粝，呈现湿纸浆成型时的本来面貌。篇章页使用历史悠久的日本奉书纸，纸身肌理独特，散发双面棉感的气质。衬页采用四川手造落水纸，纹路独特，手感绵软，光泽动人。内文采用瑞典进口轻型纸，本色柔软，松厚度高。

这样考究的用纸，只是为了让这部散文集有一个更自然、更优雅、更芬芳的呈现形态，以呼应所表达的主题和内涵。《钱江晚报》的一篇报道说："对阅读者而言，书把在手中，总忍不住去摩挲那些为这本书特别捞制的纸张的质感，低首闻一闻存留其中的桂花、竹叶、艾草、枫杨、合欢等植物的纤维，是不是仍有季节的味道。"这个描述真是切合我读这本散文集的状态。我花费笔墨描述这部散文集的外在形态，既是有感于这部作品和用纸及装帧设计结合得天衣无缝，也是想给这部独特的散文集的装帧设计留一个文字的记录。我写了二十多年浙江省年度散文阅读札记，这样的散文集我是第一次遇到，以后恐怕也不太可能再遇到这样考究的散文作品集了。

《植物先生》这部散文集的作者袁明华先生，由高中语文教师而下海经商做实业，他说他自己最喜欢的身份是旅行家。

这位热爱植物热爱文学的旅行家，走过七大洲四大洋一百二十多个国家，沿着英国著名的"植物猎人"威尔逊的足迹，寻访自己心目中可以代表二十四节气的二十四种植物。作者以一种植物对应一个节气，这种植物也是他千挑万选认为最能代表这一节气的植物：立春的蜡梅、雨水的结香、惊蛰的白玉兰、春分的油菜花、清明的艾草等。苏州沧浪亭的梧桐、忠王府文徵明手植的紫藤、新昌大佛寺的银杏、杭州翁家山的迟桂花……在明华先生的笔底获得了新生命、新意义。《诗经》中的艾草、《庄子》里的梧桐、冯梦龙《警世通言》里的玉堂春、茅盾《春蚕》里的桑、苏童《飞越我的枫杨树故乡》里的枫杨……这些曾经在经典文学里蓬勃生长的花草树木，在这部散文作品里被再发现再认识。为了寻找一棵代表谷雨节气的桑树，明华先生造访了珠江三角洲的桑基鱼塘，亲访西藏林芝尼洋河边的两千岁的世界桑王，深入山东夏津黄河故道寻找几百岁高龄依然盛产白色桑果子的椹树——桑树里的一个古老的品种，最后落脚在他的故乡——杭嘉湖平原，"谷雨前夕，我决心要去乡村寻找湖桑，那是我们杭嘉湖平原上的桑树，是我儿时的桑树，也是养育丝绸之路之丝最主要的桑树"。明华先生以美好的文字写蜡梅与梅花、蜀葵与冬葵、梧桐与悬铃木、月桂与肉桂，还有广玉兰、白玉兰、紫玉兰、辛夷等的植物学区分，甚至通过文献和科学考察，将鲁迅先生《从百草园到三味书屋》一文中的皂荚树考订为无患子。

这是一部关于植物的科普作品，也是一部顺着植物而旅行的旅行记，融科学和文学于一身。

在最近十多年来面世的多种节气散文作品里，明华先生的这一部作品有一个独特的角度：从植物切入节气。从《诗经》开始，我们的先人就和草木息息相通，从文学作品里获得了一份草木的芬芳。然而近世以降，我们的文学里，仿佛写花花草草的文章不及古代了，当代零星几个以写花草著名的散文随笔作家也是民国生人。明华先生接续这个古老的文学传统，让草木文学在春深时节焕发新生。

如果要推举 2020 年度散文作品，我想我会把《植物先生》列为候选的第一名。

曾经听明华先生说过，他要写一部"为全球文学经典寻找文学地理坐标"的散文作品，期待能够在不远的将来读到明华先生的这部散文新作。

末了再补充一条信息：2020 年 11 月 9 日，《植物先生》这部展现了植物与纸艺之美的作品，被评为 2020 年度中国"最美的书"。这项评选活动由上海市新闻出版局主办。

二

从 2016 年开始，袁长渭在自己的微信公众号"钱塘往事"

上发表了一系列关于钱塘泗乡的地方志散文。这些文章先后结集
出版为"钱塘三部曲"（《钱塘往事》《钱塘山水》《钱塘人
家》）。其中最新出版的是《钱塘人家》。袁长渭所关注的"泗
乡"，即便是对今天的杭州人来说，也是个陌生的词。何为"泗
乡"？长渭先生考证，清钱塘县辖十三乡，位于浙水之北的定
南、定北、安吉、长寿四乡，在古代被称为"泗乡"，也就是
今天的杭州市西湖区之江板块。作家刘亮程说："文学写作，就
是一场从家乡出发，最终抵达故乡的漫长旅程。"袁长渭关于泗
乡的散文写作，就是一场持续不断的从家乡出发终将抵达故乡
的旅程，这场旅程还在持续。长渭先生的文字质朴、幽默、温
情，他笔底的泗乡掌故、泗乡往事，活色生香。这些既有别于
纯正的文学散文，也与纯正的地方志不同，是文学散文与地方
志的融合。

批评家涂国文认为，袁长渭的作品有存史、资政、育人三大
功能。涂国文称当下出现了一种可称之为地方志书写的"袁长渭
现象"：

> 袁长渭的散文书写，不是一种纯正意义上的文学书写，
> 而是一种大众化的地方志书写；他的散文，不是一种纯文学
> 散文，而是一种以史料性见长的地方志散文。……自称"乡
> 土史官"的袁长渭，出于对生于斯、长于斯、工作于斯、生
> 活于斯的故乡之爱，和一种为故乡立传、为时代留照的高度
> 的使命感与责任感，潜心研究泗乡文化，挖掘和再现地方掌
> 故、地方名胜和地方风习，向记忆探寻宝藏，览典籍爬梳史
> 料，到实地田园考察，以他的散文，以及亲临现场拍下的海
> 量珍贵照片，全面、系统地记录了钱塘泗乡自然、政治、经
> 济、文化、社会的历史与现状，展示了一幅幅真切而生动的

泗乡人文图卷，为故乡和时代的变迁，留存下一份份珍贵的
实证。

长渭先生在文章里写到故乡泗乡的铜鉴湖，六朝时期是钱塘
第一湖，白居易、范仲淹、苏东坡都曾在这里留下足迹。长渭先
生这篇文章唤醒了沉睡的铜鉴湖，唤醒了杭城人对铜鉴湖的历史
记忆，投资十五亿元的铜鉴湖恢复性开发工程被提上日程，这片
古老的风景区终于在 2020 年成为杭州又一处旅游胜地。谁说文
章小道，壮夫不为？长渭先生的这些文章，实实在在地影响了我
们的生活，丰富了我们的生活，为"品质杭州"融入了新的
元素。

三

在动笔写这篇年度阅读札记时，我读到了王兆胜在《南方文
坛》2020 年第 6 期发表的论文《新世纪二十年中国散文创作走
向》，文章后面附言：本文系国家社会科学基金重大项目"两岸
现代中国散文学史料整理研究暨数据库建设"的阶段性成果。
新世纪二十年浙江散文家能够列名这项重大项目的阶段性成果
里的，仅有台州的刘长春，他的作品在这篇论文里被归类为
"官员散文"。熟悉中国散文，尤其是浙江散文的人，看到这个
结果，估计会哑然。不过这不重要，重要的是，浙江的散文家，
依然在散文辽阔的田野里勤勉耕作。在 2020 年，他们依然收获
颇丰。

陈峰发表在报刊上的散文，我曾经在年度阅读札记里专节讨
论过。2020 年，他出版了写江南饮食的散文集《四时之味　天然
欢喜》。清明麻糍、盛夏木莲冻、秋风螃蟹、冬至汤圆……春之

娇嫩、夏之清凉、秋之风韵、冬之欢愉，江南的四时之味，陈峰写得活色生香，看得我也是满心欢喜。陈峰的饮食散文，不掉书袋，不抄古人，而是生动活泼地写出自己生活中的江南饮食，偶尔引一些诗文，也是添些"味之素"，恰到好处。这本书封面左上角以艺术字体标出"慢半拍"，右上角有小字"我们的日常之美"。在温饱解决之后，人对生活的要求就会往精神方向靠拢。写饮食的散文，不是写食谱，而是写饮食里面的趣味，写一些精神性的因素，是"玩味"，是"回味"，不是"饥不择食"。这些年饮食文化读物大量出版，包括饮食散文，背后有这样的原因在推动。

周华诚2020年先后出了两部散文集：《一日不作 一日不食》和《素履以往》，都是"雅活"书系里的作品。所谓"雅活"，即以悠然有致的态度完成日常的劳作和欢娱。这也是在温饱得以解决后才能体会到的从容的生活之美。《一日不作 一日不食》腰封上写着："一小片土地上的劳作与修行""一大群陌生人的遇见与欣喜""目光清澈的人，在那稻田相见""做三四月的事，到十月自有答案"。几行字形象地彰显了这部书的风格和趣味。《素履以往》是一部行旅记，书里的几个小标题唯美而宁静，也是这部散文集的风格的体现，如："月光溪水，晚霞花朵""鱼的生活方式""林中的秘密生活""只向美好的事物低头"。这是两部清新可爱的散文小书，这个"小"不是"渺小"的意思，而是"玲珑精致"的意思。

孙敏瑛是真诚的有个人风格的散文家，每年只发表数量不多的几篇散文，但写得认真。她发表在《散文选刊》上的《被风吹折的野花》，平静的叙述里隐忍着对人生的哀痛；发表在《散文》上的《困境之远》，真实而艺术化地描述了自己在青海高原上的个人体验。

洪铁城老当益壮，年近八十依然笔耕不辍。发表在《光明日报》上的《可居，可耕，可易，可诗，可画》和发表在《南方周末》上的《听金华大岭村娓娓道来》，主题都是寻找人居环境的范例，文长而质高，可圈可点。洪铁城是有成就的建筑设计师，写这个题材的散文作品，可说是本色当行。洪铁城的文字，令我想起老杜的句子"庾信文章老更成，凌云健笔意纵横"。

刘从进的散文新著《乡土平静》收入散文五十余篇，以写乡村的人为主，有群像，更多的是个体。刘从进以对乡土世界的热爱，写出了传统意义上的中国末代农民——"乡村大地上最后的活文物"。乡村的"脱胎换骨"以线性思维来看是进步，但身处其中的人的真切感受也许还有"痛"。努力写出大时代潮流中的乡村所经历的"拆骨般的痛"，这恐怕也是刘从进散文的一个主要价值，"把被简化忽视了的乡村重新打开来，让我们看到它内部的纹理……"

已经先后出版了两部散文作品七八十万言的曹凌云，2020 年发表了十多篇散文，有传统意义上的散文，也有散文化的关于文坛学林名家的回忆，前者如《梅源梯田》《宫前村的烧饼》《玩毒虫的男孩》，后者如《听渠川忆文友》《行随心动王季思》《与友追忆唐湜先生》，无论叙事写人，都能有自己的视角、自己的感受，或有值得保留的史实故事。2020 年 2 月至 3 月连载于《解放日报》的《疫期随笔》，则是曹凌云在新冠疫情严峻时刻所作的记录。因为写的都是亲见亲闻亲历，大历史里的小细节，所以真切。

吴顺荣 2020 年出版了《乡愁一味》和《乡村旧事》两部散文集。吴顺荣出生于嘉兴北部的田乐乡，他的散文大多是写乡间生活、乡间故事，写可亲可爱的父老乡亲，写村庄、河流、老屋、炊烟、盛开的油菜花、蓬勃生长的庄稼，写挑马兰头、采桑莫、逮知了……组成两部散文集的都是短小的散文，以朴素的文字描绘乡村生活的长长画卷。岁月沧桑，"村头那棵古老的银杏树依然默默地矗立着，承载着我心中的记忆"，于是这些篇幅短小的散文在乡愁里汩汩地流淌出了笔底。

许懋汉的新著《故乡　故人　故事》，也是取材乡土，但他着眼的主要是乡邦人物——海盐近世名人，比如作家黄源、生活书店总经理毕云程、英美文学翻译家许天虹、翻译俞志英、民国企业家周辛伯、化工专家顾传训、大律师朱斯蒂、名医姚德云……资料详赡，亦文亦史，配以老照片，颇可阅读。

陆建立2020年发表在报刊上的散文，也基本是乡土文化、乡邦人物的寻访，比如《散文百家》上的《东门老街》、《宁波日报》上的《寻找京剧"名丑"韩金奎——一位不该被遗忘的甬籍艺术大家》，前者就是一篇地道的散文，后者也有较多的散文因子。

陈才以写小说名世，但也写得一手好散文，《岁月的风景》是其2020年出版的一部散文选集，书分三辑："眷恋三衢""行旅天涯""往事如酒"。三辑的名字，即已表明了这部散文选集的主要题材。

好几年没有看到瞿炜的文字了。2020年，瞿炜以一册《人间杂录》重返浙江散文坛。《人间杂录》收录了随笔、书评，有对前辈文人的纪念、友朋之间的印象、书里书外的感悟、世间万象的拾零等。岁月的留影，思想的印迹，真是契合了"人间杂录"这个书名。

林国强发表在《人民日报·海外版》《羊城晚报》《北京日报》上的散文随笔，说梅、说茶、谈月、谈行旅，篇幅不长，甚得梅趣、茶味、月韵、行旅之乐。赵嫣萍的《露台小品》写花鸟虫兔，宛如工笔，生意盎然。陈家麦发表在《草地》上的散文

《城市的地衣》，写黄岩城东、城北的城郊接合部的变迁，"城郊接合部依然留存着城市化进程中没有消失的农村气息，正在被缩小的稻田，无以成林的树木，几畦菜地，河浜池塘，以及赖以生息的鸟鱼蛙虫，人们目力尚能及的远景，感受到季风阵阵掠过发际的动感……如果说一座城是属地的躯体，那么四面城郊则是穿在身上彩色相对丰富的衣裳"。取一般人所不曾留意的题材，写实的描摹，气氛的烘托，令人生出身临其境的真实感。

乡土题材是散文的大宗，李俏红、简儿、杨新元、杨静龙、顾艳、陈大新、陈于晓、汪群、杨崇演、陈荣力等都是这个散文大宗里的多产作家。当然，作品的高低也因人而异。题材都放在那儿，如何发现，如何写，如何写出境界，如何悟出散文的道道，也是"妙手偶得之"了。

四

陈剑晖 2020 年 12 月 16 日在《光明日报》上发表了长篇评论《"新文化大散文"与"非虚构写作"：当下散文写作新动向》。对其中的一个动向"文化散文"，陈教授给出了新的表述，即"新文化大散文"，不同于余秋雨的"文化大散文"的"正史"立场，整体性、中心主义的历史观、价值观，李敬泽等人的"新文化大散文"，其立场更多的是民间的或个人视角的，写作是"解构整体性"的，沉迷于"跨文体、综合性"。这是对当代文化散文写作流变的一个饶有趣味的观察。我特意看了文中所列举的文化散文家，无论是"文化大散文"还是"新文化大散文"，浙江的几位如雷贯耳的文化散文家，都没出现在陈教授的这篇评论里。我想比较合情合理的一个解释是，这几位散文家的散文写作，也许还不具有可以做出分类的"典型特征"。

　　浙江写作文化散文或文化随笔的作家，是有一个比较大的群体的。

　　蔡圣昌也是常常从中外文学、中外文化中汲取写作养料，获取写作灵感的散文家，作品也多可归类为文化散文或文化随笔。2020年发表在《中国散文家》上的《行走在普希金故居前》，看标题也许是"游记"，但这显然是一个"错觉"，这篇散文写的不是"参观普希金故居"，而是"行走在普希金故居前"，有"目击"，有"游历"，还有"眼前景"之外的"心中史"和"心中思"。

　　刘孟达的文化散文集"蠡城三部曲"被评论为"简缩版的绍兴名人志、地理志、风物志"。2020年面世的《蠡城遗韵》是三部曲里的第三部。书里文章分作三辑，分别是"莓苔履痕""巷间流芳""齿颊遗珍"。全书四十九篇短章，述乡土风物，念文采风流，逸兴遄飞，得不衫不履之随笔风致。

　　《天地圣手：那些书画史上的江南影像》是杨振华精心结撰的一部文化散文作品，书里写了王羲之、沙孟海等十六位书画大家，正如封底袁敏写的推荐语所言："以艺术的眼光、历史的态度，追索中国艺术大家的艺踪史迹；以文学的笔触、真诚的文字，勾画了可爱又让人肃然起敬的书画家形象。有动人的故事，有具象的画面，有艺术的观照，更有生命的思考，是与每一位艺术家的神交，触动心灵。"这一段推荐语已经说得很全面了。我阅读一遍，稍感不满足。一是行文还不够自然随和，有时候令人感觉拿腔拿调，比如开卷第一篇《王羲之　走出乌衣巷》，说兰亭雅集，"是否请一人为这些诗作序一篇？众人把目光都投向了王羲之"，这样的句式有点儿过于端着架子说话了。第二个不满足是作者有时没能辨别材料真伪，以讹传讹。比如第十五篇《沈尹默　功深化境人书老》，说沈尹默的字"被荷兰著名汉学家高罗佩主编的《世界美术词典》誉为中国民间'第一大书家'"。这句话有两个问题，第一个问题是把"民国第一大书家"误引为"中国民间'第一大书家'"。这句话的原始出处是戴自中等合写的《略述沈尹默先生的书法艺术》，戴自中等在这篇文章里说高罗佩主编的《世界美术大辞典》称沈尹默先生为"民国第一大书家"。后来有转引的误将"民国"作"民间"，于是以讹传讹。第二个问题是，这部所谓的词典有没有这句话？笔者查了几家大的图书馆，均没有查实高罗佩主编过《世界美术大辞典》。高罗佩的著述目录里也没有这样一部大辞典。戴自中的这个引录本身就是可疑的。戴自中是沈尹默先生晚年的书法弟子，但这篇文章里的这个引录，查无实据。高罗佩在日记里称沈尹默为"知名书法家"，倒是有据可查。"知名书法家"和"民国第一大书家"之间的区别还是明显的。

我以《天地圣手：那些书画史上的江南影像》为例，举出这部书里的两处不足，也是想说明，文化散文写作，要凝练自己的文风，对所引用的材料要能辨别真伪。振华先生已经取得了公认的散文写作成就，当能谅解我所说的这些意见。

董利荣的《一瓢细酌》几乎可以说是一部桐庐地方文化散文集。弱水三千，董利荣独取一瓢饮，不是渴饮，不是牛饮，是细酌，是慢品。

傅通先、陈富强、李郁葱、孙跃、邢增尧等都在 2020 年发表了数量可观且有质量的文化散文、文化随笔。

五

2020 年的浙江省散文学会依然生机勃勃。新冠疫情之下，《浙江散文》依然能够按时出刊，几乎每期都有作品被《散文选刊》等转载，堪称是一份高质量的散文内刊；学会选编的《2019浙江散文精选》，收录了张抗抗、陈世旭、裘山山、鲍尔吉·原野、彭程、袁敏等百余位著名作家写浙江的年度佳作；学会组织了多次采风活动，诸多采风作品刊发于《人民日报》《光明日报》《人民文学》等大报名刊；学会策划出版了"风起江南"散文系列。浙江省散文学会创会会长陆春祥主持学会工作，他自己也是多产的有影响力的散文作家。

2020年1月12日下午，浙江人民出版社、浙江大学出版社假座西湖边宝石山腰纯真年代书吧举办读书沙龙，分享王少杰先生的两部新书，其中的《走读知味》为散文随笔集。《走读知味》既有游记和读书随笔，也有记述难忘的人和事的文章，并收录了作者过去出版的几本书的序文。浙江大学出版社总编辑袁亚春所说最能得《走读知味》一书的真趣味、真精神，兹转录于此："少杰官员出身，后又隐身于野，他的书没有官气但有高度，有文气又不酸腐。在《走读知味》里称自己是'杂家'，我读到时会心一笑。杂而不乱，杂而不躁，杂而成趣，这更显本真！知识的体系化、类型化，这是近代化以后的事情，知识的生成只跟人的生活实践和探究相关，所以'专'是工业化流水作业模式下的定制'产品'，而'杂'则是更本真的东西，因为支撑各门类知识运动的最内在的逻辑是一致的，所谓触类旁通，因此可以讲，所谓杂家，往往是活得最真、人格最齐全的人。"

2021年1月6日《光明日报》发表梁鸿鹰《缤纷斑斓的文学景观：2020年文学创作成就一瞥》，浙江散文家的散文作品没能被"一瞥"进。2021年1月16日"《扬子江文学评论》2020年度文学排行榜"发布，散文（含非虚构）上榜10篇；2021年1月30日北京文学月刊社发布"2020年中国当代文学最新作品排行榜"，散文随笔上榜5篇。浙江散文家的散文作品均无缘进入上述榜单。这些是应该做些备案的。

　　2021 年 2 月 1 日《文艺报》发表韩小蕙的年度散文综述《2020 年散文：用写作追问世界》。这篇年度综述开头即说："我到现在都还在犹豫，要不要对 2020 年的散文创作放宽一些尺度？……2020 年的散文，认真地清点下来，真没有像 2019 年的《走进敕勒川》那样直击我心的大作品。"（笔者案：《走进敕勒川》或许是梅岱散文《走进〈敕勒歌〉》之误？）综述在第二节里提及浙江散文家林海蓓、钱国丹："林海蓓《爸爸的背》则是天下父亲的缩影。钱国丹的《父逝之伤》写出了一对父女虽历经苦难，然而坚持善良、清白、正义的初心一辈子没有变。"综述的第四节说："2020 年写古典的数篇，溯流求源，抚今思昔，都是既有书卷气，又具当代性的锦绣文章。"这一节里提及浙江散文家陆春祥："陆春祥的《如鹤》写的是袁枚，这位清代才子 33 岁辞官归隐，蛰居在他的随园里，为中华文化宝库留下了《随园诗话》《随园食单》《子不语》等鸿篇巨著，如仙鹤一样的人生，至今尚传来几声清唳的鹤鸣。"2021 年 2 月 19 日《文艺报》发表王清辉《散文中的情感质量与生活形塑：2020 年散文读记》。这篇文章在"自然与物外"一节提到了浙江散文家苏沧桑的散文《牧蜂图》，"用诗意的文字写新疆的养蜂人的往事，记录了作家在寻访过程中的点滴感受，呈现了养蜂人不为人知的辛酸苦乐和人生况味。因其真切、细微的描述，为我们带来亲切自然的阅读感受"。在"历史与当下"一节提到了浙江散文家陆春祥的散文《天留下了敦煌》，"从文明史的角度重读敦煌，沿着考察的路径和方向，以敦煌其名、王道士、胡旋舞等来讲述敦煌文化的发端及存续。作者对敦煌文化的咏叹，承接着传统游记的表达又别开生面，述古源史，注重景观与历史、风俗与文化的整合，又将自己的情感体验时时植入其中，显示出书香氤氲的古风和悠远文化的血脉"。

这些也是应当记录以备忘的。

在 2020 年，梅芷、胡建伟、朱云彬、牧林铨、陈友中、苏敏、吴芸、罗芹仙、杨菊三、陈利生、赵悠燕、金春妙、落樱、余娓、范玲玲、虞燕、程成、张林华、吕云祥、叶建强、谢良宏、徐惠林、余喜华、王群、李仙正、乐佳泉、徐荣木、翁德汉、范伟锋、谢丙其、朱峰、柴薪、沈小玲、叶文玲、黄咏梅、草白、干亚群、马叙、但及、张亦辉、余志刚、郭梅等作家，或在报刊发表散文作品，或开设专栏，或出版散文集，或有作品被转载，或有作品入选各种散文选本，或有作品获奖。这些也是应该予以记录存档的。

2020 年浙江散文目录

一、书

王少杰　《走读知味》　浙江大学出版社 2020 年 1 月版

李俏红　《寂静里，尘世向暖》　中国经济出版社 2020 年 1 月版

简　儿　《玫瑰记》　民主与建设出版社 2020 年 1 月版

　　　　《今天也要吃好一点》　化学工业出版社 2020 年 4 月版

杨振华　《天地圣手：那些书画史上的江南影像》　中国文史出版社 2020 年 3 月版

杨崇演　《万物的样子》　团结出版社 2020 年 3 月版

陈　峰　《四时之味　天然欢喜》　化学工业出版社 2020 年 5 月版

刘孟达　《蠡城遗韵》　西泠印社出版社 2020 年 5 月版

董利荣　《诗说桐庐》　团结出版社 2020 年 6 月版

《一瓢细酌》　文汇出版社 2020 年 12 月版

袁长渭　《钱塘人家》　杭州出版社 2020 年 7 月版

梅　芷　《会开花哪能不结果》　团结出版社 2020 年 7 月版

周华诚　《一日不作　一日不食》　广西师范大学出版社 2020 年 7 月版

《素履以往》　广西师范大学出版社 2020 年 8 月版

瞿　炜　《人间杂录》　中国民族文化出版社 2020 年 8 月版

许懋汉　《故乡　故人　故事》　天津人民出版社 2020 年 9 月版

陈　才　《岁月的风景》　团结出版社 2020 年 9 月版

袁明华　《植物先生：二十四节气植物研学课》　四川人民出版社 2020 年 10 月版

胡建伟　《食物记》　中国轻工业出版社 2020 年 10 月版

吴顺荣　《乡村旧事》（上下册）　团结出版社 2020 年 11 月版

《乡愁一味》　团结出版社 2020 年 11 月版

朱云彬　《鸟声宜人》　文汇出版社 2020 年 11 月版

沈小玲　《一朵花的神话》　文汇出版社 2020 年 11 月版

刘从进　《乡土平静》　文汇出版社 2020 年 12 月版

二、文

李郁葱　《历史之踵》　《安徽文学》2020 年第 2 期

《重瞳》　《湖南文学》2020 年第 2 期

《何日是千年——闲读历史之张祜》　《野草》2020 年第 2 期

《谁洗百年忧——闲读历史之宇文虚中》　《雨花》2020 年第 3 期

《五湖却共繁华老——闲读历史之陈亮》　《边疆文学》2020 年第 6 期

陈富强　《南京东路 181 号》等 12 篇　《当代电力文化》2020 年 1—12 期

《临安：石池春暖在雪中》　《文化交流》2020 年第 1 期

《水下千山》　《解放日报》2020 年 5 月 24 日

《乌镇之于茅盾，不止是子夜》　《文化交流》2020 年第 6 期

《戏上安昌》《文化交流》2020年第8期

《"巴金亭"外》《文学自由谈》2020年第5期

《桂树下》《香港文艺报》总第68期

《寻找父亲》《散文百家》2020年第10期

苏　敏　《祠堂重建记》《山西文学》2020年第8期

《卡宾牛仔》《西部》2020年第2期

《白云之上》《大地文学》2020年卷五十四

《街头卖艺》《黄河文学》2020年第2/3期

《我曾是一名慢粒患者》《天津文学》2020年第2期

《一伞风雨》《当代人》2020年第4期

吴　芸　《致敬"无语良师"》《钱江晚报》2020年3月30日

《与"钉钉"上课相遇的亲子时光》《杭州》2020年第8期

《我的三次挑战》《幽默童话》2020年6月号

简　儿　《旧物记》《散文选刊》上半月刊2020年第1期

《温暖的陌生人》《读者·原创版》2020年第1期

《阳台》(外三章)《文学港》2020年第3期

《孤独的春天》《星火》2020年第3期

李俏红　《黑木耳开花的地方》《儿童文学》(经典版) 2020年第8期

《沧桑如歌》《文学港》2020第1期

《赶茶场》《中国环境报》2020年1月15日

《嘉果佛手》《光明日报》2020年1月17日

《一团炽热的火》《文学报》2020年1月16日

《初疑一颗值千金》《光明日报》2020年6月12日

《白马湖畔》《钱江晚报》2020年7月5日

《采莲》《钱江晚报》2020年7月12日

《父亲那一辈的教师》《新民晚报》2020年10月6日

《值班碎笔》《天津文学》2020年第10期

《金华花木生》《人民日报》2020年10月14日

杨新元　《邂逅林巧稚》《钱江晚报》2020年6月28日

《无心插柳柳成荫》《钱江晚报》2020 年 7 月 5 日

《涛声依旧》《当代文艺》2020 年 11 月 6 日

《日光岩的人文气息》《中国副刊》2020 年 11 月 16 日

《观月泉书院》《浙江日报》2020 年 11 月 24 日

杨静龙　《那些亦真亦幻的日子》《江南》2020 年第 5 期

《味蕾上的舞蹈》《星星·散文诗》2020 年第 7 期

《姒氏符号》《散文诗》2020 年第 12 期

罗芹仙　《天竺葵》《散文》2020 年第 5 期

孙敏瑛　《被风吹折的野花》《散文选刊》下半月刊 2020 年第 5 期

《困境之远》《散文》2020 年第 6 期

杨菊三　《天后宫内的宁波声音》《联谊报》2020 年 4 月 11 日

《夏雪留痕独库路》《联谊报》2020 年 7 月 4 日

《乡情一抹》《联谊报》2020 年 9 月 26 日

《红辣椒》《星星·散文诗》2020 年第 9 期

陈利生　《炊烟袅袅》《中国纪检监察报》2020 年 5 月 15 日

《一曲溪流一曲烟》《联谊报》2020 年 5 月 30 日

《乡村说书人》《散文选刊》下半月刊 2020 年第 2 期

《婺源的底色》《雪莲》2020 年第 5 期

赵悠燕　《大海深处》《文学港》2020 年第 5 期

金春妙　《"不务正业"的美发师》《联谊报》2020 年 4 月 18 日

《在寂静中倾听"你保重，我爱你"》《中国校园文学·青春号》

2020 年第 9 期

落　樱　《村里的阿庄》《江南》2020 年增刊

余　娓　《继母》《散文选刊》下半月刊 2020 年第 6 期

陈家麦　《城市的地衣》《草地》2020 年第 2 期

《一郎兄》《江南》2020 年增刊

蔡圣昌　《行走在普希金故居前》《中国散文家》2020 年第 2 期

范玲玲　《散步去》《中国校园文学·青春号》2020 年第 4 期

虞　燕　《台风记》《文学港》2020 第 6 期

　　　　《黄豆鱼鲞冻，一碗年味》《人民日报》2020 年 1 月 27 日

赵嫣萍　《露台小品》《文学港》2020 年第 3 期

陈大新　《植物的生存之道》《新民晚报》2020 年 3 月 9 日

　　　　《挤一点时间读书》《新民晚报》2020 年 7 月 21 日

　　　　《欲立蜻蜓不自由》《新民晚报》2020 年 12 月 9 日

　　　　《一生不上美人头》《联谊报》2020 年 6 月 16 日

　　　　《饭局》《联谊报》2020 年 7 月 21 日

　　　　《民国文字的味道》《联谊报》2020 年 11 月 10 日

　　　　《千古诗怀一登高》《联谊报》2020 年 10 月 27 日

　　　　《杜甫的"老臣心"》《联谊报》2020 年 11 月 10 日

程　成　《故乡的街道》《浙江工人日报》2020 年 4 月 15 日

张林华　《黑金》《花城》2020 年第 6 期

　　　　《"我已经准备了哈根达斯"》《文汇报》2020 年 4 月 2 日

　　　　《乡村的美令人怦然心动》《浙江日报》2020 年 10 月 11 日

朱云彬　《落叶沉思》《青岛日报》2020 年 1 月 19 日

　　　　《钢板刻字的记忆》《青岛日报》2020 年 3 月 1 日

　　　　《老舍与青岛》《青岛日报》2020 年 7 月 9 日

　　　　《烟蒂印象》《青岛日报》2020 年 10 月 25 日

吕云祥　《芳气悠悠的乡村》《联谊报》2020 年 6 月 2 日

　　　　《绿的交响乐》《联谊报》2020 年 8 月 15 日

　　　　《白屋池》《联谊报》2020 年 9 月 22 日

　　　　《烟雨迷离游达溪》《联谊报》2020 年 12 月 8 日

林海蓓　《父亲的背》《浙江日报》2020 年 6 月 28 日

杨崇演　《岁末辞》《新疆日报》2020 年 1 月 2 日

　　　　《犹见风骨》《新疆日报》2020 年 4 月 2 日

　　　　《鲫鱼》《联谊报》2020 年 4 月 28 日

　　　　《与花语》《小品文选刊》2020 年第 5 期

　　　　《河蚌》《联谊报》2020 年 8 月 18 日

　　　　《清欢》《联谊报》2020 年 9 月 22 日

　　　　《农田里的"乖孩子"》《农民日报》2020 年 9 月 8 日

　　　　《柚·诱·佑》《浙江日报》2020 年 11 月 22 日

　　　　《青瓦白霜》《中国国门时报》2020 年 11 月 27 日

顾　艳　《在绍兴的日子》《钱江晚报》2020 年 6 月 14 日

　　　　《朱熹与岳麓书院》《今晚报》2020 年 7 月 7 日

　　　　《在历史中沉思》《今晚报》2020 年 7 月 21 日

　　　　《观李杭育的画》《新民晚报》2020 年 8 月 25 日

　　　　《飞越西雅图》《钱江晚报》2020 年 8 月 26 日

　　　　《古镇随想》《钱江晚报》2020 年 9 月 13 日

　　　　《印在骨子里的经典》《新民晚报》2020 年 10 月 19 日

　　　　《江山散记》《钱江晚报》2020 年 10 月 25 日

　　　　《在我苦难的尽头有一扇门》《北京晚报》2020 年 10 月 29 日

　　　　《十里秦淮思李香》《钱江晚报》2020 年 11 月 1 日

　　　　《在斯坦福大学的日子》《江南》2020 年 6 期

　　　　《采菊东篱下》《今晚报》2020 年 11 月 6 日

　　　　《韩愈祠忆韩公》《钱江晚报》2020 年 11 月 15 日

　　　　《莫干山秋天的落叶》《钱江晚报》2020 年 12 月 6 日

　　　　《远处的雷声》《今晚报》2020 年 12 月 10 日

叶建强　《金华桦溪:孔氏"第三圣地"》《山海经》2020 年第 12 期

谢良宏　《鲜笋野菜清明螺》《鄂尔多斯》2020 年第 7 期

　　　　《酒是原乡久久的年味》《交通旅游导报》2020 年 1 月 22 日

徐惠林　《倚窗观景最怡情》《中国收藏》2020 年第 4 期

　　　　《庭院中的景框也是"心窗"》《美术报》2020 年 4 月 25 日

　　　　《车"误"》《山西日报》2020 年 5 月 15 日

　　　　《艺疗,寿从笔端来》《美术报》2020 年 5 月 23 日

　　　　《藤须蔓思》《山西日报》2020 年 8 月 14 日

　　　　《耕情》《联谊报》2020 年 8 月 15 日

　　　　《婴戏图》《美术报》2020 年 8 月 29 日

《破碎的大花碗》《山西日报》2020年10月23日

《平衡与"加塞"》《深圳晚报》2020年11月29日

《梅在路边》《山西日报》2020年12月11日

《远去的村庄》《联谊报》2020年12月12日

汪　群　《"桥机"姑娘》《人民日报》2020年2月17日

《复工的日子》《人民日报》2020年4月11日

《稻香的草床》《海外文摘·文学版》2020年6月号

《地藏"金豆"》《海外文摘·文学版》2020年6月号

《麦之韵》《湖州日报》2020年3月17日

《雨与溪》《钱江晚报》2020年8月16日

《飞离与驻守》《湖州日报》2020年9月24日

《麦浪心声》《散文选刊》下半月刊2020年第10期

《风儿梦想一起飞》《海外文摘·文学版》2020年第12期

《岭上花开》《人民日报》2020年12月29日

林国强　《梅开江南报春早》《人民日报·海外版》2020年2月12日

《茶不远人》《北京日报》2020年5月22日

《游安吉天荒坪》《农民日报》2020年8月3日

《小小竹筏九九曲游》《羊城晚报》2020年8月9日

《脸是一面镜》《联谊报》2020年7月14日

《中秋月，温柔的眼》《经济日报》2020年10月1日

《叶梦得其人其词》《书屋》2020年第7期

《你在哪个圈子里生活》《百姓生活》2020年第3期

苏沧桑　《春蚕记》《十月》2020年第4期

《牧蜂图》《人民文学》2020年第9期

《在河西走廊聆听》《散文·海外版》2020年第1期

《庚子年立春》《人民日报·海外版》2020年2月15日

《庚子年清明》《人民日报·海外版》2020年4月11日

《酿泉》《人民日报》2020年5月9日

《夏至桐庐郡》《光明日报》2020年7月10日

《玉苍山南》《人民日报·海外版》2020 年 8 月 10 日

《小山村的艺术活力》《人民日报》2020 年 9 月 2 日

《唐诗来过》《人民日报·海外版》2020 年 11 月 26 日

《月空来信》《解放日报》2020 年 12 月 31 日

余喜华　《我有一张"特别"通行证》《浙江工人日报》2020 年 2 月 15 日

《妹夫出征湖北》《浙江工人日报》2020 年 3 月 7 日

《父亲的主见》《浙江工人日报》2020 年 4 月 25 日

《响一声》《联谊报》2020 年 5 月 24 日

《正义终究不会缺席》《浙江工人日报》2020 年 5 月 30 日

《在龙泉吃黄粿》《联谊报》2020 年 6 月 20 日

《杨梅红人情浓》《浙江工人日报》2020 年 6 月 20 日

《一场不想考好的中考》《联谊报》2020 年 7 月 11 日

《有一种平凡叫坚守》《浙江工人日报》2020 年 8 月 8 日

《中秋记忆》《浙江工人日报》2020 年 9 月 19 日

《芥菜记》《浙江工人日报》2020 年 11 月 14 日

《我在大学摆地摊》《联谊报》2020 年 11 月 14 日

《冬至圆》《浙江工人日报》2020 年 12 月 12 日

洪铁城　《可居,可耕,可易,可诗,可画》《光明日报》2020 年 12 月 4 日

《听金华大岭村娓娓道来》《南方周末》2020 年 12 月 24 日

《久违了的山居图》《新民晚报》2020 年 8 月 6 日

《白亮的山羊胡子》《新民晚报》2020 年 11 月 19 日

《一个人的寿宴》《新民晚报》2020 年 12 月 25 日

陈于晓　《听一滴水》《洛阳晚报》2020 年 2 月 7 日

《卧听夜雨》《九江日报》2020 年 4 月 9 日

《枕涛入梦》《东方散文》2020 年夏季号

《书在说话》《辽沈晚报》2020 年 7 月 9 日

《贴着龙湾大地走》《文学报》2020 年 12 月 7 日

王　群　《五月,在海岛上》《东方散文》2020 年第 2 期

《在巴音希泊日草原上》《生态文化》2020 年第 5 期

李仙正　《西塘古镇赏夜》《中国文化报》2020年7月18日

　　　　《夜游西塘》《人民日报·海外版》2020年9月10日

孙　　跃　《他画的竹，白居易很喜欢》《杭州》2020年第2期

　　　　《苏曼殊最终飘零到孤山》《杭州》2020年第7期

　　　　《柳永：写尽杭州美丽繁华》《杭州》2020年第10期

　　　　《陈起的诗书江湖》《杭州》2020年第13期

　　　　《唐诗之路的重要驿站》《杭州》2020年第18期

　　　　《秋天的早晨有点凉》《杭州》2020年第21期

　　　　《诗人岳飞》《杭州》2020年第24期

　　　　《猢庐：从传说到文学——灵隐路18号探秘》《杭州文史》2020年第1期

乐佳泉　《"带柄蛏"的传奇》《海外文摘·文学版》2020年第7期

　　　　《险中求"胜"》《新民晚报》2020年7月28日

邢增尧　《一千八百年前的夏日》《散文百家》2020年第6期

　　　　《氤氲千年的浩气》《中国报告文学》2020年第7期

　　　　《寻觅青藤书屋之魂》《火花》2020年第12期

曹凌云　《听渠川忆文友》《文艺报》2020年1月8日

　　　　《疫期随笔》《解放日报》2020年2月19日、2月26日、3月11日

　　　　《行随心动王季思》《南叶》2020年第2期

　　　　《与友追忆唐湜先生》《文艺报》2020年3月25日

　　　　《梅源梯田》《当代散文》2020年第3期

　　　　《走过白鹿原》《散文选刊》下半月刊2020年第5期

　　　　《叶永烈先生的家乡情》《中国文化报》2020年6月3日

　　　　《渠川忆温州文友》《中国报告文学》2020年第6期

　　　　《宫前村的烧饼》《中国艺术报》2020年7月13日

　　　　《唐湜的启蒙老师》《中国艺术报》2020年7月15日

　　　　《温州城东是大海》《解放日报》2020年9月30日

　　　　《玩毒虫的男孩》《散文选刊》下半月刊2020年第9期

《九叶诗人唐湜：生为赤子》 《文艺报》2020 年 10 月 21 日

《尊师唐湜》 《人民日报·海外版》2020 年 11 月 28 日

《兮兮》 《陕西文学》2020 年第 11 期

《绝壁生香的花朵》 《岁月》2020 年第 12 期

董利荣　《又见白云村》 《人民日报·海外版》2020 年 5 月 8 日

《江边桐庐》 《人民日报》2020 年 8 月 17 日

《诗意德令哈》 《人民日报·海外版》2020 年 9 月 28 日

《潜山行》 《人民日报·海外版》2020 年 11 月 26 日

陆建立　《东门老街》 《散文百家》2020 年第 12 期

《寻找京剧"名丑"韩金奎——一位不该被遗忘的甬籍艺术大家》
《宁波日报》2020 年 6 月 16 日

徐荣木　《美是永恒的喜悦》 《文化交流》2020 年第 7 期

翁德汉　《东海螺声响》 《福建文学》2020 年第 6 期

《龙港的鲜味》 《海外文摘·文学版》2020 年第 9 期

《翁德汉散文小辑》 《散文选刊》下半月刊 2020 年第 10 期

范伟锋　《三门品海》 《人民日报·海外版》2020 年 2 月 6 日

《寻春天台山》 《人民日报·海外版》2020 年 2 月 24 日

《醉大陈》 《人民日报·海外版》2020 年 10 月 22 日

《风情大连》 《人民日报·海外版》2020 年 5 月 28 日

《初识武汉》 《人民日报·海外版》2020 年 2 月 20 日

《食在旅途》 《人民日报·海外版》2020 年 6 月 22 日

《旅途喜雨》 《人民日报·海外版》2020 年 3 月 26 日

《赶冬天台山》 《人民日报·海外版》2020 年 1 月 2 日

陈　峰　《波光粼粼印家坑》 《文学报》2020 年 5 月 7 日

《清明螺，抵只鹅》 《江南》2020 年增刊

《双抢时》 《大观·东京文学》2020 年第 5 期

《酸醋人生》 《散文百家》2020 年第 6 期

谢丙其　《脚印》 《花溪》2020 年第 5 期

《那年中考》 《钱江晚报》2020 年 6 月 29 日

　　　　　《巧遇》《鸭绿江》2020 年增刊

柴　薪　《衢江记》《山东文学》2020 年第 4 期

　　　　　《大地之上，天空之下》《散文诗世界》2020 年第 9 期

　　　　　《草木在左，文字在右》《文学港》2020 年第 9 期

　　　　　《草木笺》《联谊报》2020 年 9 月 5 日

　　　　　《旧雪》《散文选刊》上半月刊 2020 年第 12 期

　　　　　《秋深册页》《散文》2020 年第 12 期

朱　峰　《江南味道》(外二篇) 《金山》2020 年第 11 期

　　　　　《春韭秋菘　故乡风味——纪念汪曾祺先生诞辰 100 周年》《宁波日报》2020 年 3 月 31 日

　　　　　《以黄鱼入馔》《宁波日报》2020 年 11 月 3 日

钱国丹　《父逝之伤》《伊犁河》2020 年第 4 期

沈小玲　《太湖岸边的渔民新村》《人民日报》2020 年 7 月 1 日

　　　　　《北麂人家》《人民日报》2020 年 10 月 12 日

　　　　　《木垒，养心的家》《文艺报》2020 年 10 月 19 日

　　　　　《送你一束绣球花》《新民晚报》2020 年 6 月 25 日

　　　　　《奇葩》《浙江日报》2020 年 8 月 2 日

　　　　　《柚子树》《钱江晚报》2020 年 7 月 12 日

　　　　　《不躲开》《钱江晚报》2020 年 4 月 12 日

傅通先　《追寻民族英雄陈文龙》《浙江日报》2020 年 1 月 12 日

叶文玲　《愿借丹青写风神》《人民文学》2020 年第 5 期

黄咏梅　《约定》《青年文学》2020 年第 4 期

　　　　　《与无限透明的蓝》《西湖》2020 年第 5 期 《中华文学选刊》2020 年第 8 期转载

东　君　《觉篓摭谈》《江南》2020 年第 1 期

　　　　　《卑微者的傲慢》《山花》2020 年第 1 期

　　　　　《马是名词，叙是动词》《山花》2020 年第 6 期

　　　　　《骑马去看山》(外一篇) 《散文选刊》上半月刊 2020 年第 9 期

林漱砚　《我们为了什么而战》《江南》2020 年第 2 期

吴文君　《老城记》《江南》2020 年第 2 期

　　　　《十一月漫长的一天》《上海文学》2020 年第 7 期

　　　　《途中的途中》《山花》2020 年第 3 期

赵柏田　《拉斯洛·邬达克之逃亡岁月》《江南》2020 年第 3 期

　　　　《一生悬命》《江南》2020 年第 4 期

　　　　《叙述捕手》《作家》2020 年第 8 期

吴树乔　《我短暂而漫长的文学生涯》《江南》2020 年第 3 期

王永胜　《疫中谈吃录》《江南》2020 年第 4 期

陈荣力　《夜销店》《江南》2020 年第 4 期

干亚群　《电话机》《青年文学》2020 年第 6 期

　　　　《同归》《散文》2020 年第 4 期

　　　　《紫云英顺着风》(外二篇)《散文选刊》上半月刊 2020 年第 2 期

草　白　《常玉：美的想象》《天涯》2020 年第 1 期

　　　　《常玉，以及莫兰迪》《上海文学》2020 年第 3 期

　　　　《感觉与物》《散文》2020 年第 3 期

　　　　《静默与生机——读牧溪的话》《中华文学选刊》2020 年第 8 期

陆春祥　《天留下了敦煌》《天涯》2020 年第 3 期

　　　　《癸辛街旧事》《北京文学》2020 年第 10 期

　　　　《赫定的"亚洲腹地"》《青年文学》2020 年第 8 期

　　　　《坐标》《中国作家》2020 年第 8 期

　　　　《如鹤》《美文》上半月刊 2020 年第 8 期

　　　　《长安水边》《散文选刊》上半月刊 2020 年第 5 期

　　　　《李白的天姥》《散文选刊》上半月刊 2020 年第 8 期

　　　　《杂草的故事》《散文选刊》上半月刊 2020 年第 8 期

杨怡芬　《我们曾经拥有一只松鼠》《青年文学》2020 年第 4 期

赵　俊　《我的雪事》《散文选刊》上半月刊 2020 年第 3 期

瞿　炜　《和我的生命有关的那几棵树》《天涯》2020 年第 5 期

郭　梅　《到灯塔去》《北京文学》2020 年第 1 期

但　及　《海那边》《散文》2020 年第 5 期

　　　　《琅勃拉邦的清晨》(外一篇)　《散文》2020 年第 10 期

马　叙　《这年头，做一些无用的事》《山花》2020 年第 6 期

　　　　《在荥经》《散文》2020 年第 8 期

张亦辉　《爱情三题》《作家》2020 年第 7 期

李　璐　《走向远处的探索者——2019 青年写作印象》《中华文学选刊》

　　　　2020 年第 1 期

周吉敏　《南鹞》《美文》上半月刊 2020 年第 3 期

郑亚洪　《歌剧笔记》《散文》2020 年第 2 期

半　文　《夏虫小记》《散文》2020 年第 2 期

　　　　《日常记吃》《散文选刊》上半月刊 2020 年第 9 期

周华诚　《树梢上的雨滴落下来》《散文》2020 年第 7 期

　　　　《花香满径》《散文选刊》上半月刊 2020 年第 7 期

邢晓飞　《山海述异》《散文》2020 年第 8 期

余志刚　《虫二先生》《散文选刊》上半月刊 2020 年第 8 期

朱　个　《烟波江上人不愁》《散文选刊》上半月刊 2020 年第 8 期

刘从进　《住观记》《散文》2020 年第 3 期

苍　耳　《致巨河书》《散文》2020 年第 5 期

周维强　《最富天真的天下第一行书：王羲之与〈兰亭序〉诞生记》《文化交

　　　　流》2020 年第 4 期

　　　　《西游记 东来意：文化大汇流里的小掌故》《文化交流》2020 年

　　　　第 9 期

　　　　《坐着慢船走运河》《文化交流》2020 年第 11 期

　　　　《"中外古今派"》《联谊报》2020 年 5 月 9 日

　　　　《师生襟期》《联谊报》2020 年 6 月 2 日

　　　　《旧书店 新书店》《联谊报》2020 年 10 月 13 日

　　　　《1941 年日记里的梅贻琦》《钱江晚报》2020 年 6 月 7 日

　　　　《陆宗达先生的食趣》《钱江晚报》2020 年 7 月 12 日

《〈丑簃日记〉里的几位书画家》《钱江晚报》2020 年 7 月 26 日
《〈矩园余墨〉里的历史场景》《钱江晚报》2020 年 9 月 20 日
《钱玄同教大学》《钱江晚报》2020 年 11 月 29 日
《先生著述，不掠人之美》《钱江晚报》2020 年 12 月 20 日

枝间新绿一重重
——2020年浙江杂文述评

| 朱国良 |

　　浙江杂文界近年来有一个好现象，一个新气象！杂文家中的佼佼者，有如相声名家，说、学、逗、唱样样俱会，诗、文、书、画件件都能。杂文高手赵青云先生，加入中国书法家协会，写刺虐文章，也写人生随笔，诗书印画都名声在外，颇有成就。俞剑明先生目送归鸿，手挥五弦，年年写出脍炙人口的大气大理大道之杂文，他那一笔笔正楷小楷，亦无不墨凝柳骨，笔挺韩筋。

　　杂文家、好编辑董联军参政议政，把一本本杂志编辑得"粉蝶纷纷过墙来，常驻春色在此家"，还泼墨成章，书艺日臻其熟。时评家、杂文能手徐迅雷名震全国，他还作诗，诗味浓郁，诗情澎湃，难怪其文中有诗与政论的结合！杂文家赵宗彪先生文章独具一格，文笔自成一体，评三国、评水浒、评西游三本大书奠定了他在文坛的地位，而他潜心而大成的木刻，为几十家报刊和网媒赞赏，迅速在全国走红。作为杂文行家里手的赵畅先生，不仅在散文随笔领域中独树一帜，作品散见各大报纸副刊和文学杂志，他的书法也日有所成，登堂入室，一些庙宇大殿都有他题写的楹联。还有杂文老作家"大内高手"李烈钧先生，抒写散文随笔，多处辟有专栏，《江南游报》上每周一篇的文章，说人文，讲历史，品景观，发感受，受到各方好评。浙江省杂文学会会长桑士达先生做得一手好诗，杂文中不乏诗与政论的结合，他的楹联对子对仗工整，韵味深长，常常得奖，被寻常人家悬挂于廊前屋下，也走入名人名家的大雅之堂。杂文名人张林华也"多几副笔墨"，纵马舞枪，不仅杂文了得，他转战散文阵地，也写出了不少荣登大堂的华章，杂文散文，一剑一箫，别具特色。

当然，其他杂文家还有不少特长，在此恕不一一涉及了。我要说的是，杂文人本是杂家，涉猎应广，文脉应通。文体触类旁通，多涉及别的文体，化而为文，这对于写杂文增深度，是大有好处的。运笔不灵看燕舞，行之无序赏花开。此之谓也！

2020 年，对著名的杂文家赵青云先生来说，是"喜看稻菽千重浪"的一年，是大手笔写大文章、大襟怀绘大蓝图的一年。他重点围绕"建党一百周年"开展前期创作，集中精力著书立说。

青云先生著有《百年印记》一书，由东方出版社出版发行。他择选建党以来一百个耳熟能详的党建核心词语，创作了一百枚篆刻作品。同时，为每一方篆刻附写一篇约五百字的杂文解读，为建党一百周年献礼。他的这些文章，站在高处，走在前列，言人所未言，立一家之言，材料新鲜，视角新颖，文字新奇，为人称道。

扫除腻粉呈风骨，褪尽红衣学淡妆。2020 年以来，先生注重谈人生、读生活、品史书、说哲理的杂文创作。在《人文大地》杂志开设专栏，连载人文哲理短文，如《问的学问》《丑角之美》《寂寞的境界》《适度为上》等数十篇。这些文章往往独具慧眼、独树风格、独出机杼，善于从新颖的视角层层破题，以个人的识见缕缕说理。不少文章状写细节巧妙，运用材料新奇，往往如同友人剪烛窗下谈心，毫无霸气和杀气，杜绝痞气和火气。用一种低身段，以一颗平常心，在谈天说地和家长里短中，用小角度提出大主题。他的杂文辅之随笔式的漫谈、散文式的抒写、诗意化的提升，在娓娓道来中别有一番韵味，别有一种境界。他的文章和文字深受读者青睐，广受行家好评。

写得品文奇妙，著得华章精妙。青云先生 2020 年还注重弘扬习近平新时代中国特色社会主义思想中的担当精神，协同复旦大学相关专家教授成立"担当文化"精神研究项目，取得初步成效，人民出版社已将其立为重点出版项目。青云先生在十分繁忙的工作之余，排除干扰，拨冗写作，写出了这么多的大文章、好杂文，真是不容易！

2020 年，青云先生可以说是"不叫一日闲过"！做官与作文，他把两者结合得甚妥甚好。他总挤出时间，拨冗读书，笔走龙蛇，把书桌当作禅床，在精神的殿堂流连忘返，乘兴有悟写下的文字，无论是指点江山，还是评点世事，无论是发思古之幽情，还是抒今朝之情怀，都饱含社会的责任，富有作家的情怀，更充满文化的内涵。青云先生的文章，我觉得是可以堂堂正正冠之以"杂文"二字的，他的文字富有思想见地，也有文韵文魄，这种文章"拳打卧牛之地"，不是材料的堆砌，文字的矫饰，而是一种去伪存真的提炼，是一份吐故纳新的深刻。

茅盾先生要求文人多备几副笔墨，青云先生如今不仅心向往之，而且也力所行之。他的文章不仅能写"金戈铁马，气吞万里如虎"，也能写"小桥流水人家"之类，不少文章是从生活中采万朵花酿一杯蜜，精心调制，善于从独特的视角谈天说地，往往用事理说话，用材料铺垫，用史典论理，用文采烘焙，往往熔杂文味和散文味于一炉，烩随笔美和诗韵美于一锅，实有柔中带刚之效。这种如湖畔谈心、友人叙情的杂文，有拉封丹的一则寓言的妙处：南风与北风比试谁能将行人的衣服脱下来，北风狂吹猛吹，行人反而加厚了衣服；最终是暖暖的、酥酥的、微微的南风将人的衣服脱掉了。读青云先生的大气文章，是震撼的；读他的灵气文字，更是会在轻松愉悦之中受益受教！

以一份纯真的坚守，以一种初心的坚韧，坚持杂文写作，在沙场点兵中，俞剑明先生当属一位一骑绝尘的挂印先锋。剑明先生的成就让我等汗颜，去年竟有一百二十七篇稿件被报纸刊登，其中十二篇由《中国剪报》转载。

他的文章不但每隔三天刊发一篇，而且质量也高，无论是《万历人格被扭曲》《燕昭王怒叱谗言》《郁离子耐人寻味》，还是《"八小时外"与官位》《强令官员学文化》等篇什，要么发思古之幽情，抒今人之格调，要么直抒胸臆，有的放矢，都有"不敢忘忧国"的热血倾注，都有我愿世界更美好的热情倾泻。字里行间，有为人的责任、作家的良知，可以窥见艺术的笔法、文化的内涵。

我是颇爱剑明先生的文字的，那是有杂文味儿的作品，那是有灵性又耐读的好文章，深沉、深邃、深厚和深刻！他的文章鞭辟入里，独出机杼，古籍的说论征引得恰到好处，西洋的典故亦是信手拈来，两者的运用都如盐化水，统一为有机整体。其笔法文风，以清逸隽永为轴心，杂糅苍莽勃萃，读来但觉奇气纵横，味重老辣，绝无做作之态。这也见出他学问之驳杂华蔓，如棱镜照物，光影无限！

说到杂文和文学，当为杂文学会会长桑士达写上一笔。为杂文事业，他真是"为伊消得人憔悴"。他大力组织杂文征文，策划了"保密征文活动"。在杂文生存不易的情况下，他坚持守正创新，走在前列，牢牢把握正确的政治方向，敢于与错误言行作坚决斗争，坚持清正廉洁，无私奉献。与此同时，他笔耕不辍，创作了五百多万字的各类作品，其中，《关于我省深化接轨上海的若干建议》得到了习近平同志的批示，长篇杂文体政论文《创建有中国特色的新诗体》在《人民日报》发表后，引起了国内文学界的广泛关注，贺敬之先生曾三次电话问询作者表示支持。由他发起并撰写的文章《加强西湖南宋忠烈陈文龙墓保护和列为爱国主义教育基地的建议》，被纳入省政府相关文件，如今陈文龙已列入"西湖四杰"之中。由他为主要策划人、编写者的《浙兵岁月》文集，已出版发行，成为浙江省珍贵的知青史料。

赵畅是一位杂文高手，也是一位多面手，每年为他写上一笔，于他是实至名归的！工作之余，他闭门窥见深山，扬帆探究远洋。他是一位勤勉的劳动者、执着的独行者、默默的耕耘者和坚定的跋涉者，这些皆来自他的"靠山"，那就是品行的独有、人格的独立、情操的独守。

写文章的人大都知道，言之有物不容易，言之有理更是难。赵畅先生的文章中往往见物藏理，有着较深的文化积淀和独特的见识见解。他以笔不可无筋、文不可无骨自律，为真善美献上赞歌，揭开假恶丑的面具。几年来的笔耕，他的杂文很有多面性，既可以当匕首投枪，又可以当银针刮刀，而他的不少杂文，还与散文随笔、诗歌的味道相融和，用来追忆、回溯、抒怀、阐述，"杂文"和"散文"两种兵器，他运用自如，跃马弯弓，一路纵横，文章直上京城高端报刊，登临沪上各大报纸。文坛老将对他的文章如是评价：有真情真知，具大气灵气，有见地见解，具文韵文脉！

杂文家董联军还是一如既往地保持纯真的操守，以一种不懈的坚持、不停的追求，高举杂文之旗，开辟前行之路。

联军先生拨冗担起杂文学会和杂志繁忙的工作，闲来热衷一个人闭门深山，热爱一个人"挥戈跃马"。他的杂文的最大特点，是寄寓深广、立意深刻。文章总给人以思想上的启迪、品德上的启示、文化上的启发。而且这几年来，他的杂文日趋老辣，总是以事实说话，用材料佐证，以史典铺垫，以文采引胜，较有分量。绘画贵在点睛，文心胜于雕龙。显然，这份书卷气不是包装而成，而是长年累月读书而就，是在生活之中磨砺而成。他的那种将思想和知识有机结合的行文之道，那种将见地与文采自然融合的作文之术，显出他看世事的敏锐、指谬误的犀利、剖矛盾的视角、说事理的技巧。因此读他的文章会感到有嚼头、有味道、有新意、有境界！

2020 年，对于老报人、杂文家吴杭民来说，又是春播秋收、喜获硕果的华年。杭民先生主持省级报刊笔政事务，学问人品足以副之，可贵的是他在众多的编务工作之外，写下了不少脍炙人口的篇章。他的杂文往往开门见山，直抒胸臆，以"轻骑兵"的形式，宛若天降，出奇制胜。他的杂文日臻厚实，总是以事实展开，以道理阐述，用史典观照，用文采渲染，往往能给人以深沉的思考、隽永的回味。近年来，先生注重滋养补气，爱书如命，与文结友，更加注重文化的"软实力"，总是和思想携手同行。他也是"不用扬鞭自奋蹄"的性格，看不惯的事总要拍案而起，他针对社会的热点、疑点、难点问题，奋笔疾书，批判丑恶，讴歌忠良，抒发对人生的美好追求，表达对生活的真挚热爱。如今他的杂文，在百般锤炼之下，霸气渐灭，火气渐小，文章合为时而著，思想触角已伸向各个角落。说理的深刻，分析的得体，使得他的杂文更有震撼力、感召力。他的这些文章不是一些无病呻吟的"小做作"和风花雪月的"小摆件"可比，其文章的时代感往往比较大气，站的位置也高，在分析论理上也高人一筹。在讲道理、摆事实上往往言人所未言，文字也颇犀利深厚，投笔如枪，有的放矢，风骨独具，显示出其战斗力、震撼力，因此也日益为读者喜爱。

杂文是一种寄托和情怀，杂文是一种念想和坚守。老杂文家张建康先生是有这份情愫和追求的。

读张建康先生的文章，我们可以很清楚地感受到他的思想锋芒和鲜明立场，他的文章是厚积薄发的结果。他的杂文善于针砭时弊，读他2020年出版的杂文集《思逐风云》便有这样的体会。他善于把现实生活中的不良现象分析得入木三分，更善于在人的道德品行和人文修养方面，提出真知灼见。凡近百篇文章，总是用事实说话，用材料佐证，用哲理提升，显现实，显史实，有析论，有纵论，见大气，见文气，读之如品上好普洱熟茶，醇厚留馥。

"平淡蕴泼辣，委婉含锋芒。"这是杂文界对殷爱成先生作品的贴切评价。回望殷爱成先生近年来的作品，每次评述都得添上浓浓一笔，但每次评述都有新的发现，可见其文学素养日渐提升，这是其博览群书之果。

特别是在处处皆弦歌、遍地都繁荣之时，殷先生勇于直面人生冷暖，敢于正视淋漓鲜血。关注社会难点，重实际，接地气，着眼当下，针砭时弊，视角独特不冷僻；关注社会热点，找问题，揭矛盾，把脉疗治绘成文；关注社会痛点，言辞尖锐，批丑陋，扬正气，嬉笑怒骂皆成章。其论据贴切、论证严密、思想深邃，表达智慧伦理，展示文华魅力，锤炼精神品格，释放生命能量。朴素的气息背后彰显出精神和情怀，浓郁的文采中彰显出功力和才气。

殷爱成先生不避社会矛盾，面对局势暗流撰写的《五眼之毒》，以讥刺嘲讽"立此存照"之笔法，狠批别有用心之人。他撰写的《魂醒疫时》紧跟时代发展步伐，借古论今，考据严谨；面对教育短板撰写的《中日教育之比》，论是非，辨正误，砭痼弊，揭真理，谈差距，讲希望。他的文章语言犀利，立意小中见大，锋利而隽永，达到"杂而含文""文中显杂"之境界，可算骨肉丰满且立意深邃，雅俗兼具且题旨厚重。在繁华表象下投射了一道引人瞩目的亮光，主旨鲜明，品析美丑，破立结合，层层推进，有所思考，有所主张，引人思索，促人警醒，让人拍手称快。

殷爱成先生的作品不时在浙江省内外各大媒体占据要席，既有反映民声的建议提案，又有体现人性的美文作品，偶有充满情意的诗歌问世。无论文体何属，总融入杂文之精华，颇有匕首之"锋刃"，投枪之"利尖"，集浩然气概、刚正气节，锋芒逼人，直指"痛点"，让人看到他把握大局、驾驭文字的精彩作为。

赵宗彪是一位报人、一位作家、一位杂文家，同时也是一位木刻艺术家。多年来，赵宗彪一直在和文字"打交道"，文章大气老辣，题材也广博，文采亦灿烂。年轻时，赵宗彪写散文写小说，抒写情怀。进入中年，他用杂文思考，写下深沉，写出深刻，因而有"通才""全才"之称。十年间，他写过无数篇上佳的杂文，出版了《三国笑谈》《西游放谈》《水浒乱谈》《史记纵谈》等九部著作。

在此，我要检讨一下，因涉猎不广，信息不灵，过去没有注意到新人，却时常感叹后继乏人。其实，永康就有一位叫黄田的杂文作者，近年来，已出版《悠悠万福桥》《文人相轻又何妨》《想说就说》《芳华岁月》《那年那月那事》五部作品，其中收录了多篇杂文、时评。黄田对杂文的认识让人耳目一新。杂文如何写出新意？不仅材料要新颖，标题也要出奇制胜。反弹琵琶是其中一种方式，只要言之有理，持之有故，未尝不可。

黄田对杂文见解独特，加之笔耕不辍，收获颇为丰硕，至今已在《人民日报》《文学报》《新民晚报》《杂文月刊》《浙江散文》《江南》等全国五十多家报刊发表作品一千多篇，几十次在全国征文中获奖，作品入选《中国散文大系》，曾荣获"当代最佳散文创作奖"和《杂文报》全国民生杂文征文大赛二等奖。

另一位台州黄岩的作者余喜华也渐成杂文高手。他深研《水浒传》写就的系列文章，新意迭出，见地独树，读来很有"删繁就简三秋树，领异标新二月花"的意思。

同为台州人，赵宗彪先生也有"水浒乱谈"系列。余喜华的"水浒谈"系列，自2017年始至2021年1月，在《台州日报》副刊共连载了四十九篇，这恐怕离不开作为《台州日报》副总编赵宗彪先生背后默默的支持。相同的爱好，相似的批判观点，应该是他们惺惺相惜的缘由。余喜华的"水浒谈"，以单个人物立篇，其中一半左右篇幅给了梁山好汉以外的小人物，这些小人物大多死于梁山好汉之手。《水浒传》作为流传最广、读者最多的古典文学名著之一，历代评论者众，余喜华的"水浒谈"，有自己独到的见解、鲜明的观点，有较强的思想性和批判性，其对梁山好汉基本面的否定和所谓"替天行道"虚伪性的揭露，具有正本清源的意义；其对小人物的同情和悲悯，体现了人文精神。

喜华先生的"水浒谈"系列在人们耳熟能详的名著里，看出新鲜和离奇，提出新意和见地，这种手段不寻常，这类笔墨颇出彩！

综观一年的浙江杂文创作，固然还有可圈可点之处，还有为数不少的作者在坚守坚持，但是随着杂文阵地的缩小，杂文作者如飞鸟面对树林被砍伐，难于投林飞翔。有的作者专注于时评创作，有的则改行写起了散文、诗歌。杂文界存在的问题，估计一时半会也解决不了，对此我也无能为力。显然，这让写述评的老倌提襟见肘，感觉这活计不太好弄呀！都说"高厨千荤万素，庸徒非苦即咸"，我也不是高级厨师，在原材料比较单薄的情况下，显得力不从心，难翻花样。

"与燕作泥蜂酿蜜，才吹小雨又须晴。"总之，2020年，我们赞赏杂文作者"为伊消得人憔悴"的创作精神，为他们的执着喝彩，为他们的坚守拊掌，为他们替浙江赢得荣誉感到荣光！也祝愿杂文家们在新的一年里，选准良田，选好良种，施展良法，有更加良好的收益！

2020 年浙江杂文要目

一、书

张建康 《思逐风云》 红旗出版社 2020 年 6 月版

二、文

俞剑明 《万历人格被扭曲》 《江南游报》2020 年 1 月 10 日

《燕昭王怒叱谗言》 《江南游报》2020 年 5 月 29 日

《郁离子耐人寻味》 《江南游报》2020 年 7 月 24 日

《嘉庆的嘉奖方式》 《江南游报》2020 年 8 月 7 日

《朱元璋纸上谈楼》 《江南游报》2020 年 8 月 14 日

《崇祯皇帝装孙子》 《江南游报》2020 年 8 月 27 日

《"八小时外"与官位》 《江南游报》2020 年 9 月 18 日

《强令官员学文化》 《江南游报》2020 年 9 月 25 日

《卢杞举荐窝囊废》 《江南游报》2020 年 10 月 16 日

《许攸的取死之道》 《江南游报》2020 年 10 月 30 日

《道光外俭而内奢》 《江南游报》2020 年 11 月 20 日

《唐太宗"奖励"贪官》 《江南游报》2020 年 12 月 25 日

赵 畅 《为啥"踢一脚"才会"动一动"》 《解放日报》2020 年 1 月 7 日

《以"诗"为戈 豪情战役》 前线客户端 2020 年 2 月 5 日

《品读新中国元帅"让衔"的理由》 《学习时报》2020 年 4 月 17 日

《读书如行舟》《群言》2020年第5期

《童书市场为何有这样的"奇葩"》《上海观察》2020年6月15日

《拒绝"差不多就行"》《解放日报》2020年9月21日

《珍惜"迟来的春节"》《解放日报》2020年10月3日

《"争议""质疑",未尝不是一件好事情》《中国美术报》2020年11月9日

《爱抱抱及其他》《新民晚报》2020年11月11日

《为学生个性化发展厚植土壤》《联谊报》2020年12月10日

余喜华　《叶适与台州》《联谊报》2020年12月22日

《殷天锡：藐视规则却死于不讲规则》《台州日报》2020年2月15日

《"白皮红心"呼延灼》《台州日报》2020年3月12日

《死于醉驾的五虎将之一大刀关胜》《台州日报》2020年3月31日

《风流无赖的董平》《台州日报》2020年6月27日

《弱智的卢俊义》《台州日报》2020年7月25日

《洒脱的燕青》《台州日报》2020年8月22日

《越混越差的梁山元老》《台州日报》2020年8月29日

《梁山的坑精》《台州日报》2020年9月5日

《快活林,黑吃黑的角斗场》《台州日报》2020年10月8日

《死于职业的张旺张顺》《台州日报》2020年10月31日

《意志不坚的曾头市》《台州日报》2020年11月16日

黄　田　《请善待湖北人》《杂文月刊》2020年第5期

《天道未必酬勤》《杂文月刊》2020年第7期

《由"丑八怪"想到的》《杂文月刊》2020年第9期

《开卷未必有益》《杂文月刊》2020年第10期

《鞭子须得抽在慢牛身上》《杂文月刊》2020年第11期

新时代·新面貌·新气象
——2020 年浙江报告文学创作述评

|朱首献|张执中|

　　抒怀新时代、描绘新面貌、塑造新人物、彰显新气象，一个"新"字，构成了浙江省报告文学的年度主轴。2020 年，虽有新冠疫情影响，浙江省报告文学创作在艰难中依然稳中有进，格局宏大的长篇巨制与精致洗练的短篇撰述并蒂绽放。它们以精美的文字、高妙的构思为我们展现了多幅鼓舞人心的"精神图景"。这些心灵之光荡涤了久踞不散的阴霾，为苦恼者添信心，为迷茫者献希望，为迟疑者增勇气，充分发挥了文艺的时代引领价值。总体而言，2020 年度浙江省报告文学题材深入基层，翻天覆地的基层"新面貌"得到了细致描绘，它们中，既有描绘重大工程带来的全面巨变的，也有反映城乡建设的累累硕果的。此外，亦有不少作品将目光投向了浙江省的英雄楷模与时代先锋，这些作品通过他们的光辉事迹彰显了时代精神的嬗变，将典范性、先进性雕刻在活生生的血肉之躯中。朱子曰：无边光景一时新。用这句诗来形容浙江省焕然一新的时代面貌、作家们再攀新高的艺术努力再恰切不过。新面貌、新人物，带来的是不同以往的"新气象"。张国云、孙侃、陆原、李英、陈富强、浦子、卢曙火、朱吉荣、卓介庚、陈章寿、陈昕云、王秋月、施建平、邵诚民、汪胜、鲍志华、吴新华、陶雪亮、姚坚定、杨静龙、刘远江等新老作家不断挑战自我，精心打磨，奉献出诸多脍炙人口的佳作，如

实反映了浙江各行各业人民在实现基层治理现代化、全面建成小康社会过程中所作的突出贡献，书写了浙江人勇立潮头、敢为人先的精神面貌，传达了浙江人民对家园的深情和对未来的美好愿景。

一

张国云、孙侃的《美丽中国这样走来》是捕捉时代脉搏的长篇巨制。报告文学不是采访材料的简单拼贴，亦非天马行空想象的虚构。真正的报告文学兼有报告和文学的特质，但又不局限于此。它跨越文类的边界，拒绝"专属性"，将陈旧不变之物改造一新，从而具有深刻的反思性——报告文学不仅引领我们反思现实，同时也帮助我们反思文学的本质，反思文类的边界。优秀的作品总是能突破、更新定见，丰富我们的精神世界。《美丽中国这样走来》正是这样的作品。作为浙江"千村示范，万村整治"工程的纪实，它细致描绘了"千万工程"所带来的重大效应，读来令人荡气回肠。"绿水青山就是金山银山"这一伟大理念打破了以往的二元对立思维，看到了保护生态与发展经济同等重要。该作同样是双线并举：一方面它表现了浙江环境治理的显著成果，另一方面也着重展示了生态改善后基层人民更加富裕、幸福的生活。家国情怀与个人命运息息相关、紧密相连，这种一体两面式的笔法，使得作品浑然一体，毫无凌乱之感。在这个意义上，该作超越了不少报告文学作品较为狭窄、局促的叙述视角，既追溯过去又立足当下、展望未来。作品文字挥洒自如，寓意深远，充分彰显了浙江气魄、中国力量，带给读者极大的审美享受和观念革新。

支撑该作张弛有度、从容不迫笔调的是一个个掷地有声的生动故事，一张张活龙鲜健的人物面孔。"千万工程"对于刚刚脱贫致富的中国乡村基层，在理念上、实践上都起到了极大的引领和示范作用。浙江之所以能走在改革发展的前列，与其带来的观念革新密切相关，因此，经验的总结刻不容缓。作品选择此议题作为叙述主轴不仅拥有文学价值，更具现实意义，充分体现出作者意图驾驭宏大题材的胆识才具和气魄胸襟。作品以裴丽琴在联合国领奖为引，别出心裁，引人遐思。继之宕开一笔，渐次转入正题，解释缘由，铺陈出一幅"千万工程"建设的壮丽图景。在主题方面，作品甚为凝练，看似旁逸斜出，无法可循，实则重点分明，步步为营。全作主要围绕四个关键展开：扎根环境整治、推进村庄建设、创建生态品牌、挖掘人文景观。具体而言，我们可以看到"贺田模式"的神话、浦江治理的振奋、"四边三化"的艰辛、"公厕革命"的传奇……审慎准确的典型案例令人目不暇接，却无比餍足。如果说，具体的经验事迹是"肉"，那么其背后的诸多人物则是立架之"骨"：有"艺术家气息"的俞海、"伸手掏垃圾"的项建仁、谈起"厕所革命"便滔滔不绝的叶美峰……这些人物并非概念的化身或"时代的传声筒"，而是有血有肉的、根植于浙江土壤的建设干将，亦是个性鲜明、吃苦耐劳的组织能手。从他们的事迹和言谈中，我们可以深切感受到显著的热情和无限的自豪，亦从侧面烘托出"千万工程"的群众基础和积极效应。作品中，鲜活的人物形象宛若天空中的"星丛"，错落分散，却又和谐有致，在属于自己的"岗位"上默默闪耀，他们是宏伟工程必不可少的主心骨，也是建设浪潮中低调坚毅的见证人。

优秀的报告文学不但选材精准，艺术上更是千锤百炼。该作同样具备这样的品质。首先，语言简洁洗练、刚劲有力，善用短句叠词铺陈气势，并携大量精准数据飞流直下，浩浩汤汤，若破堤之水，一泻千里。由此带来的语言之"速"，如重锤敲打读者的心房，使读者在心理上感知到建设之"速"、发展之"速"。除此之外，作品能够巧妙地化用古典诗词，使得行文亦颇具特色。在"千万工程"的当代"战场"中引入传统文化场景，这意味着，报告文学远非数据的堆砌和实例的累积，而是精神性的"文化空间"，多重时间结构在文本中构成了遥远的对话。传统与现代、典雅与刚劲，不同风格的语言在其中相互激荡，相互映衬，使文字拥有了深度与厚度。如文中用陆游"蓼芽蔬甲簇青红，盘箸纷纷笑语中"来与当下安全、健康的食物进行对照，十分恰切，又有韵外之致。"笑语"一词，充满了无焦虑的快适，这份幸福古今共属。再如援引李白诗："舟从广陵去，水入会稽长。竹色溪下绿，荷花镜里香。"从雪窦岭上俯瞰稽东山水，屋舍如珍珠温润娴静，李白诗中无，而此处景中有。如此呼应，使得状景的效果倍增，山水互融，毫无违和之处。其次，在结构上，该作也独具匠心，从《"千万工程"石破天惊》一章起始，确有开天辟地的气概，之后各章笔锋陡转，渐次引入具体成果：贺田的垃圾分类、浦江的河流治理、常山的公厕革命、东梓的"文艺复兴"……章节虽各有千秋，但主题鲜明，自成一格，令人印象深刻。在宏观结构上，中间各章形成了众星拱月的态势，令作品在结构上具备立体感，制造出了叙述纵深。最后一章《美丽经济》再度点题，生动诠释了"绿水青山怎样变成金山银山"，将众多支流逐渐收束，为乐章的落幕做好准备。首尾如干，紧扣中心，中腹如枝，散叶开花，作品整体若行云流水，有浑然天成之态势。总之，该作是一部主题上大气磅礴、艺术上超逸绝尘、思想上周密深邃，充分彰显浙江精神、弘扬中国气象的难得力作。

浦子2020年度有两部长篇报告文学作品问世，即《明月照深林》与《缑城新知录——宁海城建采访札记》。2020年，是我国全面建成小康社会的决胜之年。在这样一个伟大的历史节点上，《明月照深林》生动展现了浙江省宁海县数十年如一日坚守初心、善作善成，为我国全面建成小康社会提交了一份满意答卷，成为新时代全面展示中国特色社会主义制度优越性重要窗口模范生。作品生动精准地将决胜小康中的"宁海智慧""宁海经验"和"宁海方案"呈于象、感于目、会于心，成功唱响宁海智慧，传播了宁海故事。

泰山之云，起于肤寸。该作以艺术下乡破题，全景式、高精度地描绘了宁海作为展示我国社会主义制度优越性的一面旗帜的时代华章。现在的宁海，人民群众变得更自信，活得更自尊，更有获得感。例如，在葛家村，《三十六条村级小微权力清单》让村民变得更会说理、政治底气更足，村干部更勤政、更廉洁。也是在葛家村，艺术融入乡村，化解了邻里恩怨，消弭了村与村的隔阂，农民变成了艺术家，登上了中国人民大学的讲堂。村子更亮堂，村风更文明，村民的追求更高。在前童镇，艺术振兴乡村，鸟儿飞了回来，年轻人返乡创业，民俗重新回归日常生活。桥头胡的艺术乡建、黄墩艺社、汶溪翠谷，梅林的艺术创客工作室、雁山兰园，力洋的雪野工作室，深甽的温泉艺术村，箬岙、中堡溪、许家山、西岙、龙宫、清潭、力洋、东岙、山洋、下畈等等，作品绮绘精工，缀锦贯珠，通过对这一连串村镇小康创建美轮美奂的还原，成功反映了宁海艺术融入乡村，美化宁海全域，美了村民的心这一鲜明的小康时代标识。

东风拂地启青阳。习近平总书记明确指出，决胜小康要坚持以人民为中心。该作品正是站在这样的思想高点，气势恢宏地展现了宁海艺术融入乡村的小康决战真正触摸到了人民群众内心的关切，培植、催生了广大人民群众奔小康的内生动力，提升了人民群众对全面建成小康社会的参与度、信任度和满意度，切实增强了村民的凝聚力、归属感和自豪感。作品上下纵横，铺陈扬颂，尽情赞美了在宁海大地上人民群众成了文化舞台上的主角的小康精神新气象，并将独特的艺术素质和复杂的美学处理有效结合，闳其中而肆其外，使作品在主题上立意高远，在布局上蓁然有致，在气势上氤氲磅礴，在语言上神味隽永，在艺术上生动形象，极大提升了作品的审美内涵和现实感召力，有效彰显了宁海人民在小康创建中的主人翁精神和他们对乡村精神的呵护，成功塑造了一系列真正属于小康时代的中国农村和创造新时代的中国农民。

《平地起》（2019）与《缑城新知录》延续了作者一贯的家乡情怀，主题集中且鲜明，以如椽之笔描绘了宁海城建的硕果。李渔曾言："古人作文一篇，定有一篇之主脑。主脑非他，即作者立言之本意也。"浦子作品的主脑自然是宁海城建所带来的巨变，而要实现这一立意，离不开作为叙事抓手的"宁海县公建中心"。在《平地起》一书中，浦子以公建中心为轴线，串联起宁海县多个重要项目，如宁海县第一医院、十里红妆文化园等工程。作者在记述第一医院的建设过程时，笔锋老辣，将岩隙水喷涌的险象环生、施工受阻的意外场景依次道来，读之令人屏息凝神，直到"天！他大叫起来，堵住了！堵住了！"一句，方才获得喘息之机，紧绷的神经稍得缓释。浦子以其紧密厚实的语言，赋予文本浓厚的艺术感染力，带给读者极大的震撼。如果说，《平地起》以精彩的故事、生动的文笔夺魁，那么《缑城新知录》则以周密、翔实的数据取胜。《从涓涓细流到万家清泉》一章，作者对宁海县水务集团、西溪水库的相关情况如数家珍，大量精确的数据映入眼帘，令人叹为观止。在谈到水污染问题时，浦子对于相关数据十分熟悉："4200多亿立方米的污水""5.5亿立方米的淡水""17亿人喝不上清洁水""200万儿童死于与水有关的疾病"，读来令人触目惊心。报告文学不是科学，但在文学类别中最具科学性，这是报告文学区别于其他文类的优长之处。浦子对数据的精准把握，将报告文学的这一优势发挥到了极致。《猴城新知录》不仅记录了柔石公园、天明湖公园等现代项目的建设，亦展现了传统古迹"西门城楼"的"死而复生"。浦子的叙述古今交错，使行文轻盈不滞，富有灵动变化之气。清代文论家刘大櫆曾说："行文之道，神为主，气辅之……然气随神转，神浑则气灏，神远则气逸，神伟则气高，神变则气奇，神深则气静。"所谓"神"，指的是文章的内在精神，"气"则是文气。浦子为文，不拘于惯习，而常思变化，其"神"游走八方，天马行空，因此气象奇崛，颇合"神变则气奇"这一论断。

一寸山河一寸血，一抔热土一抔魂。2020 年是中国人民志愿军抗美援朝出国作战七十周年，波澜壮阔的抗美援朝战争中涌现了无数灿若星辰的志愿军英烈，他们用生命和热血谱写了荡气回肠、气壮山河、彪炳千秋的英雄史诗。缅怀他们，将他们作为时代的丰碑、历史的航标、精神的灯塔是作家义不容辞的责任。顾志坤的《阻击英雄沈树根》就是这样一部佳作。作品笔力雄壮，气象浑厚，生动展现了以沈树根为代表的志愿军将士用生命和热血完成祖国赋予的使命，慷慨奉献自己一切的革命忠诚精神和为追求人类和平与正义冲锋陷阵的国际主义精神。

文之雄健，全在气势。顾志坤的描绘，英雄气从文间生，作者笔下有精神。战争不仅是物质的较量，更是精神的比拼。没有顽强的意志，没有敢于牺牲的品质，再好的武器装备也不能保证胜利。抗美援朝战场上，志愿军将士正是靠着向死而生的英勇决绝，震慑了凶恶的敌人，形成了让敌人胆寒的伟大气概，作品充分展现了他们这种冲天的伟大气节，怀情而激响，悲壮而断肠。黄草岭上，志愿军将士成建制地被冻僵；门岘阵地战中，一八〇团三营七个班将士最后仅剩两个班幸存，同样是一八〇团一营二连、三连与一七九团三营八连一个排共七个班的将士在门岘以南1081高地，弹尽粮绝，全部牺牲。战友们在打扫战场时，烈士们仍紧握枪杆，面向敌方，刺刀见血，手指上挂着手榴弹的拉线圈……这是何等悲壮的画面！作品刻画志愿军"钢少气多"，文字皆从肝肺间流出，惊心动魄，格调激越，成功地展现了志愿军将士气壮山河、视死如归的气魄，以血肉之躯构筑起铜墙铁壁般的防御阵地。

作品将英雄志和战争史有机结合在一起，叙事工绝，既致工于作，又致工于述。金圣叹在评《史记》与《水浒》时曾说："《史记》是以文运事，《水浒》是因文生事。以文运事，是先有事生成如此如此，却要算计出一篇文字来，虽是史公高才，也毕竟是吃苦事。"其"以文运事"之说可谓深得纪实写作之玄机，尊重事实，在事实的基础上算尺寸，掂斤两，讲剪裁，布位置，树精神，是纪实写作的首要之务。抗美援朝战争的历史极其复杂，朝鲜战争的态势波诡云谲。此战未结，彼战又起，东线突围，西线出击。这些都决定了沈树根的英雄经历曲折跌宕，如何在一个宏大的战争史断面中展示战斗英雄的光辉人生，确实是对作者才力和胆识的一种考验。但顾志坤知难而上，勇于克坚，作品文势错综尽变，交互联络，收放自如，成功地将英雄志和战争史熔铸在一起，在恢宏的历史画面中有点、有线、有面、有体，笔墨淋漓，立体纵深地展现了气势浩荡的朝鲜战争和鲜明生动的英雄故事，有力地彰显了沈树根和广大志愿军将士的英雄气概。正是如此，作品始终激荡着昂扬向上的奋发精神，奏响了一曲革命情怀、英雄史诗和爱国主义交相辉映的时代交响乐。

二

　　李英的《大国治村》是一部扎根基层治理的厚重之作。作者着力于在"大背景"中讲好"小故事"，从细节处见全貌，从侧面反映出了基层乡村建设与国家统筹规划之间的"鱼水情"。作品围绕后陈、塘里、花园、下姜、上田村的发展巨变，为乡村治理提供了鲜活生动的蓝图。同时，作品也塑造了诸多楷模形象，如：刚毅沉稳的胡文法、性情耿直的孙朝厅、目光远大的邵钦祥……他们性格迥异，但为人民谋福利的初心却高度一致，散发着人格之美。车尔尼雪夫斯基曾说："任何事物，凡是我们在那里看得见依照我们的理解应当如此的生活，那就是美的。"可见，美并不仅限于形式或与现实无涉，美亦可是生活，是人格。作品中的人物群像，为我们探讨报告文学的特殊美学提供了可参照的典范：报告文学之美，是一种"应然之美"，是理想生活的现实化，也是逻辑推进的必然化，它与通常之美迥异。在大多情况下，我们所说的"美"，其实指的是"漂亮"或"好看"，后者是主观的、相对的，而前者则具有超越性、应然性和普遍性。

　　更可贵的是，作品并不局限于反映特定事实，而是将"事之变"与"人之变""文之变"联系在一起。所谓"事之变"指的是乡村建设的实际成效，"人之变"指的是享受到建设成果的"人心之变"。如后陈村改革之前，人心涣散，村务混乱，面对公车私用，"村民们越看越生气，越说越愤怒"，甚至"不约而同地上前把干警围了起来"，无处可泄的暴怒溢于言表。但在村务监督委员会成立之后，人心齐了，风气净了，百姓在"座席间，不经意地爆出几个笑声"。以往抑制不住的心火已悄然转为喜悦与赞同。所谓"文之变"指的是作品的文风、笔触随着改革的推进、人心的转变一并发生了更动。写改革之前的困境窘况，用语沉重、严肃，而在叙述的中段，笔调则变为刚毅、自信，充满了希望，表现出勇往直前的态势。如《顾盼塘里》一章，写到污水管道铺设在即，却可能遭遇阻拦时，作品用简练干脆的短句传达出改革者的神态："兵来将挡，水来土掩。孙朝厅自有办法。"短促坚定的语气，与孙朝厅自信、刚毅的性情相得益彰，人物对困难的不屑、蔑视，也惟妙惟肖地展现出来。到了叙述收束的末段，笔调则趋向和缓、平静，如乐曲终章渐渐落下帷幕。

《论文偶记》有云："理不可以直指也，故即物以明理；情不可以显出也，故即事以寓情。"物与理、景与情在文学创作中是绝不可截然二分的，仅有优秀的作品能够炉火纯青地完成，《大国治村》即如此。事、情、理三者在其中环环相扣、不可分割，事变带动情变，情变产生文变，三者合力传达出"理之变"。就整体而言，该作结构浑然天成，既有"大气象"，又有"小细节"，宏观与微观、人心与事理达到了辩证统一。

陈富强的《男儿有泪》与《寂静的春天》都是深入电力系统、描摹英雄事迹的感人之作。前者以"抗台英雄"田汉霖为中心，歌颂了奋战在抗击台风"利奇马"一线的电力员工。作品无意将田汉霖塑造为无所不能的"完人"形象，而是如实记叙。正如班固评价太史公："其文直，其事核，不虚美，不隐恶。"作品并未美化自己的描写对象，作者深知英雄也会有脆弱、无力之时，也会哭泣、犹豫、自责，他们同样是有血有肉之人，这也呼应了"男儿有泪"这一充满张力、一反常论的标题。这样的处理方式摆脱了脸谱化的英雄模板，让温暖的气息笼罩全文，使得作品极富感染力，触动人心。《寂静的春天》则紧扣当下，以作者亲身经历为证，讲述了电力系统在防疫大战中的关键作用。无论是医院的建设、医疗设备的供应，还是企业的复工复产，都离不开运作良好的电力供应，浙江的电力系统是此次防疫过程中必不可少的枢纽。作者巧妙地以"电"为线索，勾勒出一幅抗击疫情的战情图。同时，作者也成功塑造了徐川子、"宁波妈妈"等人物群像，他们在各自的岗位上发光发热，生动诠释了"抗疫精神"的真谛。歌德曾说："艺术要通过一种完整体向世界说话。但这种完整体不是他在自然中所能找到的，而是他自己心智的果实。或者说，是一种丰产的神圣的精神灌注生气的结果。"他也曾多次告诫创作者，要选择自己研究过或非常熟悉的题材来创作，才有可能产出成功的作品。这份"熟悉"是诞下"心智的果实"的前提，进而方能实现艺术品的完整性。在《寂静的春天》中，事与人、理与情的融会贯通，离不开陈富强对写作题材的充分把握，这份充盈的精神，使其在关节要害处游刃有余，构筑出复杂精巧的艺术结构，向我们献上了自己"心智的果实"。

蒋鑫富的《我的初心我的村》以仙居一百个村庄在乡村振兴、小康创建中发生巨变的生动实践，全景式地展现了仙居县广大党员干部和人民群众在全面决胜小康社会建设中令人瞩目的历史实践，讴歌了他们干在实处、走在前列、勇立潮头的时代先锋精神，谱写了一部放歌新时代党建、引领乡村振兴重要窗口创建的动人诗篇。基础不牢，地动山摇。全面建成小康社会，最艰巨最繁重的任务在乡村。仙居县广大党员干部将初心寄予青山绿水之间，寄予仙居人民群众对美好生活的追求之中，抓重点、补短板、强弱项，往群众生活深里走，往美丽仙居实里走，尽锐出战，提交了新时代乡村振兴的满意答卷，把仙居建设成了名副其实的神仙之居。该作品以榜样的力量感染人，以生动的故事启迪人，以演绎时代精神为责任，讲好仙居故事，放歌新世纪乡村振兴运动，体现了作者敢作、能作、善作、善成的文学使命和情怀。

作者扎根仙居十二年，用文学之笔深耕这块美丽的土地，把作品写在神仙之居的大地上。该作品创作历时三年，作者放弃了无数个节假日，足迹踏遍仙居所属的二百余个乡村，积累了二十余万字的采访笔记，查阅考证了五十余万字的史料，切实体现了"深入生活、扎根人民"的文学精神和讲好党建好故事的严谨文学态度。在艺术上，作品主题深刻，寓意深远，匠心独运；结构上，整部作品阔而不疏，恣笔穿点，是一部名副其实的向建党百年献礼的精品力作和传承红色基因、解码仙居基层党建、展现"重要窗口"精神、讴歌乡村振兴战略的恢宏史诗。

陈章寿的《砥砺十年——环溪水亦红》围绕着环溪村的今昔之别，用生动典型的案例诠释了"浙江省最美村庄"是怎样炼成的。环溪村是文化古村，一代名儒周敦颐的后人在此定居。但"文化钥匙"仅仅是敲门砖，作者敏锐地捕捉到了环溪村实现富裕与幸福的秘诀：除了发展以"爱莲堂"为主体的"莲文化"之外，还有"政治钥匙"（国家政策支持）、"生态钥匙"（天子源溪等自然景观）、"交通钥匙"（便捷的"杭新景高速公路"）。优秀的报告文学不仅提出问题、进行观察，同时还会尽己所能地寻找答案。作者用上述"四大钥匙"回答了环溪发展的奥妙所在，充分体现了报告文学作家的责任感。王安石有言："所谓文者，务为有补于世而已矣；所谓辞者，犹器之有刻镂绘画也。诚使巧且华，不必适用；诚使适用，亦不必巧且华。"这显然是把文与辞、华巧与适用对立起来，突出"文"的政治功能。陈章寿则不然，他的笔下，文既有补于世亦能优雅从容，无雕绘之匠气。苏轼、李白、张旭等大诗人的名篇佳句都成为其写作资源，如《桃花溪》一诗中"桃花尽日随流水，洞在清溪何处边"与环溪村天子源溪的美景遥相呼应，共同构成了富有诗情画意的文化空间，让自然景观摆脱物之冷淡，获得人文气息。此处，修辞不再是"刻镂绘画",而是"文"的有机部分,作者以其天工妙笔实现了两者的统一。

当然,环溪发展的奥秘不仅是上述的"四大钥匙",还有隐藏在其后的"秘钥"——"人民之匙"。如果说"四大钥匙"只是环溪村发展的外部推手,那么,环溪人民的艰苦奋斗与勤奋拼搏则是内在动因。作品不动声色地将人物形象镶进环溪巨变的宏大图景之中。周美霞与周忠平的动人爱情、周秀英与周德祁的浪漫往事,读来令人莞尔。他们的命运并非孤立的、与时代无涉的,而是与环溪的变革紧密相连的,他们是建设的亲历者、见证者,同时也是发展成果的守护者、享有者。正是这些真实质朴却又用情至深的小故事,为作品增添了人文关怀,将"报告"写出了文学性。米歇尔在《图像理论》中曾说:"图像与文本之间的互动构成了这种再现:所有媒体都是混合媒体,所有再现都是异质的,没有'纯粹的'视觉或语言艺术。"报告文学是文图关系研究的重要阵地,陈章寿用丰富、精美的图像,印证了环溪发展改革的巨大成就,但这种"印证/再现"绝不是纯粹的,反映论式的,而是混合的、非同一的。陈章寿将文字、照片互相参照,用今昔对比引入叙述张力,而从整体看来,作品又是统一的。文图互动生成了复合的、多层次的符号空间,打开了文本的异质性与交互性,为报告文学的横向发展带来了可思考的维度。

杨静龙的《情满"两山"——来自"两山"理念诞生地安吉余村的报告》记录了安吉县余村的经济转型之旅。余村是习总书记"绿水青山就是金山银山"这一理念的提出地,对经济发展和生态建设具有典范意义,对于报告文学而言,具有很高的写作价值。安吉县在实现由矿业经济转向绿色经济的过程中,遇到了不小的阻力。杨静龙并未回避这些冲突与矛盾,而是将其充分呈现,他深谙抑扬之道,一张一弛,使得行文充满张力,避免了平铺直叙、缺少艺术魅力的窘境。在余村总体变革的背景之下，村民个人生活的变化更是亮眼。潘春林、胡加兴、俞金宝等一批"弄潮儿"都是"绿水青山就是金山银山"理念提出后的受益者，他们的生活品质得到了极大改善。正是通过具体生动的人物形象，杨静龙让这一理念能够扎实落地，这种"感性显现"的"理念"使得作品更富有审美感染力，脱离了照本宣科的原则讲演，避免沦为悬浮于空中的脆弱楼阁。

天涯、虞锦贵的报告文学新著《狮子山下的河流：来自金乡企业家们的样本》通过对苍南金乡近三十位企业家创业奋进史的真实记述，成功塑造了一系列中国改革开放先行者的群像，展现了金乡人民在困境中求变、敢为人先的拼搏精神和创新意志，真实反映了金乡人民引领时代精神的出色历史实践，是一部解读温州模式、讴歌金乡精神的力作。艺术上，两位作家，一位长于才情，文字灵动，语言绵密，叙述曲折，回味悠长，有着诗一般的语言和巧思；一位耽于沉思，叙述间多睿智，语言疏朗，干脆利落，笔力雄迈，赋予作品坚韧的美、力量和精神。二者联袂，可谓刚柔相济，珠联璧合，为作品增添别样的风采。

三

张国云的《白衣天使在作战》是一篇写疫情的作品。作品非常感人，以细致的笔法刻画了浙江两千余名医护人员面对突如其来的新冠肺炎疫情，将自己的生死置之度外，听从时代召唤，冲锋在抗击疫情最前线，用自己的血肉之躯与病毒鏖战，为打赢疫情防控阻击战筑起了一道坚固的防线。作品格调崇高，充满激情，语言质朴，情感真挚，细节感人，让人动容，真实地再现了浙江援鄂医护人员与疫情赛跑，顽强拼搏的时代先锋精神，这部作品真正地落实了报告文学作家将自己的作品书写在祖国大地、书写在人民群众的内心的责任和担当精神。

对于报告文学而言，优秀的选材是成功的基础。2020 年陆原的三部短篇作品，发常人之所未发，照亮了读者的精神"暗域"，有极好的导向作用。在《你们是我的亲人——浙江省皮防所上柏住院部的故事》一文中，陆原将目光投注于鲜少有人关注的"麻风村"，通过记录医护人员与麻风病休养员的交往过程，塑造了喻永祥、潘美儿等鲜活的人物形象，留下一段段感人至深的"生死"故事。在陆原充满人文关怀的笔触之下，人们对于麻风病人的误解与偏见被渐渐地革除。优秀的文学作品正是能够潜移默化地改变人们坚硬的观念，使读者完成自我认知的革新。《在赤岸，感受"浙江之心"的脉搏》一文，围绕赤岸镇的综合整治过程展开书写，细致剖析了赤岸之变的原因。此外，陆原还以充满信心的语调赞美了赤岸的人文传统，对赤岸的光明前景充满期待，为我们呈现出乡村生态建设的又一成功案例。《诗意的幸福在城市穿行》一文，则以杭州市公共自行车为"暗访"对象，细致描绘了单车系统建立过程中所遭遇的难题与突破，歌颂了项目工作人员高效勤奋的工作态度，也为其他城市送上了一张耀眼的"杭州名片"。该作品选题新颖，慧眼独具，具有极高的参考价值。

墨丁的《二胖说毒》是一部立意深远的防毒题材作品。中国近代以来的衰弱，与"毒"密切相关。因此，禁毒、防毒工作关系到国家兴亡与民族安危。作品以"白魔"蓝伟明的转变史为线索，精准透视了毒品之害、染毒之易、解毒之难。但墨丁并未以居高临下的态度来强行说理，而是将禁毒之"道"与文中的人、事紧密结合，人物并不为"道"服务，相反，"道"经由人而实现。蓝伟明并不是一个失去心智的"魔头"，他之所以走上不归路，很大程度上是毁灭性的交通意外导致的。墨丁走入人物内心，细致剖析了他的堕落之因，并引导他走出了困境。蓝伟明最终也被无私善举感动，找回了曾经的自己。法国理论家福柯曾提出过"自我技艺"这一概念，他认为自我技艺能够"使得个体们（或独自或在别人的帮助下）在他们自己的身体、灵魂、思想、品行、存在方式上施予种种工作，意在达到某种幸福的状态，纯洁的状态……"在某种程度上，蓝伟明正是"自我技艺"的实践者。"自我技艺"的关键在于"转变"，赋予主体以新的身份、新的价值，通过这种"转变"，我们才能够接近"真理"。当然，福柯所说的真理并不是普遍、客观的知识，而是作为一种义务体系而生效。墨丁敏锐地捕捉到这种"自我技艺"的展开，因此，他使用了"本真""苏醒"等极富哲学意味的词语作为小节标题，用来指示主人公的"蜕变"。蓝伟明在戒毒之后成为村里的义务交通员，甚至当选为村民小组长，充分展现了"自我技艺"对伦理性的开启，对"义务—真理"的接近。同时，福柯的"自我技艺"不仅包含自我与自我的关系，也包含自我与他者的关系。蓝伟明的转变与刘警官的谆谆教导是分不开的，《二胖说毒》不仅是蓝伟明的转变史，也是刘警官的"教育史"。在形式方面，《二胖说毒》一书也颇有新意，除了主线"禁毒"故事之外，墨丁还间或加入"禁毒小百科"和大量插图作为调适，与正文相互补充、印证。这样一来，全书既有引人入胜的"故事"，亦有客观翔实的知识，让读者在潜移默化之中掌握了禁毒知识，不使作品沦为刻板的说教。除此之外，该作语言幽默风趣，灵动而有生气，真诚而不事雕琢，体现了作者优秀的文字驾驭能力。何景明有言："凡物有则，弗及者，及而退者，与过焉者，均谓之不至。"语言之法亦然，雕缋满眼则可能失却真诚，嬉笑怒骂则大多陷于轻佻，墨丁能够很好地遵循语言的法度，深知"过犹不及"的道理。他的笔触在严肃与活泼、修饰与质朴之间找到了平衡。总的来说，《二胖说毒》是一部给人惊喜的报告文学作品。

卓介庚的《苏轼径山行》是一部才识胆力兼备的作品。作者依然围绕着自己熟悉的历史人物题材展开书写，笔锋越发老到，渐入炉火纯青之佳境。优秀的历史文学作品，不仅要经得起历史事实的考验，还要发挥文学的想象，对历史的"空白"之处进行合乎逻辑的填补。作品秉持史家笔法，从苏轼的生平经历入手，以精练的文字书写了这位大文豪跌宕起伏的一生，传人、述事皆有所本，不作空泛之言。叶燮有言："惟理、事、情三语，无处不然。三者得，则胸中通达无阻……"在回顾苏轼生平之后，作品紧缩叙事视点，将笔墨倾倒于苏轼与径山寺的交游，随后，悠游从容地生发出苏轼的禅佛思想。由此，理、事、情三位一体，遂使该作能够形神兼备、"通达无阻"。在选材方面，作品独具匠心，不像常人那般将目光集中于苏轼在杭州的工程建设政绩，而是将关注点投向了同样重要的"径山行"。如果说，苏轼任通判、知州期间的城市建设是他对杭州在政治、经济方面的贡献，那么"径山行"则是他与杭州文化发展的重要交会点。作者以其深厚的历史素养和文化积淀，对苏轼有关径山的诗文进行了新颖的阐述，并通过自己的合理想象将其连缀为统一的有机整体，在此过程中，径山文化源远流长的形成过程被缓缓展露，苏轼千古绝有的宏伟人格也得到了揭示。总之，《苏轼径山行》是一部构思精巧、内容绵密的艺术佳作，它不仅忠实记录了苏轼与径山僧人交流的历史事实，也弘扬了径山的佛文化与茶文化，让更多世人知晓苏轼与杭州的这一段奇缘、佳缘。历史的脉络与时代的期许，在作者的笔下完美融合。

汪胜的《"史学泰斗"兄弟——何炳松、何炳棣》，以著名的史学家何炳松、何炳棣兄弟二人为书写对象，将两人的命运与中国近现代史相联系，使得作品超出一般的人物传记，被赋予了深刻的时代意义。兄弟二人虽都天资聪颖，但性情各有不同。何炳松除了学识过人之外，还有杰出的行政能力，在担任暨南大学校长期间治校有方，颇受师生好评。何炳棣则是在学术方面用力至深，非第一流问题不做，为人孤傲但才气过人，有大视野、大胸怀，其著作影响深远，至今为人所敬仰。同时，两兄弟对祖国都有深深的眷恋之情，何炳松在抗战时曾协助抢救过沦陷区书籍，何炳棣则在晚年改用中文写作，其遗愿也是希望能魂归故土。汪胜以动人的史家笔法，将两位学者的生平娓娓道来，凸显了他们的爱国情怀，体现出他们的远见雄识，深刻反映了变革时代中知识分子的精神与风骨。

吴新华的《美食法根糕点》，以真实细腻的笔触记录了糕点大师李法根的学艺、创业经历。作品最精彩的部分莫过于讲述各种糕点的制作故事，譬如李法根可以"蒙面切云片糕"，手法堪称一绝。作品从多个不同侧面展现出传主技艺之高超，笔法传奇，扣人心弦，读来引人入胜。

陶雪亮的《兰山：千件根雕讲述一个中国梦》，以"东方醒狮园"创始人兰山的传奇经历为蓝本，讲述其放弃深耕多年的教职，投身于热爱的根雕事业并取得巨大成就的故事。作品将根雕技艺与中华传统文化紧密结合，叙议并举，文质兼备，极为成功地塑造了新时代中的新人物。兰山"饮水思源"的精神、一往无前的情志，引人向往和敬佩。

施建平的《她和她的村庄》（2019）也是一部塑造"新人物"的纪实佳作。该文以荷叶村党总支书记都甫珍为核心，串联起荷叶村在发展建设过程中的崭新面貌。为了建立海宁抗战史纪念馆，落实美丽乡村工程，抓好村级经济、法制建设，都甫珍付出了巨大的心血，与家人聚少离多，牺牲巨大。通过她的高尚人格和光辉事迹，读者不自觉地为之感召，理解了今日成果的得来不易，也更加敬重奋战在一线的基层干部。施建平 2020 年的作品《"杭海人"的情怀》以杭海城际铁路公司董事长杨晓法的励志与奋斗经历为主题，生动地刻画了交通战线领导干部不惧艰辛、敢想敢拼的精神面貌，也从侧面反映出浙江省"新人物"的工作主轴：他们聚精会神搞建设，一心一意谋发展，为建设祖国贡献自己的光和热。

卢曙火扎根科技战线，以手术刀般的文笔精准剖析人物，如《"中国礼物婴儿之父"今何在——记著名妇产科专家、博士生导师石一复》一文，如实记叙了妇产科专家石一复的医学贡献和工作成就，融医学科普与人物传记于一体。除此之外，卢曙火 2020 年的作品还有《从零起点到填补国家空白——记省科技进步奖、国家特殊津贴获得者许沈华》，这两部作品同发表于 2019 年的《小眼睛里有大爱——记国家科技奖、全国社会服务奖获得者吕帆》等短小精悍的佳作一起，集中展现了浙江省"新人物"高超的专业素养、优秀的精神风貌。

陈昕云、王秋月的《情之所钟一盏茶——程启坤口述史》忠实记录了茶学名宿程启坤的精彩人生。程启坤之所以能有今天的成就，与母亲的影响、个人的努力密不可分。母亲塑造了他为人处世的根本原则，他不断锻炼专业技能，获得了进一步深造的机会。程启坤在退休之后，即使身患眼疾，仍发挥余热，继续写作，同时培养后进，为中国的茶文化事业作出了重大贡献。该文言辞恳切、内容翔实，具有较高的文献价值与文学价值。

鲍志华的《末代皇弟溥杰的跌宕人生》以史传的笔法记述了溥杰的一生，作品语言平实，描绘生动，有力彰显了溥杰人生的传奇色彩，作品同时也展现了周恩来总理对溥杰的关怀。

徐福荣的《来自武汉的抗"疫"日记》记录了淳安县第二人民医院八病区护士长余春娟驰援武汉抗击新冠肺炎的日常生活，

作品真实感人，讴歌了冒着生命危险奋战在抗疫一线的白衣天使美好的精神世界。

老作家姚坚定依然情系乡土、笔耕不辍，多年以来，围绕着"河流"题材，他创作了众多作品，如《天堑变通途》，描写了钱江隧道的开掘历程，反映了江东成为建设热土的时代现实。《千年运河兴古镇》《内河航运退出了历史舞台》等作品也是与河流紧密相连，充分显示出作者对滋养了一方人民的水土深深的眷恋之情。除此之外，他的作品还有：《给天堂母亲的一封信》《采来秋果避冬霜》《勇于献身的好连长傅永先》《沙地羊角车》等。

邵诚民在 2019 年有多篇作品问世，多集中于其熟悉的茶业领域。《风雨过后见彩虹》一文，以云南运达天力茶业有限公司董事长张梦达的奋斗史为主线，形象地勾勒出一位敢想敢拼、永不言弃的企业家形象。在建设茶厂的过程中，张梦达有过亏损的低谷，但他从不气馁，奋力拼搏，为普洱茶产业作出了杰出贡献。《学茶东瀛师中华》则以茶里文化的郭晓丹为主人公，讲述了她负笈东瀛，学习茶道的故事。作品不仅文笔生动，且富有哲理，展现了作者对茶道精神的深刻理解。正如作者所说："茶道真正的精神在于道。生命的历程是体验的历程，点滴地组合、不断地修正的过程。而多数人却是在迷茫中度过，不能把握住这仅有的一次机会。不是在懊恼中过去，就是在担忧未来，而失去了最宝贵的当下人生。""道"既是至高法则，又是"道路""过程"，与我们的体验与经历紧密相关，茶道不是远在天边的不可触碰者，而是弥漫在我们的日用之中。"道"不是等待捕捉的现成之物，而是能够由内而外地转变我们的力量。邵诚民对茶艺、茶道的持续思考，同样也是其"文道"的探索之旅，因此，他的作品颇有气象和深度。

朱吉荣的《光明路上追梦人》（2019）将目光集中在一线的

医疗工作者——金华中心医院眼科主任吕志刚身上。吕志刚人格高尚、医术精湛，不但专业技能过硬，还将病人视为"衣食父母"，从不怠慢自己的工作，颇有仁医之风，是医务人员的楷模，也是新时代的人物典范。另一部作品《两甲子传承 三世纪跨越》（2019），以张震雷校长的访谈为线索，导引出金华五中的传奇校史。作为金华本地的名校，五中百余年来为社会各界培养了无数精英，其精神在一代代五中人身上长久持存，其过去辉煌，其未来可期。朱吉荣以翔实的数据、丰富的史料，将五中的"前世今生"娓娓道来，文字洗练，用语灵动，艺术效果突出。

至此，对浙江省 2020 年报告文学创作的述评就要告一段落了。在回顾的过程中，我们既看到了浙江省报告文学创作的新成就与新面貌，但同时也要注意到其中的不足之处。总体来看，缺憾主要集中于两大方面：第一，题材过于集中。本年度的作品大多关注基层乡村建设的"新面貌"或各行业的"新人物"，作品的丰富性、广泛性有所下降。关注时代的热点话题自然是报告文学的应有之义，但把握和捕捉时代的潜流、暗流，关注不为人知的或为常人所忽视的领域，挖掘新的时代动能，则是报告文学的更高追求。优秀的报告文学作品不但能够重述、记录已知，还能够指引、描摹未知。第二，部分作品的思想性还有推进空间。浙江省本年度的报告文学作品，大多拥有成熟的文笔、精巧的结构，但仍有不少作品受困于表面现象，缺乏探寻根源的反思力度。在人物传记写作方面，有部分作品陷于程式化的"套路"，缺乏生命力。这样的文章只能说中规中矩，离艺术杰作还有一定距离。在日新月异的时代风貌下，文艺创作的重要性有目共睹，无数严肃的事物正在召唤作家们去探寻、去发现，让我们共同期待 2021 年浙江省报告文学的创作。

2020年浙江报告文学要目

一、书

张国云 孙 侃 《美丽中国这样走来》 浙江人民出版社 2020 年 11 月版

浦 子 《缑城新知录——宁海城建采访札记》 宁波出版社 2020 年 6 月版

《明月照深林》 作家出版社 2020 年 10 月版

李 英 《大国治村》 浙江文艺出版社 2020 年 12 月版

顾志坤 《阻击英雄沈树根》 人民出版社 2020 年 10 月版

蒋鑫富 《我的初心我的村》 人民日报出版社 2020 年 11 月版

陈章寿 《砥砺十年——环溪水亦红》 中国文联出版社 2020 年 7 月版

卓介庚 《苏轼径山行》 中国文联出版社 2020 年 10 月版

天 涯 虞锦贵 《狮子山下的河流：来自金乡企业家们的样本》 浙江工
商大学出版社 2020 年 6 月版

墨 丁 《二胖说毒》 九州出版社 2020 年 6 月版

二、文

张国云 《白衣天使在作战》 《光明日报》2020 年 3 月 2 日

陆 原 《你们是我的亲人——浙江省皮防所上柏住院部的故事》 《中国作
家》2020 年第 9 期

《诗意的幸福在城市穿行》 《光明日报》2020 年 5 月 8 日

《在赤岸，感受"浙江之心"的脉搏》 《村之上 城之下》 红旗出
版社 2020 年 1 月版

陈富强 《寂静的春天》 《脊梁》2020 年第 3 期

《男儿有泪》 《脊梁》2020 年第 1 期

汪 胜 《"史学泰斗"兄弟——何炳松、何炳棣》 《名人传记》2020 年第 10 期

陶雪亮 《兰山：千件根雕讲述一个中国梦》 《时代报告·中国报告文学》
2020 年第 9 期

杨静龙　《情满"两山"——来自"两山"理念诞生地安吉余村的报告》《中
　　　　国作家》2020 年第 1 期

卢曙火　《"中国礼物婴儿之父"今何在——记著名妇产科专家、博士生导师
　　　　石一复》《浙江科学文艺》2020 年第 1、2 期

　　　　《从零起点到填补国家空白——记省科技进步奖、国家特殊津贴获
　　　　得者许沈华》《浙江科学文艺》2020 年第 1、2 期

施建平　《"杭海人"的情怀》《时代报告·中国报告文学》2020 年第 7 期

鲍志华　《末代皇弟溥杰的跌宕人生》《名人传记》2020 年第 1 期

吴新华　《美食法根糕点》《杭州日报》2020 年 9 月 22 日

徐福荣　《来自武汉的抗"疫"日记》《淳安文艺》2020 年 2 月 9 日

陈昕云　王秋月　《情之所钟一盏茶——程启坤口述史》《浮玉》2020 年
　　　　第 4 期

三、补遗

浦　子　《平地起》　宁波出版社 2019 年 7 月版

邵诚民　《风雨过后见彩虹》《珍惜身边的幸福》《学茶东瀛师中华》
　　　　《那山那水——金华茶人风采录》　浙江人民出版社 2019 年 10 月版

卢曙火　《为了古文脉的生生不息——记杭州市富阳区十大文创人才赵国
　　　　栋》《浙江科协》2019 年第 9 期

　　　　《以菌菇科技为脱贫加速——记浙江省食用菌协会秘书长韩省华》
　　　　《新农村》2019 年第 2 期

　　　　《让韶华在争当顶级微创专家中闪光——记全国青年岗位能手、中
　　　　华外科金手指奖获得者张宇华》《浙江科协》2019 年第 10 期

　　　　《让秘传医技为大众健康服务——记衢州非遗传承人、太真医院院
　　　　长叶宏良》《浙江科协》2019 年第 3 期

　　　　《小眼睛里有大爱——记国家科技奖、全国社会服务奖获得者吕帆》
　　　　《浙江科协》2019 年第 5 期

施建平　《她和她的村庄》《时代报告·中国报告文学》2019 年第 7 期

朱吉荣　《光明路上追梦人》《时代报告·中国报告文学》2019 年第 10 期

小小说的选择：哈姆雷特式的生存之问
——2020 年浙江小小说述评

| 谢志强 |

　　集中阅读 2020 年度这个特殊时段的浙江小小说，感触甚多。阅读也是一种发现：发现小小说发展的可能性，发现能够让人眼睛为之一亮的好作品，发现有些作品处理不妥的问题，发现集体性关注的主题。总之，根据创作的现状和可能的趋向，在过去、现在、未来的时间维度上，在情节与细节的处理上，在故事与人物的关系上，发现小小说的独特性和可能性，这其中主要涉及的还是"写什么"与"怎么写"的问题。

　　2020 年，多位作者持有系列小小说创作的自觉意识，如岑燮钧的族中人和戏中人系列、范永海的军人系列、赵淑萍的甬城人物系列、蒋静波的女人花系列、汪菊珍的东河沿人家系列、周玥的抗战系列、彭素虹的花颜系列、吴鲁言的抗疫系列等，有的是续写，有的是新作。

　　2020 年的浙江省小小说以写实为主，题材广泛，手法多样，佳作纷呈。我的小小说佳作排行榜是：赵淑萍的《悔棋》、岑燮钧的《二叔》、王晓红的《家里有蛇出没》、杨静龙的《三个父亲》、蒋静波的《突然开放的乌饭花》、汪菊珍的《香皂》、金晓磊的《透过开满星星的天窗》、邵宝健的《容颜》、范永海的《他奶奶的》、周玥的《照相馆安康》等。

一、可能性：突然倦于编故事了

东君写了多年的小说。他有了顿悟，说：有一天，我突然倦于编故事了。此话，类似卡夫卡《变形记》的开头：一天早晨，格里高尔·萨姆沙醒来，发现自己变成了一只巨大的甲虫。小说中人物的变形、作家在创作中的求变，均为"变异"。东君要写看起来"不太像小说的小说"，恰呼应了汪曾祺的看法：现在的小说，写得太像小说。小小说已有了惯性的模式，但是，作家要寻求的是"小小说还可以这样写"，即小小说要寻找别样的可能性。

东君的《面孔》、安纲的《九个飞翔的故事》，均表现了小小说的可能性。《面孔》有一百二十三则，一部中篇小说的规模，东君也声称"很难归类"。每一则，独立成篇，少则几十个字，多则上千字。有民间传说的元素，史料逸事的挪用，总体笼罩着一种"变异"的气氛。《九个飞翔的故事》，是一部短篇小说的规模。现实是沉重的，所有的人借助于梦境或幻觉，以轻逸的方式"飞翔"。

卡尔维诺在《未来千年文学备忘录》中提出小说趋向之一种：轻逸。东君、安纲的小说便展现了这种轻逸的形象。其共同的特点（启示）为：一是，越过熟悉的现实边界，同时又越过惯常的小说边界，飞过去了。如安纲的《篮球场上的奇遇》，那个成人与小孩打篮球，成人投篮时，竟然和篮球一块飞了起来，小孩仰头喊：他飞起来了。这使我想到卡夫卡的《煤桶骑士》。现实的沉重，使人物趋向轻逸——以轻抵重。将形而下的物质转向形而上的精神，生发出寓意和隐喻。二是，两部作品透露出作家丰沛的阅读背景，将中国传统笔记小说的气息和外国经典小说的气质糅合在一起。不过，仍能隐约看出来路，比如东君的《面孔》第四、五则，明显有博尔赫斯《双梦记》的印记；而安纲的《意念的空间：幻飞》使我联想到卡夫卡的《乡村医生》。但这并不损害两位作家小说的独特性和可能性。当今世界作家的创作哪个没有来路呢？创作不就是孙悟空在如来佛掌中翻筋斗吗？所谓的新意，对孙悟空而言，不在于翻筋斗，而在于一泡尿——细节出新意。我视东君、安纲的两部小说为系列小小说或集束小小说。碎片式表达是小说的一种新动向，它既是长篇、中篇小说的可能性，也是小小说的一种可能性。

东君的《面孔》，一百二十三则逸事的面孔，背后隐藏着一百二十三个灵魂。每阅读一则，我起一个标题。第九则，我起的标题是"杨德元的一天"。卡夫卡日记里有一段话："上午世界大战爆发，下午我去游泳。"卡夫卡将两个没有关系的事并置在一起，两者之间仅隔着一个逗号。东君把老统计员杨德元的一天和海湾战争爆发并置，之间采用了括号，似乎也"隔"着——个人生活照常进行，个人的不变与世界的大变，现实的进程与电视的新闻同步。东君列出了一系列详细的数据，倒也符合统计员的职业习惯，甚至生活精确到了时、分，列出了武器数量。把两个不相关的事情并置，创造了一种有意味的文学效果。由此，一个人的一天就"不一样"了。

安纲的《九个飞翔的故事》之《意念的空间：幻飞》中，一个靠意念可以任意飞翔的空间里，"我"这个男孩被母亲宣布要结婚了，没见过媳妇的模样，唯一的凭证是母亲收了彩礼钱。可男孩没有结婚的念头，他飞向一棵大树，树上有个铁笼子，笼中居住着很多人，他飞进笼子，遇见了一个女孩，对方认定他是丈夫。此作的文学逻辑，像是梦境。同时，飞翔的空间和树上的笼子，都是"铁笼子"，安纲发明的无限和有限的笼子，类似博尔赫斯在小说里创造的容纳一切的阿莱夫。

东君要寻找小说的可能性。是什么样的一种小说呢？他如是界定：它有小说的外衣，散文的躯壳，诗歌的灵魂，是某些散碎的片段、几个可能包含着重要信息的句子和一些调动我兴奋点的意象。这一点，也符合安纲的小说。安纲也写过诗。安纲和东君的小说都有诗性，还有隐喻。此为小小说难得的品质。我推崇东君、安纲的系列小小说，是对当下国内的小小说创作局限的提醒，因为大量的小小说在已有的模式中，刻意地编织情节，仅在故事形而下的层面上滑行空转，缺乏小说应有的形而上的元素：象征、寓意、隐喻、意象。这些元素的生成，关键在于对细节的处理，细节在运行中构成了意象。

有一个前提不可忽视，要将小小说放在小说发展的现状和趋势中来考量，既要有小说的普遍性，也要有小小说的独特性。我第一次看到安纲的小小说时，还不知道安纲的文学创作经历和背景，但他的作品让我眼睛为之一亮。后来知道，安纲在商贸业做得风生水起，作为"70后"，他是商海中突然跃出的一条文学之鱼。他没有小小说固定的概念，但写出了小小说的可能性。他的《不安》，其碎片化的表达显示出的可能性既是中篇、短篇小说的，甚至是长篇小说的，更是小小说的。方法论又是世界观，其叙述的态度是：不可知，不可控。

二、老人题材：现实的花园绽开一朵虚幻的玫瑰花

当我们写小小说时，原型和母题已先期存在，比如爱情、童年、老人等。古今中外的经典和传说汗牛充栋，而故事模式就像如来佛之掌，作家如何在"掌上"弄出点新意？

阅读2020年度浙江作家的小小说，多位作家不约而同地将

老人题材纳入自己的创作视野。在全球趋于老龄化的当下，如何表现中国的老人问题，他们的生老病死，怎么写是对作家的考验。

杨静龙的《三个父亲》写了一枚新四军发行过的战地邮票，穿越不同的时代，串起了三个不同命运的"父亲"。作者精心设计了具有戏剧性的情节，还在邮票上加了烈士的血痕，稳妥处理了个人与时代的关系，通过"我"这个晚辈的视角，探寻、发现前辈的秘密。解开身世之谜，其中包含了晚辈的成长、传承，又蕴含了前辈的等待、勇气，属于传统的现实主义的写法，但又体现了小小说的特点。一枚小小的邮票，牵动了大历史、大变化，使作品跳出了"模式"，最后，很自然地抖出包袱：那枚邮票的设计者是叙述者的亲生父亲，已在"皖南事变"突围中牺牲了，而他所托付的战友是"我"现在的继父。小邮票，大历史，是对抗日战争胜利七十五周年的纪念。

王晓红的《家里有蛇出没》，通过老太婆和蛇写了孤寡老人的孤独。狼来了，狼来了，狼真的来了，是故事；而狼没来，是小说。《家里有蛇出没》中，老太婆不断向物业投诉、求援，说家里有蛇出没。物业联系消防员，也没有发现蛇。此作将蛇出没的悬疑自然而然地分布全篇，结尾放空，也没交代家里是否真的有蛇存在。作为叙述者，"我"这个物业管理员很真诚，同时，也传递出作家的真诚。可见，小小说的虚构之难，以假抵真（略萨称小说是真实的谎言）。作家要持有真诚之心，"我"和老太婆的关系充满了真诚、善意、温热，使得小说有了温度。家中出没的蛇成了一种象征。对老太婆而言，是想象的蛇，想以蛇出没的谎言引起关注，排遣孤寂；而对作家来说，是文学之蛇，就像现实的花园绽出一朵虚幻的玫瑰，而且，蛇并未出现，使小小说产生了空灵感。

　　蒋静波的《突然开放的乌饭花》以另一种方式写了失去老伴的乌婆婆选择的孤独。院子里栽了别人家没有的乌饭树，每年立夏，树开花的季节里，乌婆婆天天烧乌米饭，每个晚上在窗台上放一碗，以这种形式怀念死去的老伴，因为老伴临终前，想吃一口乌米饭，她没来得及烧，老伴就走了。生死相隔，用一碗乌米饭交流。这是一个凄美的爱情故事，写了生的故事，隐了死的故事。最后，乌婆婆以饭香吸引村里的小孩，原本冷清的院子突然成了村里最热闹的地方，乌婆婆有预感：那是她生命中"突然开放的乌饭花"的时刻，"我"从童年有限的视角，发现了乌婆婆的秘密。隐了死，显了花，还有香气。花是乌婆婆命运的隐喻。作者写树、饭、花这些南方之物，将习俗与人物融合，写出了微弱的生命中对爱的坚守，以花之轻衬托人的境遇之重。

　　赵淑萍的《悔棋》塑造了一位有传奇经历的英雄形象，其比杨静龙的三个"父亲"的资历还要老。作品同样采取了第一人称的视角，有亲和力，有真实感。不过，《悔棋》中的"我"一开始年龄尚小，用了三十多年的时间，发现了英雄的平凡。一千个人眼中有一千个哈姆雷特。有传奇经历的英雄，在众人的眼中，已固定为英雄。英雄一旦落入俗世，由高处降到地面，就会被众人质疑，甚至，众人会把英雄推回高处，不愿让英雄落入平凡的低处。可是，英雄的兴趣和生活是平凡的：练字，种兰花，下象棋，屋内又脏又乱，他不愿被世俗的崇拜所束缚，冲破世俗的偏见，甚至娶了众人认定的不好的女人而无悔。但他与小孩下棋却悔棋（透露出世俗的情绪波动），这一系列平常的细节，还原了英雄的本色：平凡的人性。英雄自愿降低到人该有的位置和状态。那兰花、那棋子穿越了三十多年，"我"已成长成熟，相见时，过去的偶像说：我愿意跟你们下一盘棋。之前充满了沉重，结尾却轻轻一放，棋子与人生暗合。作家艾伟曾在长篇小说《风和日丽》里提出了同样的问题：中国式英雄应该怎样保持英雄形象。而赵淑萍则以小小说的形式，从一个独特的小角度切入了这个有精神价值的问题，只提问不回答，让形象说话。赵淑萍的《小镇理发店》写了明眼老人与瞎眼老人之间用歌声交流，写得有温度有诗意——那是一张明眼老人从艺四十年灌制的唱片。

海明威的"冰山理论"不仅涉及留白的问题，更涉及经验的隐与显的处理。岑燮钧的族中人系列中的《长康伯》《二叔》同样塑造了善良、忍耐的江南老人形象（在父子关系中展开）。前者妥当地处理实与虚的关系，后者更体现了显与隐的关系。《二叔》起头一句悬在全篇之首："人瘦成了一把骨头，二叔。"点出了人物外形特征：瘦。随后，一字不写瘦，但处处可见二叔为何会瘦。"瘦"的是身体，"胖"的是精神。二叔与儿子身处两地：乡村与城市。二叔在乡村抢修房子，其实是支付儿子在北京的房租，远距离达成收支平衡，父子的感情由此维系。作者避开了整修房子的流程，只贴着人物写细节：父亲因心急削楔子时伤了食指，打个重重的结，伤对应结，隐喻心结。写的是行动，处处见心。显的是父亲整修房子的艰辛，隐的是儿子在城市租房的生活。这是中国式父亲的形象：全心全意为儿子服务（着想）。作者将经验的"十分之七八"隐在文本的海平面以下，显出的是水面上的"冰山一角"，读者能借此读出隐着的故事。这也是小小说的生成之道。

谢根林的《你怎么可能没有病》《一起聊天的老人》中，聊天聊出了不一样的人生风景，风景背后隐匿着病与死亡的阴影。两篇的结构方式相似，一群老人聊，此为放；然后转入老人的尴尬处境，此为收。《你怎么可能没有病》，老人们聊的是共同的话题：生病。唯有老魏没有病，他一向是聊天的热情参与者，没有病，只能当旁听者，仿佛落伍了。于是，小小说展开的方向突转，老魏回忆年轻时的病史，竟是空白。就像《阿 Q 正传》里的阿 Q 与王胡，比捉自己身上的虱子，终于从记忆中找出患过感冒，却没吃过药的经历。半年后老魏又出现了，像生了病，人瘦了，头发花白，其实老魏不过是失眠，越吃药，越严重，他终于有了生病吃药的经验，并重返老人的聊天队伍。作者写出了老魏"这一个"的寂寞，他以荒诞的方式从众，不愿成为"局外人"。

任迎春的《一个南瓜》中，兰花婶第一次上山回来，就像丢了魂，其实她只是顺手摘了一个新品种南瓜，被大脚婆看见了，觉得要背上"小偷"的名声，那从此在村里就抬不起头了——这是村民的道德法则。小说本可以沿着兰花婶的自我纠结渐次展开，作者却加了两个情节：一是将儿子、女儿的婚礼也集中在这个时段，强化了外在的戏剧化效果；二是结尾抖出包袱：新品种南瓜是丈夫种的。为了这个意外结局，作品排除了夫妻之间的交流，比如丈夫为什么让妻子蒙在鼓里？显然，作者没能将情节的设计融入内在的逻辑之中。因此，尽管故事"热闹"了许多，但是顾了情节，忽视了灵魂。南瓜在这个小小说中仅仅只是个"摆设"。

林美玲的《舒眉》中，老人咸德的过去和现在凝聚在意念上，年少时穷困，用意念解馋，当下丰衣足食，山珍海味也"夹不起任何欲望"。在缺与满的意念中，读者了解，这一切都是女儿林红所创造的"幸福"，但电视新闻中，贪官林红携巨款出逃，被机场的警察成功抓捕。意念中他解脱了，生命的最后一刻，眉头舒展。意念串起了老人一生的缺与满、得与失。这是另一种缺失的轮回。

邵宝健擅写曲折的情节，常在结尾处逆转，但他老来"变法"。《容颜》写人，叙述从容、散漫，像是汪曾祺"苦心经营的随便"。第一人称带有评说式的口气，又与机关身份吻合。叙述者"我"与退休的罗局长曾是同事，了解、关注其容颜的变化，只是罗局长与他人保持着距离，唯一的爱好是阅读报刊新闻。小说还延伸写其儿子，儿子的仕途上升，父亲的健康下降。突然，罗局长的头发白了。"我"的视角掌控有度，只看表象，但容颜是精神的反映，循着罗局长的爱好，"我"上网浏览新闻，罗局长的儿子——某市罗副市长是贪腐的当事人。从一个老人的"容颜"变化写了人物的命运起伏。

三、选择：哈姆雷特式的生存之问

小小说侧重写人还是写事，差别甚大。观察这些年国内的小小说，我提出了一个小小说的哈姆雷特式的生存之问。当然，"人"脱不了"事"的干系。人物会自己带出事，但写事，仅把"人"装在"事"的盒中，那么"事"成了"棺"，棺中的人不好活。

这个问，包含着两层意思：一、关注人物还是注重故事；二、关注形象还是注重理念。

徐均生的小小说创作的基本套路为：有一个理念，然后，根据这个理念，演绎出曲折离奇的情节。2020年度，明显的改变是，他不再让人物围绕理念从正反两方进行"辩论"，而是把理念融入情节的展开之中，此为主题先行，这未尝不可，重要的是在什么层面展开叙事。其作品《同学赵宋》，题目显示作品关注人物，其方法是把人物和理念结合在一起，写了权力的动力学——权力和制度，个人掌握的权力和人情连接，可以疏通，冲破规定，打通关节。最后，伴随着权力，由生到死，命运曲折。轨迹的终端，赵宋要延缓火化（植入了魔幻的细节），权力、人情的"力"终于失效：提前三个小时化成一缕青烟。徐均生把权力情结夸张而又细致地推向极致。杨光洲的《噩梦》的理念是人的尊严，有一定的问题意识。小说是提出问题的艺术，但如何表达"问题"？作者假借一个梦，像一个话题节目，围绕尊严的问题展开争论。问题是，小小说是用形象还是用讨论展开情节？

红墨小小说的创作轨迹，由写人转向写事。《梯子的爱情》（2018）写人，成了孤例，之后的两年，其小小说都有一个好点子——一个理念，甚至是玄妙的想法，让人物贯彻他的想法。比如《因为痱子》。同为写爱情，《梯子的爱情》里的人物如庄稼生长在沃土中，散发出浓厚的田野气息，但《因为痱子》有着简化了的浪漫。这是两种截然不同的爱情故事形态：前者人物扎根土地，后者人物悬浮虚空。《因为痱子》设计了一个乡村与城市对立的主观理念，虚构一个岩宕"乌托邦"：到了岩宕村就有了爱情，住在城市就生痱子。人物成了这个理念悬浮着的符号，"因为痱子"，返回岩宕，收获爱情，将痱子与爱情挂钩并对立。痱子这个细节值得琢磨：女主人公在城市生活"一年又十九天"，生理上的痱子怎么始终消除不掉呢？

沈海清以情节见长，能将故事的框架搭得稳妥有序。其作品《楼上楼下》写四层老楼，邻里互不往来，相安无事。因一场暴雨造成屋漏，引出事端，上下交涉，互不相让。这过程中，作者以一幅画作"引"，使作品跳出了俗套的纠结故事。邻里之间，先是索画不成，然后是主动赐画，从隔膜转为和睦，关系不一样了，作品也不一样了。美替代了丑：一幅梅花图遮蔽了装饰板上受潮的水渍痕迹。那个"遮"有意味。

陈国炯的《索字》则是一幅字的流转，说的是字，写的是人。人处世的姿态，一高一低，又与字的价值高低相关。我在阅读中，已预想人的高低、字的高低要反转。单靠情节的逆转还不够，作者还格外注重细节。同一幅字的弃与索，揭露了两个人的姿态：高就是低，低其实是高。"横看成岭侧成峰，远近高低各不同"，将一句古诗的意境与人物的境界暗合，起到隐喻的作用，细节的意味大于故事的限定。

金晓磊的《透过开满星星的天窗》，人物有事，小说没事。所谓"没事"，就是不刻意编织情节，而是写"没事"的情绪状态。夫妻发生口角，丈夫唐汉秋选择了出门，沿街漫无目的地走呀走，城市的风景，排解不了他的郁闷。孤寂的男人这样独行，晚了，累了，还是有心理障碍，不愿回家。徘徊中，发现自己停着的那辆轿车，散步换为开车——去目的地未知的远方。他停车熄火，躺下比坐着舒服，地上有事，看无事的夜空。于是，看见繁星满天，获得暂时的超脱和欣慰。我联想到汪曾祺的《护秋》，明明地上的事已过，两个人却望天，说月亮。其实还是在说地上的人。唐汉秋仰望星空，心里装着妻子。好在作者写夫妻争吵，没写出内容和原因，都是鸡毛蒜皮的寻常小事，难以界定对错。星空之大，心胸之小，相互观照，天窗也是心窗。城市题材，金晓磊写出一个男人微妙的人性，有暗有亮，留下一个思考："没事"怎么写？

作家首先要发现自己，然后去发现别人。发现了自己，也容易发现别人，将心比心。相当多的作者回避了自己。范永海写了一系列军人题材。只有当过兵，才能写得如此"贴"。他有十九年的军旅生涯，善于挖掘自己的经验。怎么将自己熟悉的经历转化为小小说，呈现出独特性和普遍性的情怀？他的小小说使我想到作家陆颖墨的小小说《小岛》，同样写小岛上军人的生活，范永海的《他奶奶的》中那位王连长有个口头禅，批评与表扬都用"他奶奶的"。部队里的事情，打靶、养猪，他样样拿得起，放得下。"我"这个新兵视角里的王连长，有底气，有能力，爱战士，爱连队，好像一棵树，扎根在连队。他这样的连长，当然不适合机关，怪不得升上去了，还是喜欢下连队。"他奶奶的，我回来了。"一句口头禅，自在、直爽，写活了一个人物。《哨所》由哨兵晓阳的视角塑造了哨长的形象，写环境：一块菜地，一片太阳花，还种出"中国地图"的形状。由此写出了军人的情怀，写出了荒凉而枯燥的小岛生活的诗意。作者有丰富的军旅生活作为"底座"，给读者显出的是小小的细节，以小写大。可见，调动各种文学方法，紧贴人物运动中的细节写，写活人物是小小说的第一要务。

军事题材，范永海写"和平"，周玥写"战争"，写抗日战争中中国江南城市的普通人的生存境遇。一组小小说，本可渲染传奇，但是周玥并不在情节出奇上过多用力，而是把两种不同的物事并置一起，生成一种意象，增加了小小说的内涵。《照相馆安康》里，人与鱼、暗与明、丑与美的反差，中日对应的人物安康和菊子纠结在一起，抗争与追捕的冲突不限于情节，那种深海的鮟鱇鱼形象地隐喻了隐蔽战线的安康，他仿佛穿梭于波涛汹涌的大海。

林俊燕的《拨浪鼓》将主人公孙老太的婚姻与爱情植于抗日战争的背景中，丑丈夫被日本人残杀，小货郎参加了抗日队伍。两个男人，延展开婚姻与爱情的两个故事，维系在一个小小的物件上。六十多年后，孙老太弥留之际，婚姻留下的朱红柜子里藏着老衣，老衣上放着一把拨浪鼓——那是爱情的信物。听了拨浪鼓的声音，孙老太长吁了一口气。生命之轻，爱情之重，都维系在拨浪鼓上，由此跳出了俗套。

彭素虹的《少年病人》，是花颜系列小小说的延伸，由五篇构成。可看出篇与篇之间，用细节勾连、承接，试图往短篇小说上靠，但每一篇均独立成篇。总题所示，写的是"少年"，却是"病人"，以此统一系列。人物的名字有所设计：女孩子以花命名，男孩子以节气命名。《花朵》与数年前花颜系列相比，视角已由儿童改为成年人，起首一句："花朵是我的女儿。"女儿的病是失忆，她采取了备忘录、小字条等各种方式抵抗遗忘，但却无效；转而写了母亲对女儿的健忘有了羡慕，因为母亲忘不掉忧愁、烦恼。失忆的女儿竟上了高三（作品没有交代失忆为何没有影响学习）。作者将女孩的失忆与花朵的隐秘自然连通，结尾还显示了某种指向社会的意味所在：胸前别着"我是祖国的花朵"。这个失忆的故事，首尾呼应，都是他人赋予花朵身份，花朵本人是否明确"我是谁"？失忆成了隐喻。

许仙的多篇小小说，题目已显示出他由注重编织情节转向注重人物。其创作涉及古今，题材广泛。《还在吗》写了父子关系。开头直截了当，抛出一个悬疑：儿子去城赴任，父亲送子下山，送一程，交给儿子一个包袱。于是，父子两隔——乡村与城市，父亲只能在电视上见到儿子。"那个包袱还在吗"响彻始终，作者将疑问（也是提醒）进行到底，由此写了一个廉洁故事，还赋予那个包袱里的老棉袄一种情怀。原来儿子是村里的孤儿，吃百家饭、穿百家衣长大，那一件过时的老棉袄寄托着村民对他的心愿：不忘本，走正路。父亲人在乡村，却关心着城市里的儿子的成长。结尾吃年夜饭，父亲问：还在吗？儿子答：在。作者在政治层面展开正能量叙事，写了一件穿越时空的老棉袄的故事。我还是期待作者能够穿透政治层面，触及父子关系中的微妙之处。

吴亚原"利用库存资源"，写了一系列古代题材的小小说，表达的语言和题材相匹配。《向美而生的绿叶》写诸葛亮的丑妻，如绿叶辅佐丈夫，是一位相貌丑陋但有独立意识的女性，那块绘有地图的锦帕显示了女性独特的智慧。但篇名太诗化，太现代。

陈炜的《卡斯特的礼物》有先锋小说的气质。故事发生在西罗王国，作者擅于设置悬疑，通过送出的信，引出十年前的恩仇。一个复仇故事，过去的网仍罩着现在，主人公颇似博尔赫斯的小小说《等待》中的人物，清醒地等待死亡的降临。

童年是记忆的源头，蒋静波的花朵系列以儿童的视角写乡村的物事。张丽丽的《旦旦的童年》借助儿童的视角写了一个叫斯斯的女孩和一条叫旦旦的贵宾犬的故事，时间为疫情发生期间。作者还设计了斯斯一个人从武汉出来上学，以及父母离异的故事。人与狗有着同样的失落，斯斯守护着旦旦，也守护着童年的记忆。这是一个关于守护的故事，中途突然冒出第一人称的"我"，使平铺直叙的节奏发生了转变，有怜悯，有同情，小小说的精神面貌就有了起色。

吴鲁言的《同事》与张丽丽的《旦旦的童年》一样，也写了疫情期间武汉人在江南的境遇。《同事》的主人公吕艳过年要回武汉探亲，她的同事都是护士，原本因为小心思小纠结相互有成见，吕艳将之放在心里不露。可是，因为疫情武汉"封城"，同事纷纷报名去武汉，小纠结转为大情怀，第二批赶赴武汉的医护人员里出现了吕艳，探亲转为抗疫。作者写了人物的"暗"，更写了人性的"亮"。

吴宝华若干乡村题材的小小说在情节上颇为用力。《猪崽花眼》写了一头有传奇色彩的猪崽"花眼"，它与圈养的羊、牛不合。十二头猪崽，唯有花眼野性十足，人也拿它没办法，只能让其回归自然。作者引入了民间文学的元素：知恩图报——花眼从饿狼口里救了原来的主人。主人给它立了碑。作者人为地替猪崽设计了传奇的情节，仿佛猪崽在追赶作者提供的情节。关于这篇小说，也有一个疑问：十二头猪崽，怎么唯独花眼是野种？

同为乡村题材，汪菊珍的《香皂》写得脚踏实地，紧贴人物。写一个小女孩（第一人称）好奇地探寻伙伴华君家的秘密，有汪曾祺小说谋篇布局的方式。怀旧的气息与老宅的潮阴融为一种神秘的气氛，写气氛也是写人物。脚盆、粪担两种相悖的物件同在一宅内。华君的家，人和物都跟别家不一样，女人挑粪，脚盆奇大。华君的父亲在外地上班，难得回来一次像举行家庭的一项仪式：生煤炉，烧热水，净身体，松精神。这里有一个香皂的细节：华君挨父亲的骂，因为他上街忘了买香皂。小孩一时忘了，但大人在乎。作者不写父亲用木脚盆洗澡，而是写其对香皂的计较，进而写洗澡后的轻松，父亲打开袖珍收音机，播出的唱词交代了时代背景。整个小小说，似乎维系在短暂出现的香皂上，但可以感觉到外界的"雷同"和室内的独特形成的反差，由此写出了"这一个"的存在。我认为笔记小说的方法尤其适合表现江南水乡的生活。而祖籍在宁波、生活在天津的作家冯骥才的笔记小说，强化传奇色彩，与汪曾祺突出平常性的笔记小说，形成了花开两朵的样态。最近，同为天津作家的蒋子龙也写笔记小说，均为奇人奇事，蒋子龙甚至声明：到了写笔记小说的时代。不同的地域文化土壤生长出不同的文字样式，有不同的表达方式，同为笔记小说，一方强化传奇性，另一方保持平常性，值得写作者思考。

2020 年浙江小小说要目

一、书

二、文

东　君　《面孔》《山花》2020 年第 1 期

安　纲　《九个飞翔的故事》《文学港》2020 年第 5 期

杨静龙　《三个父亲》《小说月刊》2020 年第 3 期

王晓红　《家里有蛇出没》《微型小说月报》2020 年第 6 期

蒋静波　《突然开放的乌饭花》《安徽文学》2020 年第 10 期

赵淑萍　《悔棋》《天池小小说》2020 年第 6 期　《小说选刊》2020 年第 7 期、《微型小说选刊》2020 年第 16 期选载

　　　　《小镇理发店》《芒种》2020 年第 7 期

岑燮钧　《长康伯》《百花园》2020 年第 5 期　《小说选刊》2020 年第 7 期选载

　　　　《二叔》《百花园》2020 年第 5 期　《微型小说选刊》2020 年第 15 期选载

谢根林　《你怎么可能没有病》《小小说大世界》2020 年第 6 期

　　　　《一起聊天的老人》《湖州日报》2020 年 8 月 22 日

任迎春　《一个南瓜》《小小说刊》2020 年第 5 期

林美玲　《舒眉》《金山》2020 年第 9 期

邵宝健　《容颜》《金山》2020 年第 9 期

徐均生　《同学赵宋》《喜剧世界》上半月刊 2020 年第 5 期　《微型小说选刊》2020 年第 16 期、《小小说选刊》2020 年第 16 期选载

杨先洲　《噩梦》《义乌商报》2020 年 8 月 16 日

红　墨　《因为痱子》《金山》2020 年第 7 期

沈海清　《楼上楼下》《民间文学（故事）》2020 年第 6 期

陈国炯　《索字》《北京文学》2020 年第 12 期

金晓磊　《透过开满星星的天窗》《百花园》2020 年第 6 期　《小小说选刊》2020 年第 16 期选载

范永海　《他奶奶的》《微型小说月报》2020 年第 10 期

《哨所》《小小说大世界》2020年第8期

周　玥　《照相馆安康》《当代小说》2020年第9期　《小小说选刊》2020年第5期选载

林俊燕　《拨浪鼓》《宁波日报》2020年12月15日

彭素虹　《少年病人》《文学港》2020年第12期

许　仙　《还在吗》《啄木鸟》2020年第5期　《微型小说选刊》2020年第14期、《小小说选刊》2020年第20期选载

吴亚原　《向美而生的绿叶》《小小说月刊》上半月刊2020年第2期

陈　炜　《卡斯特的礼物》《衢州日报》2020年8月6日　《小小说选刊》2020年第18期选载

张丽丽　《旦旦的童年》《天池小小说》2020年第12期

吴鲁言　《同事》《宁波晚报》2020年3月14日

吴宝华　《猪崽花眼》《小小说月刊》下半月刊2020年第11期

汪菊珍　《香皂》《百花园》2020年第7期

阳春白日风在香

——2020 年浙江戏剧文学综述

| 严 迟 |

2020 年，浙江共有二十五个以上的新创作大型戏剧剧目被搬上舞台，有三十多个小戏小品被选拔参加浙江省第三十一届戏剧小品邀请赛，其中十二个获得大奖。同时有一百多个小戏参加了浙江省新农村建设题材小戏会演。浙江的戏剧创作在数量上高于往年，仅这一点就十分令人欣喜，更何况这一年的戏剧文学创作在质量上也是可圈可点，出现了一些令人难忘的好剧本。

一

2020 年，浙江戏剧创作在重大题材方面，有描写国歌诞生、中国共产党建党的歌剧《国之歌》《红船》（浙江音乐学院、浙江歌舞剧院），有描写中国核弹开发的《核桃树之恋》（嵊州市越剧团），有取材于中国西部贯通公路事迹的《喀喇昆仑》（浙江绍剧团），有反映新中国第一代妇女走出家庭投身祖国建设的《千鹤女人》（建德婺剧团），等等。还有一批反映改革开放、歌颂社会重大变化的作品，例如：杭剧《男人立正》（杭州滑稽艺术剧院、杭州杭剧团联合演出），越剧《云水渡》（绍兴小百花越剧团），音乐剧《小巷里的幸福》（杭州歌舞剧院），新昌调腔《后山叶芽》（新昌调腔剧团），等等。除了注重重大题材，这一年的剧本中，还出现了一批以描写浙江不同时期涌现的各种人物为主题的戏剧新作，如反映老革命老英雄的京剧《战士》（浙江京剧团），反映以越剧代表性表演艺术家袁雪芬为原型的越剧《傲雪芬芳》（嵊州市越剧团），以胡庆余堂红顶商人胡雪岩为原型的越剧《胡庆余堂》（浙江小百花越剧团），描写在黑暗世界追求光明的新女性的越剧《光明吟》（余杭小百花越剧团），还有改编自世界名著、塑造了二战中女红军群体形象的话剧《这里的黎明静悄悄》（浙江艺术职业学院）等。

　　国歌，是表现一个国家民族精神的歌曲，是代表国家、政府和人民意志的乐曲。这一题材的重要性不言而喻。浙江音乐学院、浙江歌舞剧院创作排演的歌剧《国之歌》，讲述了人民音乐家聂耳与著名剧作家田汉在抗日战争的烽火岁月中同仇敌忾，为唤醒民众而齐力创作，共同谱写了一曲令人热血沸腾的传世之作《义勇军进行曲》。全剧通过"救亡抗争""入党盟誓""囚牢言志""携手谱曲""号角长鸣"五个乐章的艺术呈现，表达了剧中人物对祖国和人民的挚爱之情，同时也展现了聂耳与田汉的战友情，与著名词作家、中共地下工作者安娥的同志情，以及与爱国青年紫姝的相知之情。剧本运用现实主义和浪漫主义的创作手法，再现了那一段中华民族生死存亡的岁月，主干明确，虚实得当。浙江歌舞剧院、浙江音乐学院的歌剧《红船》取材于中共建党这一重大历史事件，1921年7月23日，毛泽东、董必武等十三名党代表在上海召开了中国共产党第一次代表大会。当会议进行到第六次时，因为法租界巡捕房巡捕的闯入，会议被迫中断。随后，在8月初的一天，第七次会议，也是最后一次会议，转移到浙江嘉兴南湖的一艘画舫上继续进行，会议通过了中国共产党纲领，标志着中国共产党正式诞生。歌剧《红船》正是以这个历史事件为主要内容。该剧以中共一大十三位代表和被誉为"一大卫士"的王会悟为重点,展现中国共产党在浙江嘉兴南湖的一条小船上诞生,承载着历史选择、民族希望出发,劈波斩浪驶向辉煌的史诗画卷,再现了中国共产党人开天辟地、出征起航和"红船精神"凝聚升华的光辉历史。大场景,大制作,四百多人参与的演出气势恢宏,令人印象深刻。

在 2020 年,近年创作势头良好的剧作家谢丽泓又有了新的奉献。在她的力作《核桃树之恋》中,她写了一棵盘根错节饱经六十多年沧桑的核桃树。这棵看似普通的核桃树,却见证了一段聚少离多感人至深的爱情,由这一段爱情追溯到男主人公的秘密生活,再追溯至新中国最伟大的核弹事业,故事以小见大,层层推进,融情感剧、悲喜剧、悬疑剧、推理剧手法于一体。正像其描写的核弹事业一样,剧本也匠心独运,设计了一个高能量、高裂变的故事内核,全剧表面上云淡风轻娓娓道来,而其中隐含的人物命运以及由此引申出的国家命运却蓬勃旺盛势不可当。剧中男女主人公余家平与梅阿楚的信仰、追求贯穿一生。年轻的梅阿楚,这个敢作敢为的城里姑娘为了支持丈夫的工作,勇于挑起生活的重担——建瓦房、干农活、做家务、照顾婆婆,特别是种活了来自四川绵阳的核桃。余家平更是为了服从工作的保密性规定,不惜欺瞒母亲和妻子,且七年未回家探亲,无怨无悔地付出了青春与健康,彰显出普通人的崇高之美。他们的心灵之美构成了剧情发展的内在动力,而剧本的内在推动力决定了剧本的厚度和力度,我认为这是非常高明的编剧法,也是对近年来浙江剧本结构往往缺少内在推动力的一次带有示范性的"拨乱反正"。

与此相似,绍剧《喀喇昆仑》也写了一组有理想有信念的人物形象。故事发生在 1965 年,李阿牛、刘娟娟、王家康等一批绍兴青年响应祖国号召,奔赴新疆,加入生产建设兵团,在接受建设中国—巴基斯坦喀喇昆仑公路的艰苦卓绝的过程中,战天斗地，转变思想，血洒疆场，展示了那一代年轻人特有的生活习惯和精神风貌。故事设计了虚实两条主干线索，实写喀喇昆仑公路的建设，条件如何恶劣，如何攻坚克难，如何流血牺牲等，这些五六十年前的故事，在现在年轻一代看来有些不可思议，但在历史上确有其事，那样惊心动魄。喀喇昆仑公路起自中国新疆喀什，穿越喀喇昆仑山脉、兴都库什山脉、帕米尔高原，经过红其拉甫口岸，一直到巴基斯坦的塔科特，全长1032公里，基本上是高山缺氧人迹罕至的不毛之地，其建设难度难以形容，没有极高精神境界，是难以承担起没有尽头的艰苦工作的。剧本的另外一条虚线正是人物的成长。在恶劣的环境面前，没有一个人凭空具有无惧生死无惧艰险的底气，是环境、纪律、尊严、爱情等逼着每个人超速成长，这种成长构成了剧本的思想价值，也构成了剧本的内在动力，使故事的进展波澜起伏，绵延不断。

建德婺剧团的《千鹤女人》描写新中国成立之初，建德千鹤妇女在中国共产党的领导下，打破传统旧俗，走出家庭，走上田间地头，投身集体生产劳动，刻画了一群社会主义新妇女的精神境界，赞扬和讴歌了当时以千鹤妇女为代表的敢于冲破封建束缚、解放思想、大胆实践、敢破敢立的人物，彰显了获得解放的新时代妇女"危机关头冲得上、关键时刻豁出去"的舍我其谁的担当和斗志，以及"巾帼不让须眉""妇女能顶半边天"的实干精神。作品没有大起大落的情节，没有悲喜交加死去活来的事件，但一群妇女以及周边人思想深处的触动、改造、蜕变，却意义重大。《千鹤女人》真实再现了新中国成立后那一段特殊的社会历史进程，在挖掘同类题材方面起到了开拓性的作用。

二

在 2020 年的浙江戏剧作品中，有一批剧本正面关注时代的发展，关注当下社会或点点滴滴或翻天覆地的变化，并且力图在讴歌这种变化的同时，探寻推动这种变化的外在和内在因素。这些剧本，自始至终洋溢着乐观向上的文学底色，洋溢着人民群众迎接新生活的豪迈和激情，这种底色和激情在感染观众和读者的同时，也为历史铺陈描绘了社会进步的壮丽画卷，成为社会发展的忠实记录者，功不可没。反映诚信为本、道德力量的《男人立正》，反映绍兴中国轻纺城在挫折中崛起的《云水渡》，反映新型街坊邻居生活风貌的《小巷里的幸福》以及反映贫困山村锐意改革脱贫致富的《后山叶芽》，都给我们留下了一个观察生活的独特角度，留下了一段编剧们眼中的历史。

可以说，在浙江剧作家的队伍中，余青峰和屈曌洁伉俪的剧本一直以来令人备感兴趣。余青峰除了编剧功底扎实，奇思妙想还特别多，想象力尤其丰富。2020 年，余青峰在杭州市新剧目会演中推出了稀有剧种杭剧《男人立正》，剧本文字轻松，嬉笑怒骂皆成文章，主人公和其他人物一个个得到立体多面的性格塑造。剧本本身是一个悲剧题材，但余青峰将其写成了一个笑意盎然的轻喜剧。大幕拉开，当男人们穿着灰色的工作服锯着木头、烧起煤饼炉，女人们烫着大波浪、穿着鲜艳的花衬衫搓起麻将时，人们记忆中的 20 世纪 90 年代十五奎巷的生活画卷变得亲切而熟悉。然而，原本温馨热闹的烟火日常，却因为男主角陈道生筹钱救女的风波戛然而止。女儿私自贩卖唱片被抓进派出所，为了给女儿缴纳保释金，陈道生铤而走险向街坊邻居一家借了三十万元巨款做生意。当从小一起长大的好兄弟拿着这笔巨款在云南

"赌石"输光一切时，妻离子散走投无路的陈道生却始终以立正姿态拼命打工，用七八年的时间，千方百计偿还债务，一直到他生命的尽头，用一生恪守道德良知，守护诚信。一个普通的题材，能够写出一个人、一个城市、一个国家的精神面貌和道德高度，实属不易。

　　与《男人立正》创作风格接近的是蒋巍的音乐剧《小巷里的幸福》。蒋巍是一个集编导演身份于一身的编剧。他最早拜师相声表演艺术家常宝华，后学习话剧表演，进入省军区文工团，又加入南京军区前线话剧团。2016年，蒋巍从部队转业到浙江音乐学院，担任艺术处副处长。从军二十六年，蒋巍从一名懵懂青年成长为全军优秀演员、浙江省"曲艺笑星"等。多年的演艺和创作经历，也让蒋巍形成了自己的风格。在他的作品中，不仅能看到激情、理想、大气磅礴，也能一窥各个出场人物的内心。《小巷里的幸福》讲述了IT界精英陈亮在最意气风发时遭遇到爱情和事业的双重打击，失去了事业与幸福的他，心灰意冷地回到了离开多年的小巷。在这个隐匿于繁华都市一角的平凡小巷里，他遇到了曾参加抗美援朝退伍多年的外公、热心的社区大妈、早出晚归的歌手室友、游手好闲却喜欢见义勇为的啃老族、一天只卖一百碗面的奇葩老板，以及一个能力出众却甘愿在小巷担任基层工作人员的女孩……他原本快节奏的生活方式与小巷的慢生活产生了很多有趣的碰撞。从疑惑到理解，从生疏到融洽，陈亮学会了用心去体会平凡却真实的小巷生活，在几番波折中，终于看到了生活原本的样子。他不仅在身边人的帮助下东山再起，同时也收获了一份最真挚的爱情。他这才明白，幸福原来就藏在这条名为"幸福"的小巷里。蒋巍的作品，对现实生活有抽丝剥茧的真知灼见，也有感人肺腑的温度，实在难得。

　　现代戏《云水渡》和《后山叶芽》分别是绍兴小百花越剧团

和绍兴新昌调腔剧团的新创剧目。《云水渡》讲述绍兴柯桥天海印染厂董事长张天赐突遭心梗离世，其妻柯鸿在纷至沓来的内外交困中心力交瘁。在种种官司缠身、企业濒于破产、女儿反目、员工背叛的艰难时刻，柯鸿痛定思痛，立志改革，肩负起丈夫未竟的企业转型事业，开始从家庭主妇到企业领导者的蜕变，终于否极泰来，打开新时期产业发展的新篇章。《后山叶芽》聚焦绍兴地区唯一留下中国工农红军挺进师足迹的新昌外婆坑村，讲述这个贫困山村在村支书陈国忠的带领下寻找脱贫致富之路，改良茶叶炒制技术，开发新茶种，摆正保护环境和无序开发之间的关系，依靠政府的支持，实现脱贫致富的宏伟目标以及践行"绿水青山就是金山银山"理念的故事。这两个现代戏分别抓住了当地的拳头品牌——轻纺生产和茶叶生产的转型升级，作者看到了传统品牌的危机，并且试图反映相关的企业和茶村进行改革的决心和行为，与一般主旋律现代戏不同的是，这两个现代戏不回避矛盾，敢于设计激烈对抗的剧情，敢于将剧中人物置于矛盾旋涡之中，集中笔墨刻画主人公的内心世界，这或许可以看作浙江现代戏创作渐入佳境的一个信号。

三

戏剧艺术的核心是塑造人物。在 2020 年，浙江新创剧目中可以看到一批个性鲜明的人物，他们或自带传奇，或在新时代叱咤风云，或开一方领域，或成一代明星，他们身上呈现出浙江丰富多彩的人文特色和文明传承。

浙江京昆艺术剧院京剧团的新创京剧《战士》取材于传奇人物胡兆福的英雄事迹。这个九十四岁的老人，在浙江西部常山县当一名普通医生，为了山区人的健康，几十年如一日，不畏山高路险，背着药箱走村穿乡，挽救了无数人的生命。随着社会对他本人关注度的加大，人们惊讶地发现老人的一生充满了传奇。他六十多年前参加革命，曾经在抗日战争和解放战争中浴血奋战，获得过无数的特等功、一等功等奖项，被党中央授予"人民英雄"的光荣称号。剧本结构精巧，运用"回忆倒叙"及"三维空间平行、纵向穿越"的戏剧手法，勾连起六十多年的人生跨度。剧本展示的革命乐观主义和集体主义、英雄主义的氛围，生动烘托出一个传奇老人坚守初心、不忘本色、虚怀若谷、医者仁心的思想厚度和人生高度。嵊州市越剧团排演的人物传记体式的越剧《傲雪芬芳》，以越剧一代宗师袁雪芬为原型，描述她从嵊州的阡陌小道一步步走向繁华喧嚣的上海，始终坚守着内心的那一份宁静，恪守着"认认真真唱戏，清清白白做人"的人生信条，在当时黑暗的社会环境中积极抗争，为越剧的改革创新九死不悔，毅然扛起现代戏曲改革的旗帜，历经艰难险阻而最终成长为新越剧掌门人的故事。全剧以20世纪40年代的越剧改革为主线，展现了以袁雪芬为代表的越剧前辈，怀着对越剧的一腔热忱，开拓创新，砥砺前行的奋斗历程。浙江小百花越剧团、浙江音乐学院的《胡庆余堂》以晚清红顶商人胡雪岩创建百年民族药企胡庆余堂国药号为素材，以"戒欺"二字为全剧核心主题。剧本横切了清同治十三年（1874）至光绪九年（1883）的时空（同治十三年是胡庆余堂创建之年，光绪九年是胡雪岩被迫转让胡庆余堂之年），大起大落、大开大阖、大喜大悲，以苍凉、壮美的基调，在历史的天空画出一道令人唏嘘的人生抛物线。而余杭小百花越剧团的越剧《光明吟》讲述的是一个杭滩艺人的母爱故事。民国初年，在运河沿岸广济桥南北堍一带，有一个叫蓝馨儿的杭滩艺人，她美丽、善良、坚强、乐观，虽然几乎所有的人生厄运都扣在她身上，但她勇敢面对，不绝望、不放弃，她用美好去看待人世间的一切，用善良对待他人，用爱燃烧自己，给儿子、给这个世界留下光明。她的艺术人生在生活的逼迫下依然如焰绽放。与其说作品写了那一代母亲的艰辛，不如说是提供了一个视角，让我们真实地进入到杭滩艺人内心，了解地方文化如何熏陶和成就那一代母亲、那一代艺人。因此，《光明吟》可以看作一出挖掘杭州丰厚的历史文化资源，传承中华民族优秀传统文化的越剧。富阳越剧团的《生命之光》是一个人物素描型的故事。人物原型姚玉峰，浙江大学医学院附属邵逸夫医院的一名眼科医生，成功主持了世界上第一例不发生排斥反应的角膜移植，医学界将其命名为"姚氏法角膜移植术"，并写进美国医学教科书。数十载悬壶济世，他治疗过的病人超过三十万名，为三万多人送去光明。剧本由"少年眼睛受伤""留学东京""分离眼角膜""夫妻团聚"和"师徒和解"等一系列故事组成，展现主人公俞峰人生的不同侧面和性格。在剧中，俞峰虽然博学多才、开朗乐观、敢挑重担，但也有遇事闷在心里独自承担等性格弱点。正因为有弱点，俞峰这个人物才可爱，才可信。戏剧要反映生活中的现实人物，最重要的是赋予人物真实性以及树立人物的性格基调，源于生活而高于生活。《生命之光》在这方面做了有益的尝试，取得了很大的成功。在塑造人物方面，浙江艺术职业学院创作排演的话剧《这里的黎明静悄悄》以成熟严谨的学院派艺术风格和别具一格的人物形象，给人们提供了不一样的观赏体验。这个根据名著改编的作品塑造了一组群体形象。车站附近的丛林中出现了两个德国伞兵，瓦斯科夫带领丽达、冉妮娅、丽扎、索妮娅和嘉丽娅五位女兵进入丛林追歼敌人。但德寇不是两名，而是十六名……在沼泽里、匕首下、弹雨中和枪口前，女兵们相继死去。在女兵们临死前回忆的时空隧道里，观众看到丽扎对城市狩猎人的爱慕、对念书的渴望；索妮亚与男友的热恋、对诗歌的热爱；嘉丽娅在孤儿院的孤独、谎报军龄参军以及对妈妈的热切呼唤；冉妮娅周旋在众多追求者中，独独垂青有妻室的团长，丝毫不理会母亲的劝告，爱得义无反顾；丽达与丈夫从一见钟情到共结连理。她们有着没有谈完的恋爱，没有实现的理想，没有过完的生活，却早早离别了人间。德寇被歼灭了，重要的铁路线保住了，黎明依然静悄悄，五位年轻的姑娘却长眠在温柔、挺拔、静美的白桦林中。关于个性不同的群体英雄形象到底如何塑造，这个剧目有着教科书式的启示意义。

四

在 2020 年度的浙江省戏剧创作中，浙江编剧们强烈关注现实，尤其关注正在发生正在进行中的现实事件，这是浙江编剧干预生活、讴歌社会进步的自觉行为。2020 年，一场疫情席卷而来。杭州话剧团、杭州越剧院在短短的几个月的时间里，就创作排演了抗疫题材的话剧《叩问生命》和现代越剧《片儿川与热干面》。话剧《叩问生命》以一个奋斗中的社会为横截面，以"青""中""老""外"所代表的四种家庭为缩影，通过家庭的侧面，展现在疫情背景下，人们对于生命的敬畏之心。该剧由四个小故事组成，每个故事单独成集，融会在一起组成一个完整而深刻的话剧作品。《片儿川与热干面》以在武汉大学学医的杭州人张雪岚和武汉的快递小哥刘小军两个人物为代表，用疫情下普通群众的点滴贡献串起一台散文式演出，记录两地人民守望相助、携手抗疫的感人瞬间。杭州有片儿川，武汉有热干面。这是面对面的守望与相助。在疫情最危难时刻，大家一起风雨同舟，共渡难关。两座城，三代人，故事就从这里开始。令人难忘的是，这两个即时题材的剧本有着非常高的创作质量，无论是主题构想、情节结构、人物动作，甚至语言功力，都十分到位，令人耳目一新。

五

把故事写得好看又意味深长，把剧中人物写得鲜活而血肉丰满，把历史写得生动而真实可信，这是观众和读者对戏剧文学的期待，也是时代对剧作家们的要求。浙江在古装戏和新编历史剧等古代题材的创作方面积累了丰富的经验，形成了结构精巧、戏剧性强、舞台呈现流畅通顺等浙派特色。在 2020 年度的浙江戏剧作品中，有不少相当出色的古装剧，如浙江昆剧团的《浣纱记·吴越春秋》、浙江婺剧团的《忠烈千秋》、浙江小百花越剧团的《红玉》、衢州市婺剧团的《铁面御史赵抃》、永嘉昆剧团的《红拂女》、宁波甬剧团的《父子奇缘》、余姚姚剧团的《墙头记》以及温州瓯剧团的《雪冤记》等。《浣纱记》是第一部用昆腔演唱的传奇剧本，在中国戏曲史上具有特殊的地位。它描写的春秋战国这段历史，是中国人的价值体系、道德观念得以成型的一个重要时期。这里有国仇家恨的悲愤忧患，有忍辱负重的卧薪尝胆，有越甲三千的壮怀激烈，有巾帼红颜的坚韧执着。新编昆剧《浣纱记·春秋吴越》由"受辱放归""卧薪尝胆""吴歌越甲""钱江东去"等几个篇章构成，情节紧凑跌宕，环环紧扣，场面上恢宏与细致相得益彰，有较强的戏剧艺术性和观赏性。昆剧《红拂女》将家喻户晓的"老"故事，以当代视角书写演绎。红拂女是永嘉昆剧团所有演绎的本子中，最多面化的"旦"角。剧中红拂是"贴旦"的身份，"正旦"的气质，"武旦"的行为。"三旦"合一，书剑一体的红拂，呈现出独特的舞台美和文学美。《忠烈千秋》演绎唐朝安史之乱时爱国名将张巡的故事。他临危受命，率千百老弱之卒，抗十万虎狼之师，累经十月，受尽内外夹攻，最终粮尽援绝，马革裹尸，忠勇殉国。剧本一波三折，写得荡气回肠。浙江小百花越剧团的《红玉》以抗金女将梁红玉的传说为素材，刻画了一个在国难当头前不顾个人安危，慷慨击鼓，智勇双全的巾帼英雄。婺剧《铁面御史赵抃》根据衢州历史文化名人赵抃的事迹创编而成。主角赵抃位列衢州十大历史文化名人之首，是与包拯齐名的廉吏，时称"南包公"。该剧演绎的是赵抃担任殿中侍御史期间犯颜惩贪的故事。剧本叙述了赵抃直谏、取证、惩贪等情节，结构严谨，剧情跌宕，人物鲜活，艺术地再现了主人公不畏权贵、惩治腐败、清正廉洁、忠直爱民的监察官形象。甬剧《父子奇缘》、姚剧《墙头记》以及瓯剧《雪冤记》都是老戏新编。《雪冤记》叙述明代一个由官府和地方恶势力勾结造成的冤案，经过弱女子冒死闯府，终得沉冤昭雪的故事。故事高潮迭起，人物命运九死一生，戏剧性特别强。姚剧《墙头记》和甬剧《父子奇缘》这两个邻近的滩簧剧种，不约而同地聚焦同一个题材，改编传统古装戏《墙头记》。两家的改编角度大同小异——向本剧种靠齐，向轻喜剧、讽刺喜剧靠齐，向题材的现实性靠齐。由于有正确的改编思路，因而两家的老戏新编都取得了极大的成功。除了古装戏，浙江传媒学院的儿童剧《小米的奇幻世界》也被作者编得有声有色，精彩纷呈，童趣十足。故事色彩斑斓，令人目不暇接，寓教于乐，通俗易懂，是一个挺有前途的儿童剧。

六

2020 年，浙江的戏剧编剧、剧作家们和全省人民一起，同气连枝，共同生活在一个纷繁多彩的世界里。在这个世界里，每天都会产生许多生动的故事。这让浙江的剧作家们如鱼得水，在生活中努力吸取创作的源泉和养料。特别是有戏剧轻骑兵之称的小戏小品，由于形式简便，短小灵活，向来深受观众和读者所喜爱。近年来浙江的小戏小品创作得到极大的提升，2020 年是浙江小戏小品的丰收年。浙江省文化馆举办的浙江省第三十一届戏剧小品邀请赛共收到戏剧小品作品七十余件，有四十四件内容深刻、具现实意义的作品入围进行重点加工，最终有二十三个小戏小品进入决赛。《父亲的快递》（章沙）、《给生活的情诗》（李斌、沈洁）、《妈妈的微笑》（沈洁、沈佳维、袁健露）、《山谷回声》（蔡海滨）、《摆摊》（顾颖、金哲慧、吕红军）、《飞驰人生》（章静颖）、《渡》（柯逸峰）、《落地生根》（王增光）、《好小孩》（金丽娜、罗静荣）、《都市的童话》（郑园园、郑贤俊）、《叫我海霞》（郑新华）、《小村新事》（黎艳珠）、《再等等》（杨佳佳）等十二个小戏小品获得大奖。更令人欣喜的是，2020 年举办的"2020 浙江省新农村建设题材小戏会演"，有来自全省的越剧、婺剧、甬剧、睦剧、诸暨西路乱弹、绍兴莲花落等九个剧种的一百多个小戏，十五场演出精彩纷呈，这真是一个了不起的成就。在抗疫之年，浙江的戏剧创作和戏剧组织工作不但没有受到影响，在数量和质量上反而超越往年，完全可以称为一个奇迹。

2020 年是一个不平凡的年份。在这一年里，有快乐，有忧愁，有理想，有挫折，更多的是希望。戏剧和文学，给我们的生活创造了更多的色彩，还带来了无限的联想、无穷的力量和新的希望。阳春白日风在香，浙江的戏剧文学创作是一枝特别艳丽的花朵，在春风吹拂的季节里，它越发生气勃勃。浙江的剧作家们一如既往，有作为，敢创新，必将真正造就百花盛开的戏剧花园，繁花似锦，前程似锦！

2020 年浙江戏剧创作要目

谢丽泓　越剧《核桃树之恋》
　　　　越剧《光明吟》
黄先钢（文学指导）　章　静（编剧）　绍剧《喀喇昆仑》
陶国芬　歌剧《国之歌》
魏　强　调腔《后山叶芽》
李卓群　越剧《云水渡》
管晓亮　陶敬端　婺剧《千鹤女人》
王　宏　京剧《战士》
周长赋　昆剧《浣纱记·吴越春秋》
胡月伟　越剧《胡庆余堂》
余青峰　屈曌洁　杭剧《男人立正》
蒋　巍　音乐剧《小巷里的幸福》
夏　强　越剧《生命之光》
钱斌斌　越剧《片儿川与热干面》
童道明　查明哲　话剧《这里的黎明静悄悄》
沈经纬　赵　阳　话剧《叩问生命》
陈　咏　杨雁雁　儿童剧《小米的奇幻世界》

姜朝皋　婺剧《忠烈千秋》

沈守良　姚剧《墙头记》

周国清　越剧《红玉》

李　颖　越剧《傲雪芬芳》

王信厚　甬剧《父子奇缘》

邵建伟　婺剧《铁面御史赵抃》

雨后复斜阳　关山阵阵苍
——2020 年浙江影视文学阅读札记

| 张子帆 |

2020 年因全球遭遇新冠肺炎而成为一个非常特殊的年份。狂风暴雨来袭，给各个行业以极为沉重的打击，可以说是一片凋敝。但中国影视产业却呈现出"风景这边独好"的喜人局面，产品的质量尤其是消费市场的反馈都令人欢欣鼓舞，无论是院线电影还是电视剧或网络剧，都是精品迭出，收视长虹。影院票房随着疫情管控的放松逐渐释放，2020 年，全国电影市场票房达到204.17 亿元，首次超越北美，排在世界第一。国产主旋律电影市场得到振兴和复苏，《八佰》《金刚川》《我和我的家乡》《夺冠》等票房表现不俗，除了"主题"之外，产品本身质量的提升也是关键。电视剧经过多年的调整终于出现了"减量提质""以质取胜"的良性态势，《大秦赋》《隐秘而伟大》《流金岁月》《装台》《大江大河 2》《瞄准》等引领收视高峰。而网络影视剧的制作生产更是在井喷式发展的同时，精品力作不断涌现，成为新的生长点，《安家》《清平乐》《风犬少年的天空》《鬓边不是海棠红》《重启之极海听雷》等，获得极好口碑，可谓"雨后复斜阳，关山阵阵苍"。作为影视产业链的一环，影视文学作品的创作质量也一样有了极大的提升。作为中国影视产业的主力军之一的浙江影视产业也是风生水起，以笔者收阅的剧本而言，切实感到 2020年浙江影视文学创作成果颇丰，主题、题材、风格、类型多元，

可圈可点，可喜可贺。

一

2021 年是中国共产党成立一百周年的重要节点。回眸百年历史，浴血奋战的历程，激情燃烧的岁月，改革开放的进程……都是影视文学创作的题中之义。

电影剧本《红船：开天辟地》是编剧黄亚洲为庆祝中国共产党成立一百周年时隔三十年的同题再创作，无疑是一次自我挑战。中国共产党的身世史料和精神血脉不容篡改和虚构，但是可以有侧重详略的选择。作品依旧以正剧的类型、严谨的风格、沉稳的笔法、流畅的叙述，再现了当年中国社会的风雷激荡，以及中国的先进分子不断求索、逐渐成熟的思想轨迹，展示了他们寻求救国救民实现民族复兴的抱负与理想以及坚定的意志和初心，最终完成了开天辟地的大事件。与前作相比，作品同样把中国共产党第一次全国代表大会召开、中国共产党正式成立这一事件放到历史时代大背景的中央位置，一样写出了中国先进分子、最初的马克思主义信仰者面对历史选择和历史使命的初心，但作品对叙事角度做了精心的调整，赋予各个事件人物与前作不同的史料细节，关键还在于，该剧本生动再现了中国共产党成立之际的险象环生与惊心动魄。作品根据当事人的回忆记录扩大充实，翔实呈现了在上海望志路石库门内外会议前半程最富戏剧性的"历险"过程，让人感受到中国共产党诞生之初曾经如何与夭折的厄运擦肩而过的惊险一幕。感慨之余，笔者认为这是根据产品消费特点对重大革命历史题材进行类型化处理的突破创新之举。

电视剧《绝密使命》描述的则是中国共产党秘密交通线上惊险的斗争故事。这类题材剧作家鲜有涉及。20 世纪 30 年代，中共华南局根据中央指示在上海到瑞金苏区之间建立了一条长达三千公里的秘密交通线，沿线的交通站担负着"绝密使命"。作品用谍战剧的类型风格，围绕粤闽交界处我党若干交通站的秘密工作，写出了隐秘战线工作与斗争的特殊性，同时也写出了隐秘战线上交通员的无私奉献与无畏牺牲。交通站护送过境的有根据地急需的物资如盐、药品、枪支弹药，继而是技术专家、外国顾问以及高级首长，凸显了交通线与中共全局安危的紧密关联，对交通站如何完成任务做了细腻生动的描述，作者笔法老练流畅，整个叙述层层递进，跌宕起伏，引人入胜，具有较强的可看性。

电影剧本《畲山谍影之毒杀局中局》讲述了一个悬疑惊悚的故事：抗战时期，中共地下组织人员为追踪某种生物病毒，与日军以及国民党特务机构展开了一场"局中局"的斗争。这也是抗日战争历史的一个侧面。剧中主人公之一苏庭华就是原中国工农红军挺进师的战士。多方力量明争暗斗，故事情节扑朔迷离。故事主要发生在乡村祠堂这样一个相对密闭的空间，糅入畲族的一些地方文化元素，比如祭祀仪式等，战士们以此"装神弄鬼"，迷惑日伪，增加了视觉叙事的独特性和地域民族色彩。整体而言，作品类型风格鲜明，但也有诸多类似作品的痕迹，如《风声》等。这类故事成功的关键是情节和细节的缜密，环环相扣。就此而言，作品的叙事略显稚嫩。

二

浙江的影视文学创作一直以来有一个显著特点，就是关注社会现实，把握时代脉搏，及时贴身跟进。电视连续剧《春风又绿江南》就展示了对改革开放四十年中浙江经济发展模式的改变和提升以及基层组织机构行政管理素质的深度思考。作品主旨直指生态环境保护，这是中国改革开放四十年后的新的思想认识与行动纲领。该作品聚焦 2005 年至 2007 年期间我国东部沿海经济发展相对滞后的江南镇，讲述了县委书记严东雷响应省委号召改革创新，推动基层领导班子提升自身治理能力，带领全县干部群众走上绿色发展道路的生动故事。"春风"是生态环境规划，"江南"是一个欠发达地区的县城，"春风"又绿"江南"，开宗明义，表达的是生态环境的恢复、保护以及改善让地方经济振兴，证明了"绿水青山就是金山银山"。作品开门见山，用现实主义手法揭示了江南镇生态环境问题积重难返的现实困境。作品塑造了严东雷这样的基层干部形象，展示了他如何在具体工作中成长成熟的过程，揭露了严重的形式主义现象及其后果，有对基层干部工作环境、工作方法、工作思路和思想感情的剖析展示，涉及当前中国社会的各种经济行为以及执政策略措施，显然，作者对党的乡村振兴的政策是十分熟悉的。作品有政论的风格，也有感人的细节，王华县长以及家人的形象塑造得催人泪下。作品"着笔小人物，着眼大时代"的创作手法，力求回答两个问题：什么是绿色发展？怎样才能走好绿色发展道路？作品用故事情节给出了自己的答案：绿色发展是实现中国经济高质量发展的重要支撑，是建设美丽中国的坚实基础；关键是转变，是政府管理机制的转变，是经济发展方式的转变，是人们思想的转变。作品再次印证了浙江影视文学创作与浙江改革开放的现实紧密结合的优良传统，也显示出该作品题材的分量。

电视连续剧《爱在平凡》描述了江南水乡小镇上的民营企业阵营，它们曾经构成电视连续剧《十万人家》所描述的民营企业勃然兴盛时的熟悉场景。但在《爱在平凡》中，可以看到这些似曾相识的社会场景和经济场景已然有所不同，这些企业面临新的危机和考验，面临新的机遇和挑战。作品既看到了当地政府为改善营商投资环境做出的努力，也看到了民营企业如何从改革开放初期以环境为代价的生产经营模式转变成为更为先进、现代的生产经营模式。作品以小镇童装产业为核心，围绕查没仿牌企业的核心事件，思考民营企业如何在新形势下转型升级，由过去的模仿、贴牌、代工，逐渐转变为自行设计生产的自主品牌的营销，同时也涉及小镇的生态环境的改造和发展绿色产业，可以从中看到中央以及浙江的许多改革政策与措施的实施痕迹，以及一些业态变化与更新的过程，由此感受到作品透出的现实气息和意义。作品用现实主义风格，力图真实再现深化改革过程中各种关系的转变以及转型，关键是如何面对、适应这一系列的变化。在情节叙述中可以看到，诚信与质量的考量成为许多企业生存发展的关隘，在产品真假的矛盾、生产模式新旧的矛盾、生产效率高低的矛盾、发展视野远近的矛盾中，阐释了经济发展与地方传统文脉的关系，与当地自然生态的关系，塑造了新一代青年企业家万嘉明和新一代青年基层干部曲小河的形象。可以说，同样是江南水乡民营企业的创业发展，就作品的内容而论，《爱在平凡》是《十万人家》的升级版，表明了时代的进步、理念的进步、社会的进步。

电影剧本《一曲秦腔》用喜剧的风格，讲述一名没有基层工作经验的年轻村干部下基层推进乡村改造、实现自己梦想的经历，充满了戏谑的动作性，主要情节和矛盾冲突的设置也另辟蹊径：围绕村中一座古老戏台的拆（另建）与留，两个年轻人（村干部与村中秦腔社团团员）之间展开一番"较量"，因为戏台是非遗项目和秦腔内容的载体，也是该村庄文化格局的呈现，所以它的"变动"就成为"除旧布新"的象征。作品是对"主旋律"多元化表达的一种体现。显然，作者对作品阐释以及主人公的塑造呈现了自己的认知和路径。但这位新时代村干部少了一些我党一贯的基层工作作风与方式，即联系群众、发动群众、依靠群众，说明这位村干部缺乏应有的学习、准备和经验，也看出作者对我党优良传统和所提倡的工作作风的陌生。

三

历史题材电视剧《燕云台》是蒋胜男继《芈月传》之后再一次展示其创作才华与能力的鸿篇巨制。作品以四十四集的体量，在雄浑宏阔的叙事之中体现女性作家细腻入微的笔触，以丰富的史料娓娓道来，从容地展现了曾经的草原部族契丹辽国一段波诡云谲的历史。作品从祥古山一场宫廷政变开始，十五年后切入正题，以史诗般的宏大篇幅叙述了一位汉族女子萧燕燕的成长历史。出身宰相之家、贵为皇家后族的萧燕燕一直沉浮于宫廷权力斗争的旋涡中。萧燕燕三姐妹分别嫁给了三方政治力量的领袖，三姐妹的关系也因此阴晴断续。可以看到，婚姻又一次成为政治的纽带、利益的扣襻，结亲是结盟，也是牵制，织成政治力量的网络，塑造政治格局的谋略，个人情感沦为政治的陪嫁以及陪葬品。因而，整个故事暗潮汹涌，各派势力彼此设局，合纵连横，博弈绞杀，情节跌宕起伏，三姐妹最后都成为寡妇。萧燕燕也不得不面对江山社稷与儿女情长之间现实而残酷的抉择，作品写出了萧燕燕情感的痛苦，也写出了她意志的坚强。作品字里行间自然透露出对历史背景下女性身世境况的怜悯，流露出作者女性主义的关怀与理念。最终，萧燕燕临危摄政，挺身而出，稳定朝纲大局，不仅执掌了江山大业，也掌握了自己的命运，甚至突破礼法下嫁丞相。蒋胜男塑造了一个罕见的奇女子形象，萧燕燕在群狼环伺的政治格局中脱颖而出，她文韬武略，智勇双全，恩威并举，最终以一个政治家的博大胸襟和格局，化干戈为玉帛，与宋朝议和，结下著名的"澶渊之盟"，开启长达一百余年的和平时期，可谓功德无量，令人感佩，作品的立意也赫然显现。

电视连续剧《不屈之王》书写的是铁木真的成长历史，可以说是成吉思汗的前传。作品叙事带有草原游牧民族的彪悍与雄健，让人联想到《斯特凡大公》《勇敢的心》等影片。这种彪悍与雄健的风格不仅体现在叙事中，更在于人物形象：铁木真经历死而复生的险境，卧薪尝胆，带领自己受尽屈辱的草原部族励精图治，斡旋于草原各部族之间，合纵连横。最终在他的带领下，一战而成，实现了部族复兴。作品展示了一个有雄心、有格局、有胸襟、有谋略的草原汗王形象。

这两部历史剧都是正剧的风格，而非"戏说"，更不是"架空"，说明作者就是立足历史、面对史实而直抒胸臆，不仅表现出深厚的历史学养，也在艺术创造中陈述了自己的历史观。因此，这两部历史剧展现了历史因时间积淀和淘炼而生的分量。

四

电视连续剧《输赢》改编自"实战派"销售专家付遥的同名小说（小说被誉为开中国商战小说先河），以文本阅读的感受论，是一部相当精彩的"商战剧"，也可称"行业剧"，讲述的是两家IT业的大公司销售部门之间的"缠斗"。在现代企业的运营中，销售是实现利润的最后一个重要环节，它涉及产品推介、发展客户、维护客户，以及竞标谈判和售后服务，是一个有相当专业性的工作，不仅需要智商，还要有情商，其中的谋略与算计自不待言。很多商机稍纵即逝，许多成局也可能转瞬翻盘，需要严防死守，所以销售又是一个非常需要有敬业精神的工作，最终的结果通常都是以"输赢"为标志。所谓"商战剧"，"战"是矛盾冲突，"商"是内核，"剧"是故事发生的起承转合。《输赢》的内核被叙述得相当专业（专业人士是否有所指摘则另当别论），这是非常值得称道和倡导的，至少说明作者对该行业是了解熟知的，是"有生活"的，而不是任意随性地编造杜撰。该剧的主要矛盾冲突发生在两家公司的销售部门之间，而部门领军人物的关系也很有意思，他们是职场上的对手，又是情场上的恋人，都是业界的风云人物，项目与情感的较量，风生水起。故事甫一开始二人就狭路相逢，火花四溅，节奏紧锣密鼓，情节环环相扣，笔法生动细腻。作品塑造了两个极具个性的人物形象，同时也展示了时髦的 IT 业与日常生活日益紧密的关联和它未来的应用场景。关键是，作品通过深谙攻守之道的周锐这一人物，阐释了"输赢观"，这是一个关乎眼前与长远、局部与全局、激进与退守等辩证关系的认知观念。它关乎商战，也关乎职场，更关乎人生，有如博弈，输赢永远变幻莫测，后退不一定是输，但坚持一定会赢，关键在于是否坚持内心的理想。

赵博是一个有创作激情的编剧，激情不仅呈现在作品创作的连续不辍，还表现为创作题材、内容、风格、类型的不断试探求新。《醒来》就是一部富有实验性和先锋性的作品。作品讲述了失忆症患者的选择性记忆，将时间"倒带重放"（REPLAY）其实也是一种"循环"，人物穿梭于梦境与现实之间，相当于穿梭于不同的时空。作品展示了人物因贪婪嗜财、放纵情欲而草菅人命、巧取豪夺，错综复杂的人际关系，加上情节的反转，内容因为形式的独特而有些"烧脑"。

编剧初涉影坛，总是以自己的故事为题材，这仿佛是一条铁律。顾晓刚的第一部电影《春江水暖》也是如此。《春江水暖》以一个当代年轻人的视角审视自己的故乡，讲述了一个地地道道的富阳故事，以一个家庭四兄弟照顾失智母亲的故事展开了关于亲情的探讨。这部作品以婚礼开场，以葬礼结束，既有对生老病死的展示，也有对情感的探讨。该片展现了富阳的人情与美景，故事自然发生在四季轮回之中，表现了导演对电影艺术时间和空间的探索。四季的轮回，也是一个生命周期的轮回，人生如此，故乡故土亦如此。银幕上，江南故事和江南影像近年来已显得难能可贵，似乎被人遗忘了，阿年导演之前的电影《拿摩一等》可以作为一个参照。

短片《蓝天卫士》根据真人真事改编，是一个控制粉尘、保持空气清新的环保题材，在当下有现实意义。作品用"现世报"的叙事模式——这是中国式的叙事，也是这个剧本故事的核心价值——暗示环境问题是一个涉及所有人的问题，没有人能够事不关己而高高挂起，始作俑者往往就是自食其果的人。故事短小精悍，结构完整严谨，叙事流畅，情节丰富，细节生动。虽是短片，一样显示了作者的编剧功力。

网络大剧《重启之极海听雷》是2020年网络热播剧之一。这是南派三叔的一次影视越界之作。虽说"重启"是一次接续和延伸，从故事脉络的发展看，也的确如此，但我更愿意把它看作一次独立的自成体系的叙述。吴邪、王胖子、张起灵"铁三角"十年之约结束，退隐雨村。有一天吴邪忽然收到一条疑似三叔吴三省发来的短信，为了帮助吴邪寻找三叔，"铁三角"重启一段冒险之旅。悬疑和惊悚仍是该作品的主要风格，因为作品的最高目标是通过寻找主人公吴邪的三叔而破译听雷之谜。主要情节发生在一个叫"十一仓"的地下库房内，而这座库房就如同一座地宫，所以，其基本叙事路数还是进入迷宫、迷失迷宫、走出迷宫。故事的叙述脉络清晰流畅，针脚绵密繁复，层层递进，抽丝剥茧，因为悬疑惊悚，所以引人入胜，令人欲罢不能。可以想见，在这类剧作中，匪夷所思的事件和现象比比皆是，层出不穷，让人一惊一乍。关键是，在"装神弄鬼""故弄玄虚"之余，作品以丰富翔实的知识将其中的"道理"——说明，密集的知识点让人大开眼界。这让故事的叙述显得相当专业，也由此让作品与众不同，看得出编剧对相关知识准备充分，这是值得肯定的。

综上，浙江影视文学创作的实力在不断夯实和增强，质量在持续改善和提升，创作理念在逐渐推进和更新，题材、类型和风格多元而丰富，呈现一种积极活跃的状态，令人欣喜。

2020 年过去了，2021 年到来了。这是一个新的时期的开始，新的时期会有新的故事，新的人物，希望 2021 年也是中国影视产业新的开始，更是浙江影视文学创作新时代的开始。是为衷心的祝愿。

2020 年浙江影视文学要目

黄亚洲　电影剧本《红船：开天辟地》

顾晓刚　电影剧本《春江水暖》

方　晨　张惠鑫　电影剧本《畲山谍影之毒杀局中局》

丁　冉　黄竟天　李　曼　电影剧本《一曲秦腔》

赵　博　电影剧本《醒来》

纪　风　电视连续剧《春风又绿江南》

高　锋　电视连续剧《爱在平凡》

徐静悦　常方源　沈乐静　电视连续剧《输赢》

蒋胜男　电视连续剧《燕云台》

钱林森　电视连续剧《不屈之王》
　　　　电视连续剧《绝密使命》
南派三叔　电视连续剧《重启之极海听雷》
陈　咏　杨雁雁　电影短片剧本《蓝天卫士》

编选者视野中的浙江儿童文学及其他
——2020 年浙江儿童文学述评

|孙建江|

一

　　一年一度的浙江儿童文学年会如期举办。受疫情影响，年会改为在线网络会议，这也是浙江儿童文学年会首次尝试线上办会。本次年会的主题为：砥砺守初心，书写新时代。方卫平、汤汤、冰波、谢华、赵霞、殷健灵、张晓玲、毛芦芦、王宜清、钱淑英、胡丽娜等六十余位来自浙江、上海和江苏等地的儿童文学作家、学者、编辑在线参加会议。汤汤致开幕词，赵霞作总结，王宜清主持会议。

　　汤汤认为，有价值的儿童文学的写作目标是：清浅又深刻、深情又节制、简单又丰富，直抵孩子的心灵。她呼吁作家们不妨写得慢一点，再慢一点，以留给自己足够的思考和打磨的空间。上海儿童文学作家殷健灵以"老调重弹：儿童文学写作者是否要给自己设限"为题进行了会议发言。她认为儿童文学写作者不应当做生活的逃避者，在任何时代语境下，都应当思考"如何更加艺术地、儿童本位地表现生活、探索人生，如何创造性地写作故事，如何更加忠实地倾听内心、朝向童真"。她说，"当外界束缚你的时候，也许你更需要释放心灵的自由，探求艺术的真谛"。

她提出以四个标准来衡量优秀的幼童文学：浅近而深刻，快乐不浅薄，伤感却温暖，真实不残忍。为了追求这样的写作目标，儿童文学作家不得不如履薄冰、孜孜以求，她相信无限接近写作理想的过程是无比煎熬同时也是无比幸福的。江苏儿童文学作家张晓玲的发言以"那些年，照亮我的瞬间"为题。她向参会同人介绍了成长和写作道路上给予她鞭策和鼓励的人，那些被照亮的瞬间"让我和这世界上很多优秀的灵魂建立了精神上的联系，它一次又一次地呼唤我与这个世界重新和好，学着解开捆绑，勇敢地去付出和交托"。冰波指出，儿童文学写作者要对读者负责，也要对自己负责。对读者负责，就是要以优美的语言，书写价值观、儿童观正确，具有科学性的，具有较高文学水准和较好文学构思的作品；对自己负责，就是要甘于接受写作过程中安静、寂寞、孤独的部分，不要急躁。同时，他以自己丰富的创作经验和对儿童文学市场多年的深度观察为基础，建议儿童文学作者多尝试图画书和桥梁书的写作，为孩子们带来更多的好作品。毛芦芦与大家分享了自己的写作心得，强调阅读和行走的意义，"带着我们的灵魂和身体一起上路"，写作者能读到更广袤的人生，读到更美好的灵魂，读到人间满满的正能量。胡丽娜以汤汤和周静的创作为例，对照分享了她对原创幻想小说本土化的思考。她从汤汤早期作品《别去五厘米之外》《到你心里躲一躲》中的民间故事韵味，到《小青瞳》对自我身份的哲学思考和探讨，再讲到近作《绿珍珠》如何迎向现实创作，梳理了汤汤童话创作的蜕变与突破，指出了汤汤的不足。与此同时，她认为周静的"鸭蛋湖"系列具有浓郁的民间气质，具体体现在素朴、智慧、宽容、平和的叙事语态和故事架构上，不同于西方逻辑严谨、有序恢宏的幻想世界的建构。在她看来，这两位作者的写作是中国本土儿童文学发展的体现，显示着中国原创幻想儿童文学正在寻找自己的正途。赵霞认为，在童年生活、观念等正在发生巨大而深刻变化的今天，儿童文学如何追随、探问、把脉时代生活的变化，进而以文学和文化特有的方式影响、引领这种变化，是当代儿童文学创作和批评面临的重大课题。与此同时，文学的与时俱进不是随波逐流，而是常常要在时代的洪流中停步甚至逆行，去寻求、揭示变化中的不变和永恒之物。在变动的时代中，儿童文学仍然需要一个"地心"，拥有悬垂的、用来摆正的姿态与力量。她倡导在一个快节奏的时代里，儿童文学写作不忘"慢""暖""真"的品质与温度，用充满智慧的方式带来关于人、关于童年、关于生活的更加深入的发现和思考。

中国寓言文学研究会和中共温州市委宣传部共同主办的"2020 中国寓言文学研究会年会暨寓言文学新发展"研讨会在温州举行。来自全国各地的近百位寓言作家、学者与会。

第二届"温泉杯"短篇童话大赛在武义落下帷幕。大赛设金奖、银奖、铜奖和优秀作品奖，获奖作品均一一在《儿童文学》杂志上刊出。来自全国十三个省市的作者获奖。浙江有四人获奖：小河丁丁《风在吹》获铜奖，刘滢《迷路男孩和故事》、范春蓉《雨雾森林》、胡万川《住在湖里的好友》获优秀作品奖。

首届"年度儿童文学新书榜"揭晓。该年度儿童文学新书榜由浙江师范大学、温州市瓯海区人民政府联合主办，浙江师范大学儿童文学研究中心、中共温州市瓯海区委宣传部共同承办，榜单分为"特别推荐作品""推荐作品"和"提名作品"。小河丁丁的《蓑羽鹤之歌》（童话）位列"特别推荐作品"，毛芦芦的《点街女孩儿》（散文）位列"推荐作品"。

2020 年上海国际童书展期间，汤汤长篇童话《绿珍珠》以"守护童话的绿森林"为名，召开了新书发布及研讨会。会议由浙江少年儿童出版社和浙江师范大学儿童文学研究中心联合主办。高洪波等十余位作家、学者与会。该著此前曾以"批评前置"形式进行过研讨。目前呈现的文本即是作者根据批评意见，反复修改后的作品。

衢州市作家协会举办儿童文学培训会，汤汤应邀作"奇妙又诗意 温柔又锋利"主题演讲。毛芦芦长篇小说《遇见橘子花开》发布会同时举行。

二

新冠疫情爆发后，浙江省儿童文学作家纷纷拿起手中的笔，书写抗疫故事，传播人间大爱，记述人类战胜病毒的信心。据不完全统计，胡万川、常立、毛芦芦、邱来根等均以文学行动投身抗疫。资料所限，挂一漏万，无法一一提及浙江省儿童文学作家的抗疫作品。

胡万川在最短的时间内创作出了纪实文学作品。武汉"封城"后，社会各界纷纷驰援，院士专家、一线医护人员、部队官兵、社区工作者、援建战地医院民工、海内外爱心人士……在由千千万万人组成的抗疫系统中，有一群人并不引人注目，但他们又无时不在、无处不在，这就是来自各行业的志愿者们。胡万川记述的就是这些普普通通的志愿者。胡万川的本职工作是报社记者，他以记者和儿童文学作家的双重身份敏锐记录下了一群志愿者援助武汉的点点滴滴。他的这篇《爱和勇气铸就的力量——记武汉抗"疫"一线的青年志愿者们》，在《儿童文学·经典》杂志分两期刊出。作品讲述了杨雪"守护天使"志愿者车队的故事，蒋镓淇送 N95 口罩、服务空巢老人的故事，常铁军隔离点服务的故事，吕丹雷神山保洁、送餐的故事，华雨辰收费点测体温、方舱医院播音的故事等。志愿者的平凡故事，构成了一组青年志愿者群像。

常立在新世界出版社出版了抗疫普及读物《病毒的悄悄话》图画书。作者以病毒的身份"潜入"人体，翻译病毒的"悄悄话"，由此呈现病毒的由来，病毒通过什么途径闯进人类的身体。该图画书告诉人们，虽然病毒有许多"不可告人"的秘密，但只要我们每个人都努力保护自己、保护他人，病毒很快就会被大家击败的。面对病毒，保持理性、科学以及实事求是的态度很重要，保有同情、友善与爱很重要。唯有这样，我们才能正视病毒，最终战胜病毒。

疫情期间，中国新闻出版传媒集团的公益活动"妈妈导读师"邀请儿童文学作家们给宅家的小朋友讲故事，毛芦芦积极响应，以原创故事《神药花》为广大小朋友送去了抗疫的力量和希望。该故事由明天出版社出版，并同时制作成视频、音频资料。她还创作了一批抗疫诗歌，其中《孩子，其实我们跟你在一起》由浙江话剧团演员朗诵，《心，愿了》被衢州市恬静苑社区的微信公众号转发，《花伴》由衢州石梁中学杭州校友会邀小朋友配乐诗朗诵。这些抗疫作品陆续为衢州市文旅局微信公众号、衢州市政协微信公众号和《衢州日报》等推送或刊发。

邱来根积极响应中国寓言文学研究会微信公众号向广大文学爱好者征集抗疫作品的呼吁，组织台州市黄岩区北城街道中心小学学生踊跃投稿。多篇寓言、童话、闪小说、散文、诗歌、日记等作品，为中寓会微信公众号采用。这些作品从孩子的角度展示了与疫情防控相关的点点滴滴，以及他们的父辈如何用各自的方式与祖国并肩战"疫"、共克时艰的人间真情。

梁临芳的儿歌《全家齐上阵》，入选《教学月刊》（特刊）推出的"儿歌作家抗疫童谣选"。世界图书出版公司推出《抗"疫"日记》，谢丙其日记《守望相助，共同抗"疫"》、王旭丹日记《等到春暖花开，我们再相聚》均被收入其中。

三

长篇童话《绿珍珠》在汤汤的创作历程中是十分特别的一部作品。说特别，既是指作品初稿完成后曾邀评论家们"批评"，同时也是指作品的最后呈现给人带来的惊喜。在此前北京召开的"批评前置"研讨中，与会专家直言不讳，畅所欲言，有一说一，除去肯定，也提出了很多中肯的意见。这些意见涉及主题呈现、人物塑造、情节结构、叙述逻辑、人类与自然的关系等问题，有的意见很尖锐。老实说，作为写作者，面对面接受批评需要雅量，也需要强大的承受能力。研讨会前，作者"被自信和自卑像小火一样煎熬"。研讨会后，内心又经历了"巨大的彷徨"。好在，汤汤最终还是鼓起了勇气，在消化、沉淀和思考之后，全身心投入到作品的修改之中。这次修改不是普通的枝枝节节局部修改，而是彻底的大修改。作者将原来的第三人称叙述直接改成了第一人称叙述。显而易见，人称的改动，决定了视角的改变，而视角的改变，则意味着原先内容有的已无法纳入，既有的叙述文字需要推倒重来。这实际上等于创作一部新作品了。在快餐式创作风靡的当下，这种自己跟自己较劲、精益求精、追求完美的写作态度，无论如何都值得嘉许和肯定。

当然，重要的是汤汤创作出了一部重要作品。一直跟踪汤汤这部作品创作的评论家钱淑英这样评价这部作品：在这一稿里，汤汤把树精的叫法改成了绿嘀哩，同时将这个名字编织进歌谣贯穿文本始终，增强了童话的灵动感和情境感。而叙事人称的变化，则给作品带来了全新的面貌。通过主人公念念的娓娓诉说，读者可以越加真切地感受到绿嘀哩的善良与天真，他们的心里无法产生真正的恨，这是作家在角色定位上的一个重要转变。一滴人类的血的意外出现，使故事发生了根本性的逆转，念念在并不自知且无力掌控的情况下伤害了木木，她对木木的深深愧疚以及进退两难的困境，特别让人感同身受。汤汤在人物的重新塑造上用足了心思，除了绿嘀哩的性情设定外，对木木的性格描摹、童安和爷爷的心理刻画，都进行了相应的调整或扩充，童话的情节结构、逻辑线索因此变得更加圆融自洽，情感内涵和主题深度也得到了进一步开掘。作家避开绝对化的道德判断，以平和的姿态呈现各自的立场，绿嘀哩的无奈抗争与执着坚守，人类的征服欲望与自我反思，彼此间交错缠绕着，将人与自然"不可调和又相依相存"的复杂关系展现得淋漓尽致。可以说，汤汤用童话在人类和自然之间架起了一座美丽的桥，桥的两岸满是生命的绿意和希望。那一眼珍珠泉，那一片绿森林，不仅是童话的世界，也是人类心灵的家园。

汤汤用三年多时间精心构思和打磨一部作品，这个不断推进和完善的过程充满意味。

说到打磨作品，袁晓君同样值得提及。

虽然袁晓君从事儿童文学创作的时间并不长，2013年她才开始发表作品，到现在也才七八年时间，但她的创作经历颇有意思，值得一说。袁晓君出版第一部作品后，顺风顺水，仅三年时间，已出版了十余部作品，有不少还是长篇。这个创作量不算少，称得上是高产作家了。这些作品题材各异，文体不尽相同，大抵说来都可归于类型化作品。文学创作种类没有优劣之分，对写作者而言，只有合适和不合适的区别，是一时的写作冲动还是来自心灵深处的情感需求的不同。袁晓君此前的创作当然有值得肯定之处，但也存在一些问题。这些问题如果用一句话说，就是文学面貌不清晰，或者说创作个性不鲜明。毕竟，这类作品相似、相近者太多。2016 年，袁晓君出版了具有独特意义的长篇小说《十五岁的星空》。这部小说与她以往的创作完全不同，她以往的创作几乎是清一色的轻快、搞笑，强调喜感，而这部作品讲述的是一个心理疗伤和治愈的故事，抽丝剥茧，烛照入微，缓缓展开，强调的是艺术渗透。对此，我曾在当年的年度述评中给予充分肯定。没想，袁晓君此后竟把"心理疗伤"作为自己创作的主攻方向，并为此投入了大量的精力。

长篇小说《陪你的时光》就是这样的作品。这是作者"提灯人治愈系少年小说"的第四部，此前的三部为《十五岁的星空》《星星的孩子》《朱妞妞的春天》。《陪你的时光》探讨了死亡尊严、亲情友情和青春成长，以及陪伴的价值和意义等话题。在好孩子的光环下生活了十三年的少年方鲲，突然对妈妈的管教说"不"；小城草根歌舞达人孤寡长者季蝶，突然被诊断为癌症晚期。十三岁少年、中年母亲和七旬长者在各自的"突然"中相遇，看似平稳向前的人生，突然遭遇停摆。而这样的"停摆"，恰恰为文学的介入提供了机会。如何引导孩子发现生活的真相并依然热爱生活？如何在突然停摆的生活面前共同治愈？显然，这是作者在作品中一直寻找的答案。评论家刘琼在该书序言中说："小说以一个男孩的某段成长经历为线索，引入话题，书写生活的矛盾和复杂性，其更大的野心是写出三代人的人格养成问题。小说的叙述风格，总体上呈'儿童性'。运用儿童和老人的双重视角，一明一暗双线结构，以婚姻、友谊、教育为素材敷衍成篇。男孩逃学后与住进医院的老爷爷邂逅、交往并成为朋友，直到老爷爷病逝。老爷爷与前妻、心仪对象、女儿的故事，是埋在暗处的一条更深刻的线索。"总体上符合生活逻辑，是可信的。刘琼评论道："小说完成得最好的地方，是写出真实的生活和复杂的人性。比如面对老爷爷遗留的不该属于自己的房产，男孩与父母的不同反应，描写得真实、到位。发现生活真相依然热爱生活，这才是健康和强大的人格。《陪你的时光》试图写出这种人格的养成。"

袁晓君在掘一口井，一口属于自己的井。

《天天玩童话》是何夏寿创作的一部别致的作品，其别致之处在于，这部作品讲述的是一个叫天天的小学生和他的两个好朋友"不胖子"和"小个子"的生活故事，同时，还是一部串联了语文课本童话内容的故事。某种意义上，也可以说这是一部有关语文课本的书。教育部统编语文课本共安排了十次以童话为主的想象习作，主人公天天和他的小伙伴"玩童话"，最后完成了一部《天天童话集》。书中现实与虚构、生活与艺术，彼此交织，互为表里，故事套故事，真亦假，假亦真，虽是一部有关小学课本童话的故事，但读来并不觉得说教枯燥，而是轻松、好读，寓教于乐。

屠再华出版了散文集《端午粽》，赵海虹出版了小说集《灵波世界》等，常立出版了童话集《故事里应该有怪兽》等，毛芦芦出版了长篇小说《遇见橘子花开》，王路出版了长篇小说《穿越烽火时空》，小河丁丁出版了长篇童话《蔷薇岗的小麂子》等，吴新星出版了长篇小说《门板上的夏天》等，黄晓艳出版了长篇童话《鲸鱼之城》，赵霞出版了散文集《每个人都是挖呀挖的孩子》，林杰荣出版了童诗集《请你住在春天里》。吴其南出版了专著《中国古代童话文学研究》，方卫平出版了专著《1978—2018 儿童文学发展史论》，周晓波出版了论文集《新世纪儿童文学创作与教学研究论》，常立出版了论文集《在天堂的花园里唱歌——儿童文学论集》，钱淑英出版了论文集《批评的足迹——儿童文学论集》，赵霞出版了论文集《批评的体温——赵霞评论选》。

四

2020 年，孙建江担任总主编的《中国儿童文学百年百篇》丛书由浙江少年儿童出版社出版，这是中国儿童文学界的一个大事件和一项大工程。该丛书的编选时间跨度为 1917 年至 2017 年，也即新文学运动起始以降的百年。

无论东方还是西方，适宜于儿童阅读的文学作品古已有之，一直存在，不过，自觉意义上的儿童文学则是晚近的事。关于西方儿童文学，权威的说法是："18 世纪下半叶，儿童文学第一次以一种明显和独立的文学形式出现。在此之前，它还只处在萌芽时期，到了 20 世纪，才发展得绚丽多彩。"在中国，自觉意义上的儿童文学萌发于"五四"新文化运动前后。1917 年是"五四"新文化运动开启之年。这一年，胡适、陈独秀分别发表划时代雄文《文学改良刍议》和《文学革命论》，包括儿童文学在内的中国新文化无不受惠于随之开启的"五四"新文学运动的洗礼，正如茅盾所说："'儿童文学'这名称，始于'五四'时代。"

中国儿童文学的自觉，首先源自对儿童的"发现"和重视。作为"五四"新文化运动的主将，鲁迅之于推动中国现代文化的进程有着不可估量的影响。鲁迅不仅是中国新文化运动的奠基者，同时也是中国儿童文学卓越的建设者。鲁迅十分重视儿童教育。他认为，儿童教育的问题，与我们民族的前途有着极大的关系。那些以封建伦理道德去规范儿童的蒙学读物，势必造成"孩子长大，不但失掉天真，还变得呆头呆脑"。鲁迅一方面无情地批判戕害儿童的封建思想，一方面更提出了自己的"立人"主张。鲁迅认为，"首在立人，人立而后凡事举；若其道术，乃必尊个性而张精神"。要彻底改变"愚弱"的国家面貌，首要的任务是"立人"。"立人"当然须从儿童做起。对于"立人",鲁迅认为,第一,应该使儿童有健康的身体,"养成他们有耐劳作的体力"。而身材瘦弱,精神萎靡,绝不是"将来'人'的萌芽"。第二,儿童要有生动活泼的精神,没有"被压迫得瘟头瘟脑"和胆怯萎缩的心理状态,应该朝气蓬勃,生动活泼,积极主动,不唯唯诺诺、老成持重。第三,"尊个性而张精神"。儿童应该具备敢想敢做的顽强品格,"驯良"之类并不是美德,"也许简直倒是没出息"。

中国儿童文学的发生和发展是与周作人做出的巨大努力分不开的。1920 年,周作人在一次题为"儿童的文学"的演讲中首次提出了"儿童的文学"概念。他从"儿童的"和"文学的"这两个方面入手对儿童文学进行理论阐释,可谓抓住了问题的关键。周作人强调"儿童的"文学,目的在于强调儿童需要文学。儿童不是缩小的成人,儿童有自己"内外两面的生活",与成人一样,儿童也有自己独立的人格。既然如此,与成人一样,儿童也需要文学。周作人强调儿童的"文学",目的在于强调文学对于儿童的重要性。在中国不是没有文学,而是太"偏重文学",而儿童又向来不被真正理解,"所以在文学中可以供儿童之用的,实在绝无仅有"。这确乎是中国的实际情况。在中国漫长的封建社会中,儿童从来不被重视,儿童文学实在少得可怜,即使在这少得可怜的儿童文学中,也充满了大量的"非儿童"成分。儿童既不被重视,儿童文学观自然无法确立,儿童文学观无法确立,儿童文学的自觉意识就根本无从谈起。如果说,在周作人之前的梁启超、孙毓修等人有关儿童文学的意见,很大程度上还只是一种零散的、不经意的、非自觉的议论,那么,周作人有关儿童文学的意见,则无疑是一种有意识、有目的、自觉的研究了。首次明确地提出了"儿童的文学"这一概念(这一概念后来逐渐简化为"儿童文学"），这不能不说是周作人的一个重要突破。可以说，周作人是中国儿童文学发展进程中一位具有里程碑意义的人物。由于周作人的儿童文学观有着较为坚实的理论依托，因而他提出的"儿童的文学"这一概念，很快赢得了人们的赞许和认同。1921 年，中国现代文学史上第一个新文学社团文学研究会成立伊始，即发起了一场声势浩大的"儿童文学运动"。除了周作人本人又发表了《儿童的书》《关于儿童的书》等文呼唤儿童文学外，叶圣陶于 1921 年在《晨报》上呼吁"希望今后的创作家多多为儿童创作些新的适合于儿童的文学"。严既澄于 1921 年在上海国语讲习所向来自全国各地的进修教师作《儿童文学在儿童教育上之价值》演讲指出，"儿童文学，就是专为儿童用的文学"。

"儿童的文学"这一概念的明确提出，加快了中国儿童文学由非自觉状态向自觉状态转变的进程。中国儿童文学进入了全新的时代。

20 世纪对于中国儿童文学来说，意义重大。这不仅仅因为自觉意义上的中国儿童文学产生于 20 世纪初，还因为 20 世纪是中国儿童文学从单一走向丰富，从幼稚走向成熟的全面发展的时代。20 世纪初"五四"新文化运动和 20 世纪下半叶的改革开放这两次历史性的变革，使得中国儿童文学得以加快自身的全球化进程，并成为世界儿童文学中一个有机组成部分。

中国儿童文学受世界儿童文学的影响是显而易见的，但这绝不意味着中国儿童文学缺乏或没有自身的特点。由于中国儿童文学特殊的背景（古老的文化传统，新文化的历史抉择），中国儿童文学无论是初始的产生还是后来的发展，都无不带有自己鲜明的艺术特征。这一鲜明的艺术特征决定了中国儿童文学与世界儿童文学之间存在着一种互补关系，也就是说，中国儿童文学与世界儿童文学之间既有相同的地方，又有不相同的地方。相同的地方在于，世界儿童文学的一些主要类别，在中国儿童文学中都有所呈现。不相同的地方在于，世界儿童文学的类别在中国儿童文学的格局中所占比重并不对等，有的差异还相当大。

首先，中外儿童文学在总体格局上并不一致。世界儿童文学的格局是温情型、教育型、游戏型、冒险型四大类别并重兼及其他类型，而中国儿童文学则是教育型占主导地位，温情型和游戏型辅之。其次，在时间上，中外儿童文学也并不完全同步（相对意义上的同步）发展。中国教育型作品产生较早，发展得也较为充实，大抵上与外国同一时期、同一类别的儿童文学作品保持了同步。中国温情型作品虽然产生也较早，但各阶段的发展速度很不均衡，有时快（如 20 世纪 20 年代和 80 年代），有时慢（如 20 世纪 30、40 年代），有时甚至是空白（如"文革"时期），中国游戏型作品的产生稍晚，且高潮一直到 20 世纪 80 年代才出现，而冒险型的作品在中国则更是匮乏，有影响的作品直至 21 世纪初才开始出现。这四类作品与外国同时期同类别的儿童文学作品相比，并没有保持同步。当然，无论是中国儿童文学还是世界儿童文学，都还有其他类型的作品存在。

百年中国儿童文学的基本格局，概而言之，可作以下的表述，即：以教育型为主，以温情型、游戏型为辅，兼及其他类型。

鲁迅曾说："叶绍钧先生的《稻草人》是给中国的童话开了一条自己创作的路的。"1923 年，叶圣陶出版了他的第一本童话集《稻草人》。这本薄薄的童话集为日后中国儿童文学的两个重要类型——教育型和温情型勾勒出了雏形。耐人寻味的是，叶圣陶这位非常注重儿童文学教育功能的人，最初创作的《小白船》等几篇童话却是典型的温情型作品。到了《稻草人》，深沉凝重取代了清丽柔美，严酷的现实取代了温存的幻想世界，这为后来的教育型作品开了先河。1931年，叶圣陶出版第二本童话集《古代英雄的石像》，则完全注重的是教化功能。叶圣陶创作的这一转变，尽管有诸多的原因，但其中最主要的原因，乃是社会现实所致。这也表明中国儿童文学的独特性。

中国是一个注重"诗教"、注重文学作品的教化功能的国度，对读者进行"诗教"，强调"文以载道"，这是历代文化人普遍遵循的一个原则。这一文化态势对中国儿童文学有着不可估量的影响。可以说中国儿童文学的每一个时期都拥有为数众多的教育型作品，教育型作品贯穿于整个百年中国儿童文学。20世纪20、30年代，有叶圣陶、郭沫若等的作品；30、40年代，有陈伯吹、贺宜等的作品；50、60年代，有金近、鲁兵等的作品；80年代至新世纪，有众多作家的这类作品。就百年中国儿童文学的状况言，注重教育型作品创作的作者队伍之庞大，教育型作品涉及面（体裁、题材）之广，是注重其他类别创作的作者及其作品无法企及的。

温情型作品的萌发与教育型作品的萌发保持了同步。但温情型作品在数量上明显少于教育型作品，而且温情型作品也没能始终贯穿于20世纪中国儿童文学的各个时期。温情型作品曾在20世纪20年代和80年代出现过两次高潮。第一次高潮以冰心的《寄小读者》为代表，母爱和人格化了的大自然之爱是这一时期作品的突出特点。30、40年代由于战乱等原因，温情型的作品十分少见。温情型作品的第二次高潮是在"文革"结束以后的80、90年代。这一时期，温情型作品有了全面的复苏和发展，产生了许多有影响的作家作品。

游戏型作品出现的时间稍晚，数量上也远不及教育型作品。中国游戏型作品的发轫，始于20世纪30年代张天翼的童话《大林和小林》等作品。张天翼的创作夸张、风趣，极具喜剧色彩，但其中的教化功能、讽刺意味也颇为明显。张天翼之后相当长一段时间，此类作品几近绝迹。直至50、60年代方出现了任溶溶的《"没头脑"和"不高兴"》、包蕾的《猪八戒新传》，这类作品的数量并不多。比之张天翼，任溶溶、包蕾更强调作品的幽默特质。游戏型作品大量地出现，还是在"文革"结束以后。20世纪80、90年代是游戏型作品创作的高潮。

这是百年中国儿童文学的大致脉络，也是《中国儿童文学百年百篇》丛书选编的大致脉络。

该丛书是对百年中国儿童文学的一次梳理、考察、评估，选编的是拥有历时效应的作品。如何选出拥有历时效应的作品，丛书遵循的原则有以下一些：

一是艺术性。艺术性是作品的立身之本，关注作品的艺术性，即好主题、好思想、好构思、好故事、好意境、好形象、好想象、好文字、好修辞、好表述……关注整体呈现，也关注部分呈现，关注优秀文学作品应该具备的一切要素。

二是审美性。审美性是优秀作品的重要指标。对读者来说，审美首先是美感，只有从作品中获得美感才能对作品念念不忘记忆深刻，并从中获得启迪。好的作品中必然给人带来审美的享受和思考。这种审美是悲剧的，也是喜剧的；是时代的，也是个体的。

三是童年性。作品是否拥有童年性，这是评估儿童文学作品的重要原则，同时也是筛选优秀儿童文学作品的取舍维度。童年性当然离不开儿童的心理、生理，离不开儿童的思维方式，离不开儿童的认知能力，离不开儿童的所思所想所感所悟。但儿童文学这一由成人作家为儿童读者创作的特殊的文学样式，决定了童年性不等同于儿童本身。儿童文学的童年性不可能没有成人的介入和引导。

　　四是独特性。文学作品最宝贵的是个体的独特性。没有千千万万个作家个体的独特创造，就不可能有色彩斑斓的艺术呈现，就不可能有整体文学的发展。相同的母题、相同的题材、相同的叙述手法、相同的创作环境，如果没有独特的个体体验和发现，是不可能脱颖而出成为优秀作品和经典作品的。真正的优秀作品、经典作品，必定内置了人类心灵共鸣的密码，必定拥有人类情感的共享张力。

　　五是多样性。任何创作流派、写作方法、美学追求、艺术风格、呈现形式、叙述语言，乃至题材、体裁，都不持偏见，开放对待，一视同仁，力求在百篇的规模限定中，展示厚重丰盈、多姿多彩的中国儿童文学短篇艺术景观。

　　《中国儿童文学百年百篇》丛书共计六卷二十一册，具体为"小说卷"八册，"童话卷"六册，"童诗卷"一册，"非虚构卷"三册，"幼儿文学卷"两册，"寓言卷"一册。浙江省多位作家的短篇作品入选该丛书，这些作家有：金江、田地、倪树根、徐强华、韦苇、解普定、陈必铮、张鹤鸣、黄云生、瞿光辉、邱国鹰、李建树、谢华、夏辇生、邱来根、孙建江、江润秋、张一成、冰波、周冰冰、毛芦芦、小河丁丁、王路、俞春江、黄倩、赵海虹、汤汤、杨笛野、胡丽娜、郁旭峰、邹海鹏、赵霞、吴洲星、孙玉虎、鲁程程等。

　　将浙江儿童文学中的短篇作品置于百年中国儿童文学发展演变的大背景下予以审视、考查和筛选，有横向的对比，也有纵向的梳理，其参照意义自不待言。

　　这是中国短篇儿童文学艺术实力的一次集中展示，也是浙江短篇儿童文学艺术成就的一次整体呈现。从中国儿童文学作家的地域分布看，浙江作家作品入选比例，十分亮眼和突出。不夸张地说，浙江儿童文学，无论是短篇，还是长篇，在整个中国儿童文学版图中都占有重要位置。为浙江儿童文学骄傲和自豪。

2020 年浙江儿童文学创作和理论要目

一、作品单行本与论著

创作部分：

吴新星 《门板上的夏天》(长篇小说)　安徽少年儿童出版社 2020 年 1 月版

《萧萧杨柳》(长篇小说)　江苏少年儿童出版社 2020 年 6 月版

《光阴慢》(小说集)　浙江少年儿童出版社 2020 年 9 月版

《细摩挲》(小说集)　浙江少年儿童出版社 2020 年 10 月版

屠再华 《端午粽》(散文集)　人民教育出版社 2020 年 4 月版

毛芦芦 《遇见橘子花开》(长篇小说)　浙江少年儿童出版社 2020 年 4 月版

汤　汤 《眼泪鱼》(长篇童话)　浙江少年儿童出版社 2020 年 4 月版

《小青瞳》(长篇童话)　浙江少年儿童出版社 2020 年 4 月版

《空空空》(长篇童话)　浙江少年儿童出版社 2020 年 4 月版

《绿珍珠》(长篇童话)　浙江少年儿童出版社 2020 年 11 月版

何夏寿 《天天玩童话》(系列故事)　江西教育出版社 2020 年 5 月版

赵　霞 《每个人都是挖呀挖的孩子》(散文集)　明天出版社 2020 年 5 月版

袁晓君 《陪你的时光》(长篇小说)　浙江少年儿童出版社 2020 年 10 月版

林杰荣 《请你住在春天里》(童诗集)　吉林出版集团股份有限公司 2020 年 10 月版

小河丁丁 《糊粮酒·酒葫芦》(小说集)　天天出版社 2020 年 3 月版

《雾跑山》(长篇小说)　江苏少年儿童出版社 2020 年 3 月版

《采菊》(小说集)　浙江少年儿童出版社 2020 年 8 月版

《月光集市》(童话集)　浙江少年儿童出版社 2020 年 9 月版

《蔷薇岗的小麂子》(长篇童话) 花城出版社2020年10月版

黄晓艳 《鲸鱼之城》(长篇童话) 花城出版社2020年10月版

王　路 《穿越烽火时空》(长篇小说) 花城出版社2020年10月版

梅　瑜 《妫水河畔的环保奶奶》(纪实小说) 海豚出版社2020年9月版

《木偶奇遇记》(绘本文字)等4册(编写) 山东教育出版社2020年4月版

常　立 《故事里应该有怪兽》(童话集) 安徽少年儿童出版社2020年7月版

《来自灭绝动物的信笺》(4册)(图画书/文) 北京联合出版公司2020年9月版

《病毒的悄悄话》(图画书/文) 新世界出版社2020年3月版

赵海虹 《灵波世界》(小说集) 浙江少年儿童出版社2020年4月版

《永不岛》(小说集) 浙江少年儿童出版社2020年4月版

《水晶天》(长篇小说) 浙江少年儿童出版社2020年4月版

理论部分：

吴其南 《中国古代童话文学研究》(专著) 海燕出版社2020年6月版

周晓波 《新世纪儿童文学创作与教学研究论》(论文集) 甘肃少年儿童出版社2020年5月版

常　立 《在天堂的花园里唱歌——儿童文学论集》 甘肃少年儿童出版社2020年5月版

钱淑英 《批评的足迹——儿童文学论集》 甘肃少年儿童出版社2020年5月版

方卫平 《1978—2018儿童文学发展史论》(专著) 少年儿童出版社2020年1月版

赵　霞 《批评的体温——赵霞评论选》(论文集) 辽宁少年儿童出版社2020年11月版

其他部分：

常　立 《丛林选美大会》(2册)(图画书/文,翻译) 北京联合出版公司

2020 年 5、6 月版

《会消失的湖》(2 册)(图画书/文,翻译)　江苏科学技术出版社 2020 年 7、9 月版

《内城故事》(图画书,翻译)　二十一世纪出版集团 2020 年 12 月版

吴其南　《新观念儿童文学理论丛书》(5 册)(主编)　海燕出版社 2020 年 6 月版

方卫平　《2019 年浙江儿童文学作品精选》(主编,合作)　浙江少年儿童出版社 2020 年 10 月版

孙建江　《中国寓言研究(第二辑)》(主编)　浙江少年儿童出版社 2020 年 11 月版

《2019 年中国儿童文学精选·小说卷·我在老街等你》(主编,合作)　希望出版社 2020 年 5 月版

《2019 年中国儿童文学精选·散文等卷·会走路的歌》(主编,合作)　希望出版社 2020 年 5 月版

《2019 年中国儿童文学精选·童话等卷·花婆婆的金盏菊》(主编,合作)　希望出版社 2020 年 5 月版

《2019 年中国幼儿文学精选·一首咪呀咪呀的歌》(主编,合作)　二十一世纪出版集团 2020 年 9 月版

《2019 年浙江儿童文学作品精选》(主编,合作)　浙江少年儿童出版社 2020 年 10 月版

《"来了·小花城"原创儿童文学书系(第二辑)》(6 册)(主编)　花城出版社 2020 年 10 月版

《中国儿童文学百年百篇》(6 卷,21 册)(总主编)　浙江少年儿童出版社 2020 年 9 月、12 月版

二、单篇作品与论文

创作部分：

童话

叶建强　《快递两只鸭》　《少年文艺》(江苏)　2020 年第 5 期

　　　　　《酸不溜丢国》　《少年文艺》(江苏）2020 年第 7-8 期合刊

小河丁丁　《小灰是小灰》等 3 篇　《少年文艺》(江苏）2020 年第 1—2 期
　　　　　合刊、3 期、7—8 期合刊

　　　　　《风在吹》　《儿童文学·经典》2020 年第 1 期

　　　　　《大侠詹余》　《十月·少年文学》2020 年第 9 期

　　　　　《小城单车》　《少年文艺》(上海）2020 年第 11 期

　　　　　《刚刚好》　《童话寓言》2020 年第 5 期

　　　　　《鼻子上的花朵》　《儿童时代》2020 年第 7—12 期

　　　　　《小麂子买妈妈》　《2019 年中国儿童文学精选·童话等卷·花
　　　　　婆婆的金盏菊》　希望出版社 2020 年 5 月版

刘　滢　《树冠鸟》等 3 篇　《少年儿童故事报》2020 年 1 月 11 日、4 月 16
　　　　　日、6 月 11 日

　　　　　《小岛》等 2 篇　《故事大王》2020 年第 1—2 期合刊、第 6 期

　　　　　《阿尤的使命》等 3 篇　《山海经》2020 年第 1、2、8 期

　　　　　《一个怪物和诗人的对话》　《文学少年》2020 年第 3 期

　　　　　《破船和老鸬鹚》等 2 篇　《小学生拼音报》2020 年 4 月 16 日、6
　　　　　月 4 日

　　　　　《有趣的大书》　《小星星》2020 年第 4 期

　　　　　《披衣阿弗》　《少年文艺》(江苏）2020 年第 5 期

　　　　　《寻找声音的孩子》　《十月·少年文学》2020 年第 5 期

　　　　　《末日逃生》等 4 篇　《童话世界》2020 年第 6、8、9 期

　　　　　《我的天空》　《七彩语文》2020 年第 5、6 期

　　　　　《蓝莓鼻子》　《花火》2020 年第 6 期

　　　　　《蓝魔鬼乐手》　《少年文艺》(江苏）2020 年第 7—8 期合刊

　　　　　《桃子白驹》　《小溪流》2020 年第 7—8 期合刊

　　　　　《秋女神的宴会》　《儿童文学·经典》2020 年第 9 期

　　　　　《我才不信呢》　《艺术界·儿童文艺》2020 年第 9 期

　　　　　《掌心地球》　《红树林·初中》2020 年第 10 期

　　　　　《毛线犀牛》　《读友·清爽版》2020 年第 11 期

《一树精灵怎么办》《好儿童画报》2020 年第 12 期

梅　瑜　《大鸵鸟和八宝粥》《少年文艺》(江苏) 2020 年第 1 期

《百变校长》《少年文艺》(江苏) 2020 年第 3 期

《海鸥大叔有块田》《少年文艺》(江苏) 2020 年第 7—8 期合刊

《小裁缝和他的怪客人》等 3 篇　《东方少年·阅读写作》2020 年第 3、5、9 期

《大嗓门国的那些事儿》《小星星·作文 100 分》2020 年第 3 期

《转圈圈的单腿人》《少年儿童智力画刊》2020 年第 5 期

《螃蟹的海》《儿童文学·故事》2020 年第 7 期

《丁当,有愿望》《读友·炫动版》2020 年第 9 期

《红帽子》《儿童文学·故事》2020 年第 11 期

胡万川　《住在湖里的好友》《儿童文学·经典》2020 年第 4 期

孙　昱　《冰冻怪兽》《2019 年中国儿童文学精选·童话等卷·花婆婆的金盏菊》　希望出版社 2020 年 5 月版

陈巧莉　《哑小蛇》《2019 年中国儿童文学精选·童话等卷·花婆婆的金盏菊》　希望出版社 2020 年 5 月版

汤　汤　《大风吹走太爷爷》《2019 年中国儿童文学精选·童话等卷·花婆婆的金盏菊》　希望出版社 2020 年 5 月版

孙玉虎　《毛衣上的小狗》《2019 年中国儿童文学精选·童话等卷·花婆婆的金盏菊》　希望出版社 2020 年 5 月版

小说

杨　渡　《我的脑袋进水了》《雨花》2020 年第 1 期

胡若凡　《网课》《儿童文学·经典》2020 年第 12 期

叶建强　《青风谷有风青羊》《中国校园文学》2020 年第 10 期

小河丁丁　《香樟》《中国校园文学》 2020 年第 1 期

《雪》《读友·清雅版》2020 年第 3 期

《龙船鼓手》等 2 篇　《少年文艺》(江苏) 2020 年第 6 期、第 7—8 期合刊

　　　　　《施老师》《儿童文学·故事》2020年第4期

　　　　　《福生和花花》等2篇　《儿童时代》2020年第3、5期

　　　　　《千分之一的长征》《青海湖》2020年第6期

　　　　　《给大告告拜年》《2019年浙江儿童文学作品精选》　浙江少年

　　　　儿童出版社2020年10月版

　　　　　《百里挑一的小豹子》《2019年中国年度儿童文学》　漓江出版

　　　　社2020年1月版

　　　　　《永远在耳边》《儿童文学·选萃》2020年第7期

毛芦芦　《秋红·秋黄》《文学少年》2020年第1期

刘　滢　《阿罗穆亚狂想曲》《儿童时代》2020年第7期

　　　　　《三窗记》《儿童文学·经典》2020年第7期

　　　　　《花港之夏》《中国中学生报》2020年6月16日

　　　　　《山雪》《儿童时代》2020年第12期

梅　瑜　《给一座小岛写信》《东方少年·快乐文学》2020年第6期

　　　　　《一张旧门票》《东方少年·快乐文学》2020年第9期

　　　　　《小意思》《小溪流·初中版》2020年第10期

谢丙其　《你是一头驴》《江河文学》2020年第6期

吴洲星　《草生》《2019年中国儿童文学精选·小说卷·我在老街等你》

　　　　希望出版社2020年5月版

吴新星　《银项圈》《2019年中国儿童文学精选·小说卷·我在老街等你》

　　　　希望出版社2020年5月版

诗歌

小河丁丁　《献给月亮的珍珠》《儿童文学·故事》2020年第3期

　　　　　《桂花糖》《儿童文学·经典》2020年第8期

　　　　　《金色的月亮》《文学少年》2020年第6期

　　　　　《白骏马》(外一首)　《2019年中国儿童文学精选·散文等卷·

　　　　会走路的歌》　希望出版社2020年5月版

刘　滢　《怪物图》《十月·少年文学》2020年第9期

林杰荣　《春天到了,一切又活过来了》《中国校园文学》2020年第6期

《月光下》(组诗) 《儿童文学·经典》2020 年第 10 期

《住在春天里》(外一首) 《小溪流》2020 年第 3 期

《嘘,小声说》(组诗) 《漫画周刊》2020 年第 12 期

《绿芽》《东方少年》2020 年第 11 期

《稻子熟了》(外一首) 《小溪流》2020 年第 11 期

《颜色的秘密》(组诗) 《2019 年浙江儿童文学作品精选》 浙江少年儿童出版社 2020 年 10 月版

寓言

张一成 《爱写错别字的铅笔头》 《优秀童话世界》2020 年第 4 期

《长绳子和短绳子》 《天天爱学习》2020 年第 13 期

《蛤蟆的时间机器》 《2019 年浙江儿童文学作品精选》 浙江少年儿童出版社 2020 年 10 月版

谢丙其 《阿懒公等月光》 《优秀童话世界》2020 年第 1—2 期合刊

《小熊学医》(外一篇) 《童话寓言》2020 年第 2 期

《乌龟的眼光》 《漫画周刊·魔术老虎》2020 年第 7 期

《牛有什么了不起》 《杂文月刊·原创版》2020 年第 11 期

《武松斗牯牛》 《2019 年浙江儿童文学作品精选》 浙江少年儿童出版社 2020 年 10 月版

谢尚江 《寓言一组》 《2019 年浙江儿童文学作品精选》 浙江少年儿童出版社 2020 年 10 月版

梁临芳 《老鼠和禁令》 《童话寓言》2020 年第 1 期

张鹤鸣 林翔仪 《玫瑰劫》 《童话寓言》2020 年第 1—5 期连载

散文

虞 燕 《米缸捂青桔》 《小溪流》2020 年第 9 期

《有广播相伴的旧时光》 《东方少年》2020 年第 10 期

小河丁丁 《青大王》 《少年文艺》(江苏)2020 年第 4 期

《小姑住在大山里》 《少年文艺》(上海)2020 年第 8 期

《在天台上吹蒲公英》 《文汇报》2020 年 3 月 30 日

《吪》 《2019 年儿童文学选粹》 北岳文艺出版社 2020 年 1 月

版 《2019年中国儿童文学精选·散文等卷·会走路的歌》 希望出版社2020年5月版

毛芦芦 《春花儿》 《小星星》初中版2020年3月增刊

《飞蓬入我怀》(外一篇) 《少年文艺》(上海)2020年第12期

《合影》 《2019年中国儿童文学精选·散文等卷·会走路的歌》 希望出版社2020年5月版

汪芦川 《感谢你带我的灵魂去游牧》 《江南》2020年增刊

《心上的树》 《2019年中国儿童文学精选·散文等卷·会走路的歌》 希望出版社2020年5月版

刘　滢 《天堂的调色板》 《儿童文学·荟萃》2020年第9期

谢丙其 《那年中考》 《钱江晚报》2020年6月29日

《神灯现 名士出》 《文学月报》(香港)2020年第6期

巩春林 《吹葫芦丝的男孩》 《2019年中国儿童文学精选·散文等卷·会走路的歌》 希望出版社2020年5月版

赵　霞 《摇晃的世界》 《2019年中国儿童文学精选·散文等卷·会走路的歌》 希望出版社2020年5月版

孙建江 《诗人和他家的狗狗成员》 《文学报》2020年11月19日

《深秋的午后——任溶溶先生译稿逾半个世纪"失而复得"小记》 《人民政协报》2020年10月19日

《克雷洛夫寓言·序》 《克雷洛夫寓言》(任溶溶译) 浙江少年儿童出版社2020年10月版

幼儿文学

刘　滢 《樱花小广播》(童话)等3篇 《少儿画王》2020年第3、10、12期

《花哨的乌鸦》(童话) 《红树林·童趣画报》2020年第3期

《孔夫子搬》(童话) 《妞妞仔仔》2020年第4期

《棒棒糖旋风》(童话) 《语文报》2020年5月15日

《小蓝鲸爱比赛》(童话) 《幼儿画报·课堂》2020年第9期

梅　瑜 《老鼠嫁女》(童话)等2篇 《小星星·低年级版》2020年第1期

《云朵幼儿园》(童话)等2篇 《小青蛙报》2020年第2期

《星星管理员》(童话)等 2 篇　《儿童文学·绘本》2020 年第 2、12 期

《荷叶后面的世界》(童话)　《大灰狼》2020 年第 7 期

《阿阿熊的故事》(童话)　《阿阿熊》2020 年第 1—12 期

林杰荣　《风娃娃》(儿歌)等 9 首　《漫画周刊》2020 年 6 月

《志愿者》(儿歌)等 3 首　《河南幼教》2020 年第 10 期

梁临芳　《剪窗花》等 4 首(儿歌)　《婴儿画报》(0—4)(红版)2020 年 1 月、6 月、8 月、10 月

《藏猫猫》(儿歌)　《幼儿画报》(3—7)2020 年 12 月号

《蚂蚁坐飞机》等 4 首(儿歌)　《小青蛙报》2020 年 1 月 A、2 月 C、4 月 D、8 月 A

《小风铃》等 2 首(儿歌)　《娃娃画报》(3—6)(快乐园·蓝精灵)(上半月刊)2020 年 7—8 月合刊、10 月号

《奶奶和孙孙》(儿歌)　《儿童时代》2020 年 1 月(2019 年增刊)

《晒太阳》(儿歌)　《上海托幼》2020 年 12 月号

《洗衣裳》等 2 首(儿歌)　《小学生世界》(低年级版)2020 年 4 月号、7 月号

《你在我心中》等 2 首(儿歌)　《语文报》(二年级)2020 年 1—4 月特刊、10 月号

《公鸡喔喔啼》(儿歌)　《蜜蜂报》(低年级版)2020 年 10 月号

《大雪人》等 8 首(儿歌)　《小学生学习报》(低年级版)2020 年 1 月 9 日、1 月 16 日、4 月 9 日、4 月 16 日、9 月 9 日、9 月 16 日、10 月 1 日、12 月 10 日

《小老鼠读书》等 48 首(儿歌)　《中华日报》(泰国)(教与学专版)2020 年 4 月 18 日、7 月 11 日、10 月 10 日

《全家齐上阵》(儿歌)　《教学月刊》(特刊)2020 年 3 月 2 日

《打电话》等 20 首(儿歌)　《巴渝儿歌报》2020 年第 1—12 期

翻译

徐　洁　《一只叫海盗的猫》(小说)　《十月·少年文学》2020 年第 3 期

纪实文学

胡万川　《爱和勇气铸就的力量(上)》《儿童文学·经典》2020年第6期

　　　　《爱和勇气铸就的力量(下)》《儿童文学·经典》2020年第7期

理论部分

钱淑英　《日常幻想中的世俗情味与童年奇景——论小河丁丁幻想小说的创
　　　　作风格及其本土化特质》《浙江师范大学学报》(社会科学版)
　　　　2020年第6期

　　　　《儿童的成长之痛》《中国出版传媒商报》2020年1月7日

　　　　《成长路上的恐惧、孤独与罪恶》《文艺报》2020年3月13日

　　　　《作家写作重返童年的意义何在?》《中国出版传媒商报》2020年
　　　　9月17日

　　　　《小小孩的快乐与烦忧》《小啦》　海燕出版社2020年10月版

　　　　《念念不忘,必有回响》《绿珍珠》　浙江少年儿童出版社2020年
　　　　11月版

常　立　《唤醒几代人的童年记忆》《中国教育报》2020年5月27日

　　　　《创作一部纸上儿童剧,会遇到什么难题?》《中国出版传媒商报》
　　　　2020年3月20日

　　　　《乔伊斯·西德曼:她用诗歌吟唱艺术和科学》《新京报·书评周
　　　　刊》2020年1月3日

　　　　《接纳力:理解、认同与融合》《山东商报》2020年9月5日

　　　　《一棵树对人意味着什么》等3篇　《北京晚报》2020年3月12
　　　　日、9月25日、11月20日

黄晨屿　《自我确认的象征,是找到"合适的衣服"》《萌》2020年第1期

　　　　《〈象脚鼓〉书评:寂静的"交响乐"》《十月·少年文学》2020年
　　　　第5期

　　　　《〈我小时候〉:童年视角下的本"真"书写》《文艺报》2020年8
　　　　月14日

　　　　《〈爱跳舞的小黄猪〉:特立独行,有何不可?》《萌》2020年第8期

　　　　《〈每个人都是挖呀挖的孩子〉:向"小"处的挖掘》《文学报》2020

年 9 月 3 日

胡丽娜　《中国儿童文学史编撰的历史与问题》　《浙江师范大学学报》(社
　　　　会科学版)2020 年第 4 期　《高等学校文科学报文摘》2020 年第 6
　　　　期学术卡片
　　　　《一次文学地理的"背井离乡"》　《出版人》2020 年第 4 期

吴其南　《成人作家和儿童诗》　《文艺报》2020 年 9 月 11 日
　　　　《为什么"抒发"不是儿童诗的主要表现方式》　《文艺报》2020 年
　　　　11 月 11 日
　　　　《寓言和寓言性》　《中国寓言研究(第二辑)》　浙江少年儿童出版
　　　　社 2020 年 11 月版

齐童巍　《融媒体时代数字化交互叙事研究动态探析》　《中国出版》2020
　　　　年第 8 期
　　　　《儿童图画书图像的空间类型论析》　《装饰》2020 年第 2 期
　　　　《从〈无敌破坏王 2〉看网络时代的人文情怀》　《杭州电子科技大学
　　　　学报》(社会科学版)　2020 年第 2 期
　　　　《非虚构写作与中国儿童文学》　《中国社会科学报》2020 年 4 月
　　　　10 日
　　　　《空间形式与孙建江寓言的文学特征》　《文学报》2020 年 12 月
　　　　31 日

徐　洁　《童年困境的另一种打开方式》　《中国出版传媒商报》2020 年 3
　　　　月 31 日
　　　　《返璞归真,构筑心灵的乡土世界》　《中国出版传媒商报》2020 年
　　　　6 月 2 日

方卫平　《与〈儿童文学选刊〉一同走过》　《儿童文学选刊》2020 年第 1 期

方卫平　赵　霞　《远行精神与家园意识——薛涛少年小说论》　《当代作
　　　　　　　　家评论》2020 年第 2 期

赵　霞　《我所知道的世界童书"第一馆"》　《文艺报》2020 年 1 月 13 日
　　　　《阿利埃斯儿童史研究的遗产:现代童年观内在悖论深思》　《学前
　　　　教育研究》2020 年第 8 期

凯伦·科茨　赵　霞　《"不同寻常"的意义——关于西方儿童文学创作与
　　　　　　　　　　批评新趋向的对话》《文艺报》2020年7月10日
孙建江　《湘女的边地书写》《文学报》2020年9月3日
　　　　《任溶溶：把童书翻译当成终身事业》《中国新闻出版广电报》
　　　　2020年8月17日
　　　　《〈麻柳溪边芭茅花〉：让儿童文学听从内心的召唤》《中华读书
　　　　报》2020年11月18日
　　　　《沈石溪式的"动物小说"》《出版人》2020年第12期

三、补遗

吴洲星　《弄堂里的梅朵》(长篇小说)　浙江少年儿童出版社2019年12
　　　　月版
　　　　《摇啊摇,摇到外婆桥》(长篇小说)　浙江少年儿童出版社2019年
　　　　12月版
小河丁丁　《蓑羽鹤之歌》(长篇童话)　浙江少年儿童出版社2019年12
　　　　　月版
　　　　《白骏马》(小说集)　黑龙江少年儿童出版社2019年12月版
李建树　《五美图》(短篇小说集)　广西师范大学出版社2019年12月版

外国文学研究的当代生命力
——2020 年浙江外国文学译介与研究述评

| 杨海英 | 天　竹 |

　　浙江的外国文学学者承袭浙江外国文学翻译与研究的优秀传统,在文明互鉴、洋为中用等方面，努力发掘外国文学经典的当代生命力，为新时代外国文学翻译和研究作出了积极的贡献，不断在外国文学译介和研究领域取得骄人的成就。据不完全统计，2020 年，浙江省外国文学学者出版学术专著和编著二十多部，译著二十多部，发表论文一百多篇。

一

　　近十年来，浙江省外国文学学者承担了九项国家人文社科最高级别的科研项目——国家社科基金重大招标项目，这在国内是绝无仅有的。目前，这些研究成果开始陆续面世，继 2019 年吴笛教授担任总主编的八卷集《外国文学经典生成与传播研究》之后，2020 年值得庆贺的是又一项国家社科基金重大招标项目的最终成果面世，这就是聂珍钊教授和苏晖教授任总主编的五卷集系列学术专著《文学伦理学批评研究》，由北京大学出版社出版。该成果是浙江大学聂珍钊教授任首席专家的国家社科基金重大项目"文学伦理学批评：理论建构与批评实践研究"的最终成果，也是中国特色文学理论建构的里程碑之作，由中国学者建构，在中国本土产生，基于中国现实，具有国际视野，形成了自洽的理论体系，展现了强大的实践效力。

文学伦理学批评作为中国学者独创的批评理论，以其原创性、时代性和民族性特征，成功构建了具有中国特色和中国风格的理论体系和话语体系，建立了中国特色的文学研究范式。系列专著共分五卷，计二百四十余万字，现将各卷大致内容简介如下。

第一卷《文学伦理学批评理论研究》着眼于文学伦理学批评的理论研究。该卷拓展和深化了文学伦理学批评的理论体系，系统梳理了文学伦理学批评理论的发生和发展过程，拓宽了文学伦理学批评的疆界，并在理论体系上建立一个融伦理学、美学、心理学、语言学、历史学、文化学、人类学、生态学、政治学和叙事学为一体的研究范式。在阐述文学伦理学批评理论的缘起和基本原理的基础上，从跨学科的视域就文学伦理学批评的历史主义特征、文学伦理学批评与美学之间的复杂关系、精神分析伦理批评、后殖民伦理批评、生态伦理批评、叙事学与文学伦理学批评、形式主义伦理批评、存在主义伦理批评、马克思主义伦理批评等方面的问题进行了讨论。

第二卷《美国文学的伦理学批评》从文学伦理学批评的视域重新审视美国文学史，选择其中重要思潮流派的代表性作家作品进行重新解读，包括浪漫主义文学、现实主义文学、成长小说、"迷惘的一代"、南方文学、非裔美国小说、犹太裔美国小说、华裔美国小说以及现代戏剧的二十多部经典作品，通过对这些经典文本进行多层面、多角度的伦理阐释，挖掘其伦理价值和意义，展现作家对于不同历史时期美国社会道德的批判和伦理考问，对于道德秩序和伦理理想的前瞻性的思考和展望。

第三卷《英国文学的伦理学批评》选取从文艺复兴到后现代不同时期的英国文学经典作家作品为研究对象，以文学伦理学批评为主，结合跨学科研究方法，系统深入阐释了英国文学针对特定文化审美现象或社会政治经济事件进行伦理道德批判的功能与策略。该卷对英国文学伦理问题的阐释分为微观与宏观两个层面，即不仅关注英国文学文本内部的伦理问题，还聚焦作品所产生时代英国社会普遍存在的伦理问题。本卷认为从早期的《贝奥武甫》到近年英国文学的新人新作，英国文学伦理道德思辨的传统从未改变。

第四卷《日本文学的伦理学批评》将日本文学代表性流派和代表性作家作品纳入文学伦理学批评实践范围，立足于文学在本质上是关于伦理的艺术这一文学伦理学批评的基本主张，梳理和论述了日本从古至今各个时期的伦理环境、伦理教育、伦理意识和伦理内涵及其整体上与文学产生、文学阅读的关系，阐明了对日本文学进行文学伦理学批评在学术和学理上的可能性；并从大量的第一手资料入手，立足于具体的文本，在日本文学丰厚的先行研究的基础上，重新审视和发现日本文学新的特质以及思想艺术价值。

第五卷《中国文学的伦理学批评》从中国文学发展史中选出部分具有代表性的文学流派及作家作品为重点研究对象，通过对中国文学中所描写的各种伦理现象和道德现象的研究，探讨创作者的伦理关切、道德意识与道德价值取向。该卷通过对中国文学的伦理学批评的研究，对文学伦理学批评及其运用于中国文学的性质与特点做了具体的阐发，进一步验证了文学伦理学批评的普遍有效性，将有助于推动中国文学的伦理学批评实践的发展。

二

飞白新著《罗伯特·勃朗宁诗歌批评本》精选诗人近二十首

代表性作品，提供双语对照，为每篇诗作提供注释，评述其中有特色的可读性较强的诗歌，以帮助读者从各个角度深入理解诗人的创作特色和价值。罗伯特·勃朗宁与丁尼生齐名，是维多利亚时代的两大诗人之一。他以精细入微的心理探索而独步诗坛，对20世纪英美诗歌产生了重要影响。中译文优美动人，注释、评析详细且有一定深度，是读者了解勃朗宁诗歌艺术和价值的窗口。

沈念驹先生笔耕不辍，每年都有译著出版。沈念驹翻译的俄罗斯著名儿童文学作家比安基的代表作《森林报》在国内图书市场一直畅销不衰。该书以森林里一年四季动植物的千姿百态与自然景象为内容向小读者介绍大自然的奇妙，激发其热爱自然、探索自然的兴趣与热情。《森林报》在俄罗斯一版再版，历久弥新，在中国也盛况不减。2020年福建少年儿童出版社出版的五大本《大自然里的故事》，其中两本——《草尖上的老鼠》和《洞穴里的狼》由沈念驹领衔翻译。《草尖上的老鼠》系比安基的又一部以动物为题材的儿童故事，全书由俄罗斯著名画家茨冈诺夫为其配制大幅彩色绘画，图文并茂。《洞穴里的狼》系俄罗斯又一著名儿童文学作家爱·希姆的力作，亦由茨冈诺夫为其配画。沈念驹通过精湛的译文把陌生的自然风景和美好的生命故事带到读者面前。

陈才宇教授的译著《亚瑟王的故事》（节选）被收入《世界经典神话与传说故事》中，再次彰显了经典作品的永恒魅力。此外，他还参与了《企鹅经典：小彩虹》第二辑中的《独立》的翻译，他所译的部分选自夏洛蒂·勃朗特的《维莱特》。以《简·爱》闻名于世的英国女作家夏洛蒂·勃朗特于1853年创作完成的《维莱特》根据其本人经历写成。《企鹅经典：小彩虹》第二辑精选八位世界文学大家的一本或多本作品的片段，聚焦其人生经历，探讨其复杂的人生体验。

王之光是一位英译汉和汉译英都能驾驭的翻译家，他翻译的经典名著《小妇人》和《物种起源》几乎每年都有再版，他的汉译英作品更是为促进对外文化传播起到了积极作用。由他牵头完成翻译的《风化成典：西藏文史故事十五讲》在 2019 年年底出版，将西藏波澜壮阔的历史呈现在世人面前。

郭国良教授是一位多产的翻译家，2020 年他负责主编"丝路夜谭"译丛，丛书共八本，包括《太阳、月亮与星星：菲律宾民间故事》《众神与英雄：印度神话》《美女与野兽：南非童话》《玫瑰与胡须：伊拉克民间故事》《金色少女：亚美尼亚民间故事》《小鹿王子：土耳其、罗马尼亚童话》《海王与智慧的瓦西里萨：俄罗斯民间故事》《十二月之神：捷克斯洛伐克民间故事》。该译丛收录的神话、传说、童话既注重意义内涵，也彰显艺术价值。郭国良教授编著的《中华翻译家代表性译文库：叶君健卷》为"中华译学馆·中华翻译家代表性译文库"之一。全书收录了著名翻译家叶君健的代表性译文。全书包括三大部分：导言、代表性译文和译事年表。导言包含叶君健生平介绍、叶君健翻译思想、叶君健研究、选择代表性译文的原因、对所选译文的介绍与批评等。其中代表性译文包括《阿伽门农王》《乔婉娜》《安徒生童话》《一个孩子的宴会》《朱童和朱重》《豆蔻镇的居民和强盗》《拉比齐出走记》等，既包含他有名的译作《安徒生童话》和其他童话，也包括他早期的戏剧译作等，涵盖十分全面，较为综合地体现了叶君健的翻译思想和翻译风格。郭国良翻译的《柠檬桌子》是英国文坛三巨头之一朱利安·巴恩斯关于人生暮年真相的短篇小说集。其中的十一个短篇记录漫长岁月中人心的变迁，在衰老和死亡中探究人生的价值，淋漓尽致地展现了变老的每一种可能，在时间被缓慢榨尽的故事中，展现生命的真实。

李莉的译著《青春复返》是苏联作家左琴科创作的一部讽刺

小说，讲述的是一位五十三岁的老者如何返老还童的故事。小说通过感性描写与理性分析，探讨了世人关心的一大问题：如何才能青春复返。左琴科在精神、心理方面独特的见解，诱人的"青春复返"的科学畅想，使得该书面世后在文学界和医学界引起巨大反响，高尔基、巴甫洛夫大加赞赏。

许志强的译著《文化和价值：维特根斯坦笔记》汇集了从1914年至1951年间维特根斯坦随手所写的笔记。这些段落贯穿作者一生，虽然大多只是寥寥数语，却内容丰富，涉及哲学、宗教、历史、科学、教育、心理学、逻辑学、语言学、美学、艺术、音乐、道德等众多领域。2020年浙江大学出版社出版的这部修订本，许志强参照英译本重新润色修改了译文，并且把前后译本的不同之处以脚注形式列了出来，还撰写了序言，对这本书的几个版本做了详细说明，还对照了德文和英文的译文。《文化和价值》译文精练、准确，素质极高。

王永教授主编的《俄罗斯文学的多元视角（第2辑）》为"现当代俄罗斯文学跨学科研究"国际会议的论文集，精选三十余篇优秀文章，充分展示国内外学者从哲学、文化学、语言学、文艺学、翻译学等视角研究现当代俄罗斯文学的成果。

王胜群用日文撰写的专著《女性作家的文学书写与自我表象：田村俊子和张爱玲》以近年来在中、日学界颇受关注的两位女性作家张爱玲和田村俊子作为考察对象，围绕"自我表象"和"文学书写"这两个核心主题展开系统的比较研究。全书分为三个部分。第一部分聚焦"自我表象"，回溯了两位女作家各自置身的历史语境，富有洞见地阐明了她们如何反向地迎合和借助同时代媒体对女作家的视觉宣传，积极地构建自身的主体身份和话语权，从而生动地还原出两位女作家复杂而立体的本来面貌。第二、三部分关注"文学书写"，从空间、身体、记忆等不同理论侧面出发，细致入微地考察了张爱玲和田村俊子作品中的女性形象、身体叙事、空间表征以及两性关系等主题，在立足于文本的同时，也尝试对女性主义文学批评的诸多定论提出质疑和挑战，为中日比较文学、女性文学等研究领域提供了全新的视角。

蔡海燕所著的五十多万字的学术专著《"道德的见证者"：奥登诗学研究》，由中国社会科学出版社出版。蔡海燕博士不仅获得国家社科基金和教育部的"奥登诗歌研究"的项目立项，而且还与马鸣谦合作翻译了两部奥登的诗集，由上海译文出版社出版。这部专著基于翻译和文本感悟，是她有关奥登研究的总结性成果，对于我国的英国诗歌研究而言，具有重要的参照意义。

三

2020 年，浙江省学者发表的外国文学学术论文，既专注于研究者一直从事的领域，又将视野投向高速发展的时代和身边的现实；既重视理论的创新与构建，又积极参与跨学科跨文化的研究实践。

蒋承勇教授近年来的学术研究呈井喷之势，2020 年在多家权威刊物发表高质量论文达七篇之多。他在《从"镜"到"灯"到"屏"：颠覆抑或融合？》中指出，作为西方文学理论之基石的"摹仿说"，形成于古希腊。"摹仿说"认定只有外部现实世界才是艺术的绝对本源和终极本体，即艺术的本质是对外部世界的摹仿。因柏拉图在《理想国》中将艺术的摹仿喻为"镜子"，"摹仿说"又被称为"镜子说"。"文学就是对现实生活的摹仿，这种摹仿以揭示普遍性的本质为宗旨"的文学本体论理论在亚里士多德手中臻于成熟后，一直延续到 19 世纪并在现实主义文学思潮中达到顶峰，主导西方文坛两千多年。

《跨学科互涉与文学研究方法创新》一文认为，文学研究的本质属性除了审美意义上的"文学性"之外，还包括学科知识的包容性与统摄性。文学研究要坚守审美意义上的"文学性"，但不应因此囿于审美性的规设而无视文学与其他学科之间存在的"学科间性"，拒斥多学科互涉与对话。文学研究不仅永远离不开学科间性基础上的跨学科互涉与对话，而且这种跨学科乃至"超学科"研究的不断提升、拓展与深化，正是"网络化—全球化"时代中外文学研究观念与方法创新的一种重要途径。

《震惊：西方现代文学审美机制的生成——以自然主义、现代主义为中心的考察》一文强调，在西方传统的审美机制中，教化是通过输出愉悦的文本策略达成的；直接发端于自然主义文本常有的那种冷峻、粗犷与狞厉，西方现代作家义无反顾地诉诸文本的震惊效应。震惊召唤审丑，后者使西方现代文学与"纯粹的美"发生断裂，文学不再是对现实的反映，而是反应；不再是情感的抒发，而是理解。震惊不再直接提供观念化的真理或意义，而是导入体验并由此开启反思，使启示成为可能。就西方文学审美机制从愉悦向震惊之现代转换而言，现代主义显然是对自然主义的继承和发展。

《象征主义在中国的百年传播反思》一文梳理了法国象征主义在中国的百年传播历程。"五四"前后中国学界对象征主义介绍和评论非常热心，但都比较粗疏乃至有不少谬误。20世纪30至40年代，诗人和批评家从象征主义中抽离出了美学精神，并使它与中国传统的意境美学结合起来，这产生了梁宗岱的象征主义诗学，也成就了戴望舒、卞之琳等现代派诗人。20世纪50至70年代中期，象征主义在大陆的传播显得滞缓，中国台湾现代诗人推动了它与中国意境理论的结合。新时期大陆的象征主义译介和研究开始复兴，但仍需在两方面予以拓展，一方面是改单方向的影响研究为双方或者多方的影响和交流研究；另一方面是深化对作为文学思潮的象征主义的研究，将法国象征主义与当时的美学、哲学、政治结合起来。

聂珍钊教授创立的文学伦理学批评理论在学界影响日益深远，其发表在《中国社会科学》上的论文《文学伦理学批评的价值选择与理论建构》再次提出，文学伦理学批评是一种从伦理视角认识文学的伦理本质和教诲功能，并在此基础上阅读、理解、分析和阐释文学的批评理论与方法。文学的审美是非功能化的，它主要是通向和实现教诲功能的途径。文学伦理学批评的理论建构体现中国学者提出原创性文学批评理论和方法的努力，对于扩大中国文学理论国际影响力具有积极意义。

人的认知是一个从感知到思维再到文本的过程。论文《论人的认知与意识》阐明，人的任何认知，都需要经过意识确认之后才存在。同计算机系统相比，意识就是认知过程中的显示终端。通过意识的觉察和显示，大脑中的思维才能继续，认知才能进入脑文本阶段。脑文本不是认知的结束，而是认知进入新阶段的开始。

论文《从人类中心主义到人类主体：生态危机解困之路》对人类面临的生态危机进行反思，在蕾切尔·卡逊创作的《寂静的春天》里，可以看出当今世界日趋严重的生态危机是人类自己造成的。但是要解决这个问题只能依靠人类自己，人类需要明确自己的主体身份以及人类作为主体应负的责任。人类虽然不能成为大自然的中心，但是能够对大自然发挥人的主体性作用，从而做出正确的伦理选择，找到生态危机的解困之路。

许钧教授在法国文学翻译与研究领域享有盛誉。《文学的精神引导与开放的写作世界——勒克莱齐奥访谈录》是法国文学译者与原作者就文学之精神世界与写作的诗意历险所展开的思想对话。《少数文学：一个生成的概念》一文厘清"少数文学"是世界文学视角下对文学关系的重要论述。在 20 世纪 60 至 80 年代，"少数文学"的出现、概念化与再次概念化是牵动法国文学翻译、哲学与文学批评的知识事件。以同时代的翻译、哲学与批评文本为参照，对"少数文学"的生成与流变进行语境化的考察可以发现，"少数文学"经历了从想法到概念、再从概念到实践的生成过程。这个概念不仅是德勒兹与瓜塔里对结构和精神分析反思的交会点，也是两人在文本中寻求概念层面突破的典型案例。溯源"少数文学"的概念，不仅能透视法国知识界对文本问题的持续关注，也能为后殖民主义视角下探讨文学关系提供有益的借鉴。

殷企平教授多年来一直保持着高效、高质、高产的论文发表节奏，体现了他对英国文学恒久的研究热情。他在《文化批评的来龙去脉》中提出，文化批评，即针对"文明"弊端的批评活动。它反对"分离"，抗拒异化，关注人类社会的整体性与和谐性。对整体性／和谐性的诉求离不开想象力，而文学是最具想象力的学科。因此，文化批评的手段尽管是跨学科、多学科和超学科的，却需要以文学为中心，否则有可能流于肤浅。桑塔格 1965年曾提出，当代文化批评已经不以文学作品作为典范，但是时隔三十年之后，她对此有过反思。从她的反思中，我们可以瞥见文化批评的走向：它仍将沿着阿诺德等人划定的路线前行。

论文《文化的物质性——哈代小说中的哥特式建筑》从跨学科的研究角度，对哈代小说重新解读。文章认为，哈代小说中的哥特式建筑，是其精心设计并赋予情感思想、人文精神、审美意义的意象，它除了反映维多利亚时代蓬勃发展的哥特式社会复兴，还反映了复兴背后哈代与罗斯金等维多利亚人文主义者对 19世纪英国社会转型时期物质与心灵相分离的焦虑。该文结合罗斯金的建筑批评，探讨哈代《无名的裘德》《非常手段》《远离尘器》三部小说中与哥特式建筑相关的修补、坠落、倒置等情节，以及建筑师角色背后所可能包含的历史遗迹毁灭者、牧师等隐性身份。兼有"小说家—建筑师"身份的哈代，从历史、宗教、艺术等方面整体地思考了哥特式建筑所包含的人与物、物与社会的辩证关系，由此揭示了文化观念中物质性的重要意义。

论文《文化观念流变与英国文学典籍研究》指出，文化观念与文学典籍有着不解之缘，互动微妙。因为文学典籍能对文化状况进行细腻、丰满的把握，所以将文化观念的流变与文学典籍相互参照进行研究，更能揭示文化观念演进和文学发展的血肉联系机制。通过对文化观念流变中的英国文学典籍进行研究，我们能看到文化史和文学史的新内涵。

阮炜、殷企平教授对中国外语教育的现状和前景表达了深切的学人关怀。《英语教育中的人文性研究》一文以对谈的形式主要阐述了两位学者对人文教育实质的理解，探讨了英语教育的内涵和实现途径，剖析了"工具性"外语教学观的局限性。谈话既有历史的追溯和统观，又充满对现实的考量，最终落脚到英语学习是技能性和人文性的有机统一体，以不变应万变，才能达到英文教育所谓的"理想境界"。

范捷平教授在德语文学研究方面成就卓著。《图像书写与图像描写——论罗伯特·瓦尔泽的图像诗学》一文是他对罗伯特·瓦尔泽诗学研究的进一步开拓，以罗伯特·瓦尔泽的图像、图像性小品文为例进行思考：文学图像因其非可视性而无法称之为物质意义上的图像，但在古希腊摹仿理论意义上可称想象图像。根据波姆图像学理论，图像是物质对象的重现，而重现则必定是"作为图像的重新呈现"。图像所展现的不仅仅是被呈现的物，而且同时是对物作为物本质的解读。在图像中被呈现了的对象，其本质具有符号特征，并可作为符号得以解读。若图像是物的呈现物，作为文字艺术的文学是否有可能成为书写图像的呈现物？继而是否有可能对文学图像进行反思和描写？

另一篇论文《罗伯特·瓦尔泽〈强盗〉小说手稿中"Eros"情结》阐述在《强盗》小说手稿中，罗伯特·瓦尔泽通过无目的性的隐性书写方式揭示其"Eros"情结，瓦尔特·本雅明把这种情结部分归结于瓦尔泽瑞士农夫式的羞语症。借用列维纳斯"绝对他者"学说中的"Eros"和"女性"理论，可以解读《强盗》文本中"强盗"裸露、羞涩、暧昧和掩饰的悖论叙述方式，并从瓦尔泽喋喋不休的叙述曲调中进一步解读本雅明对瓦尔泽作品提出的"至爱源泉"问题。

谭惠娟教授和梅风博士合著的论文《非洲反殖民传统的灯塔：埃塞俄比亚文化诸相略论》主要关注埃塞俄比亚文化艺术的渊源和影响。埃塞俄比亚独特的历史地位使它成为非洲人民心目中的一座文化丰碑和一面精神旗帜。埃塞俄比亚的艺术是本土艺术与宗教艺术的结合、非洲传统工艺和欧洲现代工艺的结合。以"埃塞俄比亚之风"为代表的非洲音乐元素是美国非裔文学乃至整个欧美现代主义文学之中回荡的一种旋律，对它们的主题思想和艺术形式都产生了深刻影响。

高奋教授的论文《华莱士·史蒂文斯诗歌中的中国禅意》将中国禅宗画与美国诗人华莱士·史蒂文斯的诗歌《雪人》《六幅有意味的风景画》等进行对比研究，在以实证方式阐明美国诗人与中国禅宗画的关系的基础上，进一步揭示美国诗人的诗歌体现了中国禅宗的哪些核心理念。

傅守祥教授在《文明互鉴视域中的文化误读探微》一文中指出，跨文化交流中，客观的文化差异形成了各种形式的文化"误读"，而各类主体的盲点、偏见甚至敌意则加剧了"理解的变异"。从思想生成的正向博弈与文化传播的文化增殖角度说，正读、反读抑或误读都有价值；特别是在文明史上，有不少文学艺术经典在外传过程中所经历的"创造性"误读，不仅没有扭曲反而丰富了其"现实生命"，完成了一种意料之外的文化之根的漂移与嫁接，如寒山诗在欧美的文化旅行与经典化、流散文学的文化间性特征与文化融通可能、迪士尼系列电影《花木兰》误读善缘与恶果等。后新冠时代或许是前争端时代，疫情带给人类社会的撕裂远比人们想象的严重，国与国之间的信任和协作大幅减少，敌意式误读助推文明冲突到达高潮，人文奇缘被迫蛰伏待机。祈盼人们恢复理性，以开放心态在跨文化碰撞中促进"和而不同"。

原载《学术界》的论文《论大数据时代的互联网文明与文化生成》被人大复印资料《文化研究》全文转载，该文就互联网对文明和文化生成的影响提出反思，互联网引领的新媒体从根本上改变了信息的生产与传播方式，日益深刻地改变了人们的生产与生活方式、思维与变革能力。对于文化传播中的文化增殖与后真相虐生，既要重视常态下的意义衍生和价值创新，又要正视互联网中的主体从"想象的共同体"到"偏见共同体"与"行动共同体"的三级跳；尽快实现从后真相到后共识、后秩序的转变，用"意见博弈的正和思维"代替"零和斗争思维"，用创新性思维开创互联网文明的新格局。

朱文斌教授持续致力于中国海外华文文学学术史研究，《中国东南亚华文文学研究四十年》一文聚焦东南亚华文文学研究在中国大陆学术界起步至今的四十年历程，对学界在东南亚华文文学研究中发表的论文、撰写的专著、创办的期刊平台等现有成绩进行观照，分析不同研究阶段的特点、趋势及问题，并对研究范式的转型和学术生长点进行思考与探讨。

论文《新移民文学研究现状及学术空间考察》将新移民文学

研究分成三个阶段进行观察和分析，勾勒出中国大陆新移民文学研究的学术历程。结合中国大陆新移民文学研究现状的梳理，还对新移民文学研究的学术空间进行考察，归纳和总结了当前新移民文学研究的特点、不足及发展建议。

吴笛教授在英语文学和俄语文学研究方面均有建树，2020年他主持完成的国家社科基金重点项目"俄罗斯小说发展史"以优秀等级结项。《古罗斯的终结：17世纪俄罗斯文学的历史性转型》是其系列成果之一，该文就俄罗斯文学在17世纪的富有历史意义的文化转型入手，探索古罗斯文学终结的历史特性，认为俄罗斯文学的转型既与俄国社会历史语境以及俄罗斯传统文化密切相关，同时也与世界文学的进程，尤其是西欧文学中的大量世俗性作品在俄国的译介具有一定的关联。正是这两个方面的作用，引发俄罗斯文学创作逐渐背离宗教题材以及反抗异族战争的英雄题材，开始贴近日常生活，并向社会现实题材转变，为其后的俄罗斯近现代文学的发展和繁荣打下了坚实的基础。

论文《西方十四行诗体生成源头探究》通过对西方十四行诗体生成源头的考证性研究，认为流行于世界各国的重要诗体十四行诗体，并非像学界公认的产生于13世纪的意大利，或是由14世纪的文艺复兴诗人彼特拉克所首创，而是产生于公元前的古罗马时代。从文化语境和社会语境以及诗歌形式等几个方面进行考察，古罗马诗人卡图卢斯诗集《歌集》中所出现的十四行诗以及相应的八行诗和六行诗，无论是在形式还是内容方面，都足以证明古罗马诗人卡图卢斯是十四行诗这一重要诗体的首创者。

论文《论卡拉姆津小说中的感伤主义伦理思想》认为18世纪俄国著名作家卡拉姆津具有深邃的感伤主义伦理思想。卡拉姆津感伤主义伦理思想的精神实质，主要包括两个部分：一是坚持以敏锐的思维和"一颗善良的温存的心灵"来抒写人类的苦难和

"人类不幸的历史"，激发人们的宽恕与同情，摆脱人类不幸历史命运这一思想的桎梏，走出伦理困境，获得对自由平等的理想社会的眷恋与向往。二是主张在摆脱伦理困境的同时，力图成为理想的伦理楷模。为了实现这一选择，必须强调公民义务和公民责任，只有服从于社会和国家的利益，才能从根本上走出伦理困境，达到理想的境界，从而赢得社会的尊重和生存的意义。

2020 年，浙江省外国文学学者面对疫情，克服了重重困难，完成了很多高质量的论著，这些新的论著，将在 2021 年陆续推出。

2020 年浙江外国文学著译要目

一、译著

沈念驹　《森林报》([俄]比安基)　人民文学出版社 2020 年 6 月版
　　　　《草尖上的老鼠》([俄]比安基)　福建少年儿童出版社 2020 年 6 月版
　　　　《洞穴里的狼》([俄]爱·希姆)　福建少年儿童出版社 2020 年 6 月版
陈才宇　《亚瑟王的故事》(节选)　《世界经典神话与传说故事》　商务印书馆 2020 年 6 月版
　　　　《独立》([英]夏洛蒂·勃朗特)　《企鹅经典:小彩虹》(第二辑)　中信出版集团 2020 年 12 月版
许志强　《文化和价值:维特根斯坦笔记》(修订本)([奥]路德维希·维特根斯坦)　浙江大学出版社 2020 年 11 月版

李　莉　《青春复返》([苏]左琴科)　四川人民出版社2020年10月版

郭国良　《柠檬桌子》([英]朱利安·巴恩斯)　江苏凤凰文艺出版社2020
年3月版

郭国良　彭真丹　《童年往事》([爱尔兰]罗迪·道尔)　上海译文出版社
2020年12月版

二、专著、编著

聂珍钊　苏晖总主编　《文学伦理学批评研究》(5卷)　北京大学出版社
2020年10月版

聂珍钊　杜鹃主编　《莎士比亚与外国文学研究》　商务印书馆2020年4
月版

郭国良主编　《丝路夜谭》译丛(8卷)　浙江大学出版社2020年8月版

郭国良编　《中华翻译家代表性译文库:叶君健卷》　浙江大学出版社2020
年1月版

王　永主编　《俄罗斯文学的多元视角(第2辑)》　浙江大学出版社2020
年8月版

飞　白　《罗伯特·勃朗宁诗歌批评本》　华东师范大学出版社2020年12
月版

王胜群　《女性作家的文学书写与自我表象:田村俊子和张爱玲》(日文)　中
译出版社2020年1月版

蔡海燕　《"道德的见证者":奥登诗学研究》　中国社会科学出版社2020年
10月版

三、论文

蒋承勇　《从"镜"到"灯"到"屏":颠覆抑或融合?》　《浙江社会科学》2020
年第2期

　　　　《跨学科互涉与文学研究方法创新》　《外国文学研究》2020年第
3期

《互联网技术与文学教育：以"外国文学史"课程为例 》《中外文化与文论》2020 年第 2 期

《与欲望拉开距离》《社会科学报》2020 年 7 月 30 日

蒋承勇　曾繁亭　《震惊：西方现代文学审美机制的生成——以自然主义、现代主义为中心的考察》《文艺研究》2020 年第 2 期

蒋承勇　李国辉　《象征主义在中国的百年传播反思》《社会科学战线》2020 年第 2 期

蒋承勇　赵海虹　《诗意童心的东方文化之旅——安徒生童话之中国百年接受与传播考论》《学术研究》2020 年第 9 期　《社会科学文摘》2020 年第 11 期

聂珍钊　《从人类中心主义到人类主体：生态危机解困之路》《外国文学研究》2020 年第 1 期

《建构中国特色学术理论　引领国际学术话语》《中国社会科学报》2020 年 1 月 10 日

《外国文学学术史研究工程的理论及方法论价值》《外国文学动态研究》2020 年第 3 期

《论语言生成的伦理机制》《上海交通大学学报》(社会科学版) 2020 年第 3 期

《论人的认知与意识》《浙江社会科学》2020 年第 10 期

《文学伦理学批评的价值选择与理论建构》《中国社会科学》2020 年第 10 期

《文学伦理学批评与人性概念的辨析》《名作欣赏》2020 年第 19 期

许　钧　勒克莱齐奥　樊艳梅　《文学的精神引导与开放的写作世界——勒克莱齐奥访谈录》《西北工业大学学报》(社会科学版) 2020 年第 4 期

鹜　龙　许　钧　《少数文学：一个生成的概念》《南京社会科学》2020 年第 11 期

刘云虹　许　钧　《走进翻译家的精神世界——关于加强翻译家研究的对

谈》《外国语》2020年第1期

殷企平　《文化批评的来龙去脉》《英语研究》2020年第2期

殷企平　张　琰　《文化的物质性——哈代小说中的哥特式建筑》《复旦外国语言文学论丛》2020年4月

殷企平　胡　强　《文化观念流变与英国文学典籍研究》《浙江外国语学院学报》2020年第1期

阮　炜　殷企平　《英语教育中的人文性研究》《山东外语教学》2020年第2期

范捷平　《图像书写与图像描写——论罗伯特·瓦尔泽的图像诗学》《德语人文研究》2020年第1期
　　　　《英雄模式以及解构：以席勒〈强盗〉卡尔·莫尔、〈水浒〉强盗和瓦尔泽〈强盗〉小说残篇为例》《英雄—英雄化—英雄主义》研究系列丛书第13卷：《德国和中国的英雄和反英雄：跨文化视野下的英雄化和反英雄化》 德国：巴顿-巴顿出版社2020年7月版
　　　　《真作假时假亦真——德国戏剧对中国的开放性接受研究》《青龙过眼——中德文学交流中的读与误读》 社会科学文献出版社2020年12月版

谭惠娟　梅　风　《非洲反殖民传统的灯塔：埃塞俄比亚文化诸相略论》《浙江大学学报》(人文社会科学版)2020年第1期

何辉斌　*Poetic Justice and Ethical Selection*　《文学跨学科研究》2020年3月
　　　　《谈伊斯特林进化论视野中的主人公的成长》《认知诗学》2020年第7辑

高　奋　《华莱士·史蒂文斯诗歌中的中国禅意》《跨文化对话》2020年第42辑

郭国良　邬倢鸣　《女性写作的非凡时代——2019年布克奖短名单一览》《外国文艺》2020年第1期

郭国良　杜兰兰　《马丁·艾米斯〈莱昂内尔·阿斯博〉中的后现代伦理向度》《当代外国文学》2020年第4期

傅守祥　《文明互鉴视域中的文化误读探微》《文学跨学科研究》2020年

第 4 期

《论大数据时代的互联网文明与文化生成》 《学术界》2020 年第 5 期

《传承好弘扬好新时代北斗精神》 《红旗文稿》2020 年第 16 期

傅守祥 陈奕汝 《疾病世界里的科学认知与活性记忆——新冠疫情中重读〈鼠疫〉的启示》 《中国图书评论》2020 年第 6 期

傅守祥 杨　洋 《现代女性意识的文学发动与两种革命——以〈傲慢与偏见〉〈简·爱〉为例的审视与反思》 《云南大学学报》(社会科学版) 2020 年第 6 期

傅守祥 李慧辉 《文本细读中的莎剧〈李尔王〉之爱德蒙形象探析》 《广西科技师范学院学报》2020 年第 4 期

傅守祥 陈然然 《国殇叙事中的女性创伤书写——以〈金陵十三钗〉与〈南京安魂曲〉为例》 《徐州工程学院学报》(社会科学版) 2020 年第 3 期

傅守祥 陈晓青 《跨媒介文本〈金锁记〉的女性主义探析》 《温州大学学报》(社会科学版) 2020 年第 3 期

傅守祥 宋倩倩 《〈尘埃落定〉:传统藏文化的历史悲歌与现代跨越》 《温州大学学报》(社会科学版) 2020 年第 4 期

朱文斌 岳寒飞 《中国东南亚华文文学研究四十年》 《浙江社会科学》2020 年第 9 期

朱文斌 刘世琴 《新移民文学研究现状及学术空间考察》 《学术月刊》2020 年第 10 期

龙瑜宬 《〈赌徒〉:"诗情"的诱惑与风险》 《外国文学》2020 年第 4 期

蔡海燕 《"道德的见证者":后期奥登的诗歌伦理观》 《国外文学》2020 年第 1 期

张逸旻 《诗歌作为一种展演——论安妮·塞克斯顿对"新批评"的扬弃》 《外国文学评论》2020 年第 3 期

戴运财 应宜文 《中国古代画学文献国际化出版的思考》 《浙江大学学

报》（人文社会科学版）2020年第5期

吴　笛　《古罗斯的终结：17世纪俄罗斯文学的历史性转型》《外国文学研究》2020年第4期

《论卡拉姆津小说中的感伤主义伦理思想》《文学跨学科研究》2020年第1期

《西方十四行诗体生成源头探究》《温州大学学报》（社会科学版）2020年第4期

四、补遗

王之光等　《风化成典：西藏文史故事十五讲》（汉译英）　外文出版社2019年12月版

蒋承勇　《十九世纪现实主义"写实"传统及其当代价值》《中国社会科学》2019年第2期

范捷平　《罗伯特·瓦尔泽〈强盗〉小说手稿中"Eros"情结》《广东外语外贸大学学报》2019年第6期

历史反思、观念寻绎和现实关切
——2020 年浙江文学评论述评

| 刘　忠 |

与纷繁复杂的现实生活、多姿多彩的文学创作相比，文学理论的演进总是缓慢的、沉潜的。抗疫、逆行、重启、复工、复产、复学、内卷、社交距离、乘风破浪等年度热词，似乎与过去一年的文学评论关系不大，文学评论总是和思想、观念、方法联系在一起，经由作家创作、读者阅读而与现实生活相关联，进而有了烟火气息和生命律动。自中国新文学诞生以来，浙江一直是文学、文化大省，文学创作与文学评论并行，涌现了众多作家、评论家，在小说、散文、戏剧、马克思主义美学、现实主义理论、现代诗论、影视文论、文学史研究等方面卓有成就，有的甚至成为标杆，起到引领风向的作用。回顾 2020 年度的浙江文学评论，历史反思、观念寻绎和现实关切，这三个关键词很好地串联起人们的论说对象和言说方式，不断强化话语范型的有效性和影响力。

一

凡是过往，皆为序章。人们前行时，常会回望、反思过往，所谓瞻前顾后，文学评论亦如此。一直以来，文学史研究就担负着回望与前瞻的功能，文学何以发生？文学发展的动力何在？文学的自律与他律机制怎样形成？……如许问题都需要文学史写作与研究来做出回答。吴秀明致力于中国现当代文学史研究多年，编写过多部文学史著作，在中国当代文学史史料整理、历史化等方面多有论述。在《当代文学应该如何进行整体性、复杂性书写——基于"历史化"的一种考察》一文中，他认为，当代文学历史化是建立在对大量的历史性文本合历史、合逻辑的理性判断基础之上，不仅需要做具体切实的知识谱系工作，同时还要对之作立足高远的整体观照和会通融合。而在这方面，整体性、复杂性无疑是其通向幽深层次的两个重要关键词或曰切入点。如何站在史识的高度观照把握"一体"与"异质"相互缠绕的整体历史，在呈现其复杂的同时还历史以应有的澄明，这是研究者的一种责任。只有确立整体深邃的分析框架，并给予化繁为简的清晰解读，才能达到对当代文学史更恰切更深刻的评判和把握。作为整体性、复杂性书写的一种实践，或者说一种主流话语形态，它的存在方式不仅关乎自身肌理，还延及精英文学、大众文学等话语范型。在《主流意识形态文学的发展路径与谱系状态——基于"历史化"的一种考察》一文中，吴秀明认为，主流意识形态文学是国家意志和主体文化的一种体现，它与精英文学、大众文学一起，构成了颇具中国特色的"三元一体"的文学共同体，对整个当代文学产生不可小觑的重要导向作用和影响。就其自身演进轨迹来看，它大致经历了"前三十年"与"后四十年"两个既有逻辑关联又有文学政治化从紧张到松缓的发展阶段。而从具体实践的角度审视，则有"主旋律"提出以降，其理论主张设定与新时代多样化吁求之间存在矛盾这样的情况。它在坚守自己属性的同时，也有一个不断开放及"永远历史化"的问题。《从"启蒙的现代性"到"现代性的启蒙"——精英文学"历史化"的逻辑发展的谱系考察》一文对精英文学"历史化"的逻辑发展与谱系进行考察，试图回答启蒙的未完成性、知识分子自身定位、文学经典的价值衡估和历史选择等问题，因其涉及现代性路径不同、时空确认差异、学科本体的自我认同、与主流文学的共存方式等因素，而呈现出开放、多元的言说姿态。

作为一门专业学科，中国现代文学之"现代"本体定位，不仅仅是白话语体形式，还包蕴有现代思想、文化、人性、审美等理念。这其中，文学理论既是现代文学之一部分，又参与了现代文学自身的观念建构，使得现代文学成其为"自我"。在《文学理论与中国现当代文学研究》一文中，高玉指出，中国现当代文学研究与文学理论是"学科互涉"关系。历史上看，中国现当代文学的发生和发展都与西方文学理论有密切的联系，文学理论对于中国现当代文学研究不仅仅是一种工具，而且是一种理论基础。从学科发展来看，文学理论特别是西方文学理论对中国现当代文学研究格局、视野、范式和具体研究方法均有推动作用。20世纪90年代以来，中国现当代文学研究包括文学批评在应用西方文学理论时的确出现了很多问题，但文学理论对于中国现当代文学研究的价值本身不应该被否定。文学理论是理论家长期探索的结果，很多文学理论对于哲学、历史、文化、政治、心理学、社会学等问题都有着深刻的论述，吸收文学理论特别是西方文学理论的丰富资源以阐释日益复杂的文学现象已经成为中国现当代文学研究的一种内在要求，无视文学理论的现有资源而在学科内部"另起炉灶"或是"闭门造车"研究理论问题是重复劳动和学术浪费，且会流于肤浅。多元并存，吸收借鉴，诚哉斯言。在《由"经典"而"红色经典"》一文中，高玉认为，"经典"一词被泛化使用的现象十分明显，"红色经典"就是泛化的表现之一，这与经典标准的主观性和相对性有必然联系。根据经典的流布范围、内在品质、影响大小、作品类型及接受机制等因素，可以将经典分级。衡量文学经典的标准主要表现在艺术价值、影响力、时间检验和内涵上。作为三级或四级经典的红色经典，其存在具有文学史发展根据。对于红色经典的研究和评价，要从它的思想内容、艺术价值、社会意义和读者接受角度切入，从而客观准确地为其进行经验总结和文学史定位。文学经典的永恒性与流动性时常处于变动状态，社会心理、时代精神、读者素养、文学导向都会影响人们对经典的理解与认定，红色经典即是如此。

众所周知，文学史写作涉及因素众多，作家作品、文学现象、文学运动、文学思潮、评价尺度、研究方法、文学史家的知识结构等等，作为文学活动的中间环节，近年来，报纸期刊、稿费制度、出版机构、文学评奖、组织机构、学术会议、文学教育、阅读推广也引起人们高度关注，它们以一种或隐或现的方式参与到文学史的生产进程中。在《捍卫现代汉语的理性基石——20世纪末以来文学叙事中的语言异化现象反思》一文中，姚晓雷提出语言本体的守护问题。他认为，凭借着比文言文系统更为明白精确的表情状物能力，现代汉语为建构百年中国新文学叙事的丰赡、深邃而理性的艺术大厦提供了适当的工具。但其表意功能也在长期使用中产生了一些扭曲。在一些当代作家的写作中，由于种种原因，其文学语言与所能表达的生活内容、思想内容已经无法匹配。为了哗众取宠或掩饰自己的欠缺，他们开始乞灵于对语言符号的操弄，以至于严重败坏了现代汉语交流思考的理性功能，损伤了其承载信息的能力。相应地，文学叙事的语言也产生异化，主要表现为导向欲望宣泄而非事实和思想深度呈现的"挑逗化"、表意系统过于精密发达而缺乏可表现内容的"空心化"、个人风格由"陌生化"向"自动化"大面积坍塌的"模式化"。进一步捍卫现代汉语的本初功能，是目前文学叙事语言义不容辞的使命。在《如何应对现当代小说原典阅读中的代际经验壁垒》

一文中，姚晓雷关注现当代小说的阅读接受问题，认为由于现当代的历史跨度较长，社会变化剧烈，不同代际的人的生活环境相差很大，当下大学生在阅读一些前人的小说原典时，常会遇到代际经验隔膜的难题。为此，有四种应对策略：多选择那些能和当下大学生读者的价值诉求产生关联的原典，让兴趣成为克服隔膜的助力；多做好背景材料的准备，争取使学生能以想象的方式"虚拟历史现场"，设身处地地感受并理解原典的主题形态和人物情感生成的特殊性；借助由原典派生出的伴随文本，建立更加立体多面的参照—阐释框架，使原典本身的意义特质在多方位逼视下显得更突出；允许学生的创意性阅读甚至误读。

斯炎伟的《中国当代文学会议研究新路径》论述第四次文代会报告的起草难点与焦点，很有历史现场感。文章认为，20 世纪70 年代末，新旧意识形态的迂回交锋与诸多历史遗留问题的悬而未决，令第四次文代会"总结过去"和"展望未来"的工作变得困难重重。尽管此次文代会主题报告起草的牵涉人员之多与行政规格之高实为历次文代会所罕见，但观念的分歧与对象的复杂，使大会报告的起草不仅过程漫长，而且内部矛盾丛生。一些核心问题的争论与角力，既是其时文学艰难转折的外部征候，同时也构成了 20 世纪 80 年代文学发生与演变的内在逻辑。历史写作是宜粗还是宜细，人言人殊，各有千秋。文学史的中间因素研究，对丰富文学史的话语形态无疑有着重要作用。

二

文学教育是一种美的教育，以一种潜滋暗长的方式影响着人们的认知、价值和心理，抚慰着人们的精神世界。杜卫在《论艺术学理论学科与文学、美学学科的关系》一文中，开宗明义，认为学科包括知识体系和学术建制两层含义，前者属学科建设的内涵方面，是后者的学理基础。艺术学学科门类独立后，艺术学理论学科面临知识领域认定和知识体系建构的重要任务。处理好自身与文学、美学的关系，是艺术学理论学科建设的关键问题之一。艺术学理论理应更加注重探寻艺术的特殊性质和规律，注意自身与美学和传统文学理论的区分，但是，文学与其他艺术门类之间有着悠久而深刻的内在联系，而且中外美学理论都把文学归入艺术范畴，这是不容否认的事实。自西方美学引入后，百余年的中国文学艺术研究都与美学有着紧密而深刻的联系。因此，在艺术学学科门类，特别是艺术学理论学科所对应的知识领域中，应当包括文学。艺术学理论学科与文艺学、美学应当是相互包含的关系，应该在与这两个学科的相容关系中寻求建立具有中国特色的学科知识体系。尽管学科意义上的文学与艺术是分界的，在创作实践中却又是相通相融、相携共生的，实难严格区分。在《情感体验：美育的根本特征——当代中国美育基础理论问题研究之四》一文中，杜卫进一步分析美育的发生机制，认为从情感入手对人进行教育，既是席勒美育理论的创造，也是中国古代美育思想的核心观念。美育的基本性质和根本特征就是情感体验，这种以审美为基本性质的情感体验具有超功利性和人文性，亦即"无用之用"。美育的情感体验特征表现为美育的过程性，也就是把过程和目的相统一，在情感体验过程中使受教育者情感得到丰富和提升，以怡情养性本身来"培根铸魂"。当前美育教学改革的重点之一是要解决美育教学过程的"无感"问题，解决之道就是让"以活动为中心"成为美育教学的方法论原则，从而使学生在适合其身心发展特点、具有浓厚审美氛围、趣味盎然的活动中，引发、延续和深化情感体验，促进他们身心健康地成长。事实上，文学教育亦如此，观念的阐释与具体的文本当是相生共存的，阅读、审美、美育从来都是相通的。

马大康的《符号建模与审美创造——兼对"总体符号学"的质疑》一文，视野宏通，专注基础问题研究，试图从符号建模与审美创作的双向关系中找寻文学审美的发生动因，不失为一篇有见地的学术论文。文章认为，皮尔斯以现象学为基础提出"符号三元关系"，西比奥克则从认知科学出发建立"建模系统理论"，超越现象学的制约，把动物的指号过程与人的指号过程相连贯，构建了"总体符号学"。但是，迪利等学者却把"总体符号学"嫁接到皮尔斯"符号三元关系"上，这就造成理论的内在矛盾和谬误。我们的做法是：以皮尔斯的"三元关系"来定义符号活动，采用西比奥克的"建模"观念来描述指号行为的生成过程，并认为人类存在一个从行为建模到语言建模，再到符号建模的发生过程。其中，语言诞生是关键，语言是符号之母，符号是行为建模与语言建模的共同产物。人的世界就是经由行为建模、语言建模及其他符号建模活动共同塑造的。文学艺术的审美世界则是人有意识地运用各式各样的符号重构的世界，其根本性质最终都可以从行为建模与语言建模的博弈关系中得到解释。

文学是有生命和温度的，即使是观念形态的范畴与理论，阐释起来也当是诗意的、葱茏的。在文学的众多构件中，语言是通往自由的重要载体，维特根斯坦说，"我的语言界限就是我的世界界限"。语言不仅是工具，更是一个世界，文学批评就是为这个世界打开"窗户"的行为，一种提供可能性的言说方式。文学批评不是寻找唯一的解读，而是敞开多种阐释。应当说，作为文学实践之一种，文学批评不仅要有丰富的学识、高远的审美旨趣，还涉及标准、尺度、方法论等一系列问题。洪治纲从自身的文学批评活动出发，认为文学批评当有"问题意识"和"整体观"。在《论文学批评的问题意识》《论文学批评的整体观》两篇论文中，洪治纲认为，文学批评之所以常常受人诟病，主要是太多的批评文章缺少必要的问题意识，只是罗列一些所谓的特点，很少从"为什么"角度进行有效的追问。正常的文学批评不应该离开"是什么""为什么"和"怎么样"这三个维度的理性质询，这是批评家将问题意识贯穿始终的审美阐释和艺术评判。问题意识之所以重要，是因为它不仅体现了批评家的主体精神建构，还对文学理论和文学经典的形成有着不可或缺的意义。再则，文学批评要有一种整体观，不能走偏颇阐释、过度阐释之路，既要见树木，更要见森林。对于那些书写重大现实问题的作品，不能动辄就戴上"史诗""巨作""伟大"的帽子；对于那些探索性的写作，亦不应简单地归入"现代性""不确定性""象征性"行列。如何面对纷繁复杂的文学作品、现象、思潮，从中抽丝剥茧，从整体性视野进行定位和评论，实在是一个值得人们深思的话题。

三

克罗齐说，一切历史都是当代史。福柯说，重要的不是话语讲述的时代，而是讲述话语的时代。事实上，文学也是活在当下的，与现实生活、时代发展紧密相关，即使是文学史长河中已经逝去的点点滴滴，也有一个再诠释、再解读的问题。2020年，新冠肺炎疫情给人类社会带来了深重灾难，作家中有以笔为旗，写诗抗疫、作文抗疫、编剧抗疫的，文学批评也参与其中。高玉在《从加缪〈鼠疫〉看瘟疫后的自然—社会伦理重建》一文中写道："加缪的《鼠疫》是文学史上正面描写瘟疫灾难的小说，它全方位地描写了瘟疫作为巨大灾难的全过程，揭示了瘟疫的原因，写出人在瘟疫面前的生活以及心理变化，深刻地反思了人类的弱点，当然也表现了人的友善、助人为乐、抗争、牺牲以及英雄精神。它把悲剧展示给人看，它告诉我们，死亡及其带来的恐怖绝不是概念而是残忍的现实。《鼠疫》是现代主义作品，更是现实主义作品，又具寓言性，不仅反映了历史和现实，更昭示人类应该反思自己的行为和过错，思考如何建立新的基于生态文明的自然—社会伦理秩序。"

20 世纪 90 年代以来，文学写作的一个重要趋势就是"个人化"，淡化公共身份和广场意识，强化个体情感与认知，涌现了一批优秀的作家作品。洪治纲的论文《有效阐释的边界——以 20 世纪 90 年代的"个人化写作"研究为例》，提出了一个重要的命题——有效阐释。文章认为，文学阐释必须从作品出发，让阐释主体与作品之间构成一种平等的对话关系，才能获得理性意义上的说服力。在 20 世纪 90 年代"个人化写作"思潮研究中，有些论文要么在参照目标的选择上不够严谨，要么在作品择取上缺乏整体意识或以偏概全，导致阐释的有效性值得怀疑。文学阐释的多样性与作品的开放性之间，永远存在着微妙的博弈。作品的开放性并不意味阐释的无限性，阐释的边界既包括作品本身，也包括附着于作品内外且影响作品内涵的诸多元素。

新世纪以来，"非虚构"是文学批评的一个热词，非虚构从引入的那一天起，就面临许多争议：非虚构是一种写作方式、价值取向还是一种文体意识？非虚构与虚构之间关系如何？非虚构如何"文学"？文学又怎样"非虚构"？每一个诘问都耐人寻味，引人深思，很难得出定于一尊的结论。在《论非虚构写作的反自律性及其局限》一文中，洪治纲认为，非虚构写作不是一种特殊的文体，而是一种反自律性的叙事策略。它高度倚重题材本身的特定价值和作家主体的思考，难以顾及作品内在的艺术价值。从题材获取到叙事过程，作家的身影无处不在、无时不在，为叙事提供了无可辩驳的事实，但这也导致了叙事的碎片化和人物形象的剪影化。这种过于强调事实、突出创作主体思想与观念的写作，是一种比较典型的"载道式"写作；其题材使用的一次性，也意味着作家的写作很难保持可持续性。此文对非虚构写作的"反自律性"论述很有见地，触及非虚构写作的自身定位和局限等深层问题。

女性主义是新时期文学研究一个常说常新的话题，王侃的论文《新时期中国女性写作中的"女性主体""女性主义"与自由主义》对女性主义与自由主义的关联进行了一番考察，提出一些悖论话题。文章认为，改革开放以后，自由主义思潮的引入，使中国女性写作在针对父权制的批判中获得了思想资源和理论支撑。由此，批判性的性别写作才得以进一步展开，"女性主义"以及由此衍生的对于"女性主体"的各种话语才得以涌现并成为一种写作方向。新时期以来一些重要的女性作家，如张洁、残雪、林白、陈染等，无不深受自由主义思想的影响，又在自由主义思想的鼓励下写出颇具深度的作品。源自西方的自由主义，包括自由主义的女性主义，其思想、要义在中国的本土实践中尚有难以契合的多重困境，甚至有一些根本性的冲突，这对女性主义研究构成了深层挑战。

近年来，浙江文学发展迅捷，佳作不断，鲍良兵、孙良好的论文《南方日常诗性的忧伤与慈悲——以钟求是小说集〈街上的耳朵〉为例》由作家的写作情怀——忧伤与慈悲——引申开去，认为作者写出了南方日常生活的诗意，丰盈细腻，有着很强的结构能力，可谓张弛有度。王学海的论文《尹向东长篇小说〈风马〉的审美分析》认为，《风马》通过故事虚构的文本建构，以文学的语言全方位地叙述了康定这座草原与群山环绕的城市的历史构建。历史构建不能违背史实，亦不可以转换形式去影响与改变虚构叙事文本，而虚构叙事给历史叙事涂上了变幻的色彩，激活了它的历史内涵。陈力君的论文《幻真世界中的人性绝地——燕垒生小说论》认为，燕垒生的作品通过对现有的定见的时空形态的突破、人与物深层次的交融、生命之外的各种超验现象的描写，形成了鲜明的奇幻色彩。燕垒生以野史、传奇和逸事为材料，以民间的、传说的视角，投射现代人文观念和读者欲望，让读者领会到文学的"本真"体验；通过"孤绝"的英雄形象体现出强烈的命运观，以及设置极致状态，展示"绝地"中的人性状态。燕垒生的创作既有网络文学的混杂性，也呈现了从传统文学到网络文学过渡的时代印记。

浙江文学源远流长，历史的、现实的、纸媒的、网媒的，汇流在一起，构成了一个长长的链条。综观 2020 年的浙江文学评论，范家进的"孙犁研究系列"、刘克敌的民国人物研究系列、郭梅的评刊系列、王姝的《故事新编》研究以及赵思运的诗歌研究、叶炜的创意写作研究也都各有千秋，为浙江文学评论版图增添几多亮色。

总的来说，过去的一年，浙江文学评论收获多多，在文学史反思、观念演绎和现实关切方面，与全国文坛形成互动与共生关系，在文学史研究，美学研究，小说、诗歌、散文等文体研究，网络文学研究等方面保持相对优势，并有较大发展，保持了很好的动能和态势。

2020年浙江文学评论要目

吴秀明　《人学视域下的金庸武侠小说及其当下意义》《文学评论》2020
　　　　年第2期

　　　　《当代文学应该如何进行整体性、复杂性书写——基于"历史化"的
　　　　一种考察》《浙江社会科学》2020年第12期

　　　　《主流意识形态文学的发展路径与谱系状态——基于"历史化"的一
　　　　种考察》《当代文坛》2020年第6期

　　　　《从"启蒙的现代性"到"现代性的启蒙"——精英文学"历史化"的
　　　　逻辑发展与谱系考察》《文艺争鸣》2020年第9期

马大康　《符号建模与审美创造——兼对"总体符号学"的质疑》《浙江学
　　　　刊》2020年第1期

杜　卫　《情感体验：美育的根本特征——当代中国美育基础理论问题研究
　　　　之四》《美术研究》2020年第3期

　　　　《面对"低美感"现象，美育何为》《中国美术报》2020年4月
　　　　13日

　　　　《关于"艺术教育"学科建设问题的思考》《艺术教育》2020年第
　　　　9期

　　　　《论艺术学理论学科与文学、美学学科的关系》《文艺研究》2020
　　　　年第12期

李咏吟　《悲剧作为生存演绎方式及其认识转向》《戏剧》2020年第5期

李咏吟　王倩龄　《知识与理想：文学建构对象世界的根据》《文艺争鸣》
　　　　　　　　　2020年第11期

王嘉良　《论小说形态更新与中国文学的现代转型——以越文化视阈内的小
　　　　说变革为例》《天津社会科学》2020年第6期

洪治纲　《走向叙事的不确定性——2019年短篇小说巡礼》《小说评论》
　　　　2020年第1期

《论文学批评的问题意识》《当代文坛》2020 年第 1 期

《论文学批评的整体观》《当代作家评论》2020 年第 2 期

《小说叙事中的"油滑"》《文艺争鸣》2020 年第 4 期

《论非虚构写作的反自律性及其局限》《文艺理论研究》2020 年第 5 期

《坐对瑶觞看舞妙——论新世纪小说创作》《南方文坛》2020 年第 6 期

《有效阐释的边界——以 20 世纪 90 年代的"个人化写作"研究为例》《探索与争鸣》2020 年第 6 期

高　玉　《由"经典"而"红色经典"》《文艺论坛》2020 年第 1 期

《文学理论与中国现当代文学研究》《社会科学》2020 年第 2 期

《从加缪〈鼠疫〉看瘟疫后的自然—社会伦理重建》《西南大学学报》(社会科学版) 2020 年第 4 期

《文论关键词研究的理论基础与学术模式建构》《社会科学战线》2020 年第 10 期

范家进　《孙犁晚年笔下的女人——"再探文学史"之一》《博览群书》2020 年第 2 期

王　侃　《新时期中国女性写作中的"女性主体""女性主义"与自由主义》《职大学报》2020 年第 2 期

《"反思文学":如何反思？如何可能？——重读〈绿化树〉〈蝴蝶〉》《扬子江文学评论》2020 年第 4 期

《诺奖魔咒、打油诗与"前现代"的追寻——莫言论片》《当代文坛》2020 年第 5 期

王　侃　尚子琬　《"个性化"与"同质化":新媒介时代下的杂文写作》《文艺争鸣》2020 年第 12 期

姚晓雷　《如何应对现当代小说原典阅读中的代际经验壁垒》《广州大学学报》(社会科学版) 2020 年第 3 期

《捍卫现代汉语的理性基石——20 世纪末以来文学叙事中的语言异化现象反思》《探索与争鸣》2020 年第 7 期

周保欣　《历史层累中的"九十年代文学"》《安徽文学》2020年第3期

斯炎伟　《第四次文代会主题报告的起草难点与争论焦点》《扬子江文学评论》2020年第5期

　　　　《中国当代文学会议研究新路径》《中国社会科学报》2020年12月14日

刘家思　《艺术视域的突破与艺术表现的得失——论美国华文戏剧〈春夏秋冬〉》《南大戏剧论丛》2020年第2期

　　　　《论曹禺戏剧场景的色彩艺术及其剧场性追求》《四川戏剧》2020年第7期

刘克敌　《"文人相轻"与鲁迅创作中的"油滑"》《名作欣赏》2020年第1期

　　　　《从〈两地书〉看鲁迅与同门及弟子关系》《博览群书》2020年第6期

　　　　《陈寅恪为何"苛评"中国学术》《中华读书报》2020年5月20日

　　　　《陈寅恪之佛教研究管窥》《中华读书报》2020年2月26日

　　　　《民国媒体笔下的陈寅恪》《书屋》2020年第12期

王学海　《尹向东长篇小说〈风马〉的审美分析》《阿来研究》2020年第1期

　　　　《〈独上高楼：王国维传〉的审美新价值》《嘉兴学院学报》2020年第4期

郭　梅　《莫失莫忘怜悯心——越剧〈祥林嫂〉随想》《文学港》2020年第1期

郭　梅　黄睿钰　《寻找与归来：从〈囧妈〉看国产片的特点及发展阶段》《艺术广角》2020年第4期

金　雅　《大美：中华美育精神的意趣内涵和重要向度》《中国文艺评论》2020年第8期

鲍良兵　孙良好　《南方日常诗性的忧伤与慈悲——以钟求是小说集〈街上的耳朵〉为例》《长江文艺评论》2020年第3期

郭佳乐　孙良好　《朱湘对"五四"新文学的接受与评价——从"桌话"七篇

　　　　　　谈起》《温州大学学报》(社会科学版) 2020 年第 5 期

陈力君　《幻真世界中的人性绝地——燕垒生小说论》《名作欣赏》2020
　　　　年第 34 期

　　　　《上海文明的"开"与"合"——王安忆的〈匿名〉和〈考工记〉》《海
　　　　南师范大学学报》(社会科学版) 2020 年第 6 期

王　姝　《在场书写与浙商形象的审美建构》《浙江工业大学学报》(社会
　　　　科学版) 2020 年第 1 期

　　　　《多元主义文化背景下的华裔美国文学审美范式新论——〈突围异
　　　　托邦:华裔美国文学的话语范式与文化认同研究〉评介》《美育学
　　　　刊》2020 年第 2 期

　　　　《历史叙事主体化与总体性史诗的生成演进——从〈故事新编〉到历
　　　　史穿越小说》《文学评论》2020 年第 6 期

赵思运　《任洪渊汉语文化诗学的本土性反思——兼及任洪渊的诗歌创作》
　　　　《中国文学研究》2020 年第 2 期

赵思运　韩金玲　《周策纵旧体诗中的"五四情结"》《关东学刊》2020 年
　　　　　　第 5 期

叶　炜　《创意写作和创意阅读及其关系的取样观察——基于〈非写不可:20
　　　　小说家访谈录〉的考论》《南方文学》2020 年第 3 期

　　　　《浙江网络文学的现实主义书写及其发展机制研究》《中国图书评
　　　　论》2020 年第 5 期

刘　忠　《历史巨变中的光荣与梦想》《当代作家评论》2020 年第 6 期

"宅经济"与"新文创"背景下的转型突进

——2020年浙江网络类型文学综述

| 俞丽芸 | 夏　烈 |

2020年新冠疫情全球肆虐，造成了全人类的公共灾难。在相当长的一段时间里，物理空间不得不封闭或半封闭，人们发现线上世界成为了现实生存所依赖的主渠道。可以说，如何营建线上世界进而促进精神空间的丰富和谐，变得前所未有地重要，整个数字文化内容——其核心也就是网络文艺，在疫情期间被进一步推向历史的大舞台，网络文学作为其中重要而传统的一个门类，同样取得了长足的进展。

根据中国互联网络信息中心发布的第46次《中国互联网络发展状况统计报告》显示，截至2020年6月，我国网民规模已达9.4亿，较2020年3月增长3625万，互联网普及率达67%。网络文学在手机各类应用的使用时长中占比达到4.6%，在2020年疫情期间的"宅经济"中发挥了作用，构成了国民网络生活的重要组成部分。很多人在宅家期间成为网络文学的读者甚至作者，一批有关疾病和医疗的网文创作成为一段时间内的热门。

然而，网络文学经过二十余年的发展，也逐渐触及了它的天花板，具体表现在收费阅读模式的人口红利上。就占中国网络文学份额最大的阅文集团发布的财报来看，2019年的付费阅读用户较2018年和2017年来说逐年下降，并且其活力与疫情期间"宅经济"的其他板块如网络音频、网络游戏、短视频和直播等相比，占使用时长的比例最低。更多年轻人和数字文化消费用户把网络文艺的主需求调整为以视听和游戏为主的内容，在有限的人口余量和有限的消费娱乐时间面前，以文字为中心的网络小说的直接红利正日渐衰落。

也是在这一背景下，2020 年 4 月底 5 月初发生的"阅文风波"成为中国网络文学业界的一次"大地震"。腾讯集团宣布重组阅文的高管队伍，曾经从第一代网络文学收费阅读模式中白手起家的起点中文网创始人团队集体"荣休"，由腾讯系高管接掌阅文集团管理。腾讯集团副总裁陈武就此重提"新文创"的概念，将网络文学业务全面对接腾讯的文化娱乐全产业链，以 IP 化为驱导，将网文创作与影视、动漫、游戏、新闻等融合，试图更新网络文学发展模式。这喻示着中国网络文学在完成了 1.0 模式的类型创作整合与 2.0 模式的组织规模化后，向 3.0 模式的升级创新发展的重点难点部位进军。所以说，虽然阅文集团的这次风波引起了四面八方的批评与讨论，但归根结底是整个行业对于网络文学制度体系规范化及产业创新发展方向的重新规划与布局。

值得注意的是，第 46 次《中国互联网络发展状况统计报告》显示，网络视频在各类应用使用时长中占比高达 12.8%。联系 2020 年的影视成果，可以发现在网络影视特别是网络剧中，网络文学正发挥着更为瞩目的作用，出现了一系列网络文学影视改编的精品。如浙江作家紫金陈的两部网络小说《坏小孩》和《长夜难明》被改编为网络剧《隐秘的角落》和《沉默的真相》，先后登陆爱奇艺的"迷雾剧场"，不仅成功收获了口碑，而且一时间形成了全民看、全民议的热点现象，可谓是文艺价值和社会价值兼具。在这股热潮中，同样是根据浙江作家原著改编的影视剧，还有《重启之极海听雷》（根据南派三叔《盗墓笔记：重启》改编）、《大江大河 2》（根据阿耐同名小说改编）等，也都好评不断。它们从网络改编剧发散，影响到了整个年度影视格局的版图。在经历了2013年到2017年的五年网络文学IP改编黄金期的短暂消歇后，2020年网络文学IP制作重焕生机，并透露出未来的着力点在于网文改编的现实化与精品化，从而为网络文学创作和影视改编提供可资参考的方向。

2020年，中国网络文学正式迈入第三个十年的第一个年头，网络文学凭借自身的独特优势与魅力，在特殊时期的崎岖不平的道路中逐步摸索出一条符合时代背景与自身发展特点的路径。浙江的网络文学创作依然保持着良好的态势，走在全国各省份前列，组织有进一步的覆盖，是之前周期的正常延伸。但由于疫情等原因，原定的中国国际网络文学周停办，研究、产业等事宜尚未获得突破性进展。根据浙江省委省政府的定位，构建"全国网络文艺重镇"（网络文学重镇），这一动态进程仍有待我们在原有的领先优势中再次破茧，作出创新性、标志性的构画。

一、代表作家创作情况

2020年浙江网络作家的创作成果颇丰，出现了不少在世界观设定上新颖奇巧、在剧情发展上曲折惊艳、在核心内涵上启人深思的作品。个别作品成功入选中国作协、浙江省作协作品扶持计划，一些作品深扎平台并具备后期影视、游戏等改编的潜力，还有些作品虽然在2020年内尚未完结出版，但在连载时读者点击率居高不下，足见其未来前景。总体而言，在浙江网络作家、类型文学作家的共同努力下，我们的创作在全国视野中风景独好。

圣骑士的传说在2020年6月完结了长篇修真小说《修真聊天群》。该小说2015年首发于起点中文网，连载期间多次登上首页推荐榜，历经五年多终于完本。小说虽然仍属于修真题材，但与作者以往创作的题材风格也略有差异,内容上向现实关怀靠拢。圣骑士的传说在将近十年的写作经历中,从初写《极品奶爸》的青涩到如今《修真聊天群》的日渐娴熟与自成一派,慢慢将真实而粗粝的生活体验潜藏进看似与现实生活脱节的架空玄幻小说背景中。在一篇访谈里,圣骑士的传说解释道,虽然《修真聊天群》被冠以"修真"之名,讲述的是一位纯仙人与各种来自不同时空具有超能力的人利用聊天工具进行交流的故事,但实则发生的所有故事都与现实生活中的真实事件不谋而合。他还说道:"年龄大了,生活阅历丰富了,工作之后,结婚生子,那些纯玄幻的东西就不想写了,就想写写现实的生活。"

《修真聊天群》突破传统修真套路,将现代修真与网络聊天工具结合在一起,类型和文体上都极富创新性,并且以轻松幽默的语言和脑洞极大的情节特点成功取得了众多网络读者的好评——不仅是国内读者的好评,在起点中文网的海外阅读平台上更是收获了一大批忠实的外国粉丝,成为当下网络文学"出海"的又一典型案例。网友"编程猫"评论道:

　　修仙和聊天群的混搭,传统修真和现代科技的碰撞,让以往看起来特别高大上,特别玄妙的修仙也似乎沾染了许多俗气,似乎它就切实地存在你我身边,我们跨越那层次元壁或许只需要一个聊天群。《修聊》火爆还有一个很重要的要素就是这本书写得很搞笑,而且这是一种很高级的幽默。许多作品写得搞笑就是为了搞笑而搞笑,很突兀地说几个烂梗,或者强行构造看似很搞笑的桥段之类。这算是比较低级的幽默。《修聊》则不同,它的搞笑是那种恰到好处的自然而然的幽默,它可能就是很正常的一个情节,很正常的一句话,但就是会让你笑得停不下来。它就是先构造一些对立面，比如普通人宋书航和修真界大佬们的对立，他们之间由于身份悬殊而产生的碰撞，会衍生出特别多搞笑桥段，而且特别自然，这种就比较高级。

南派三叔 2011 年开始创作的悬疑灵异类小说《世界》也在 2020 年画上终点，并由九层文化联合长江新世纪共同推出纸质版。在南派三叔的构想中，"病院"系列会有四本以上，而《世界》则为该系列的第一本。小说取材于他的真实生活经历，从连载到出版跨越十年，是一部真正融入了他生活经验的书。故事以梦为桥梁，构造未来和过去之间的通道，南派三叔自身的情感体验更是加深了故事的真实性，兼具超乎读者想象的悬疑感与恐惧感，塑造了一个真假并行的世界。小说内容上也不再局限于《盗墓笔记》系列的世界观，而是融入科幻元素，以更加新颖的"祖父悖论"原理去交叠故事，并在内容的思想维度上有了更进一步的提升，对于人性善恶及科技伦理等有多方面的讨论，使得作品本身的立体感和层次感更强。网友"西词上仙"评论道：

> 南派三叔的这本小说有着明显的转型写作的特点，融入了更多新奇的科幻元素，不再桎梏于"盗墓小说"作家的单一形象。在《盗墓笔记》里，故事更注重于猎奇性和神秘性，情节发展上沿着盗墓小说的悬疑剧情推进。而在《世界》里，故事已经完全脱离盗墓小说的窠臼，在悬念永恒的基础上，大胆引入了科幻的背景。故事发生的时间、地点，已经不是一个现实的世界，而是未来世界和现在世界叠加影响的共存世界。依靠时空穿梭的时空悖论为基础，来构建一个未来世界影响现在世界的故事。

擅长写仙侠文，开创了"洪荒流""国术流"的梦入神机于2020年2月完成了武侠小说《点道为止》的最后一章。早在2018年初，梦入神机在新书发布会上透露，咪咕阅读将联合上海歆霖影业、纵横文学携手开启此书全IP合作，以全移动平台为基础，整合各方资源，打造一场包括影视、动漫、游戏和周边等在内的全IP盛宴。《点道为止》截至完结日，在纵横中文网上获得四亿多点击量。小说讲述的是平凡高中生误入隐秘国术界的故事，主角在书中对战西方格斗搏击，打破人体自然极限，比拼人工智能，塑造了一个充满奇幻色彩的世界。梦入神机再次回归国术，将功夫的描写与中国传统文化精神相融合，展现出中国武术之玄妙。网友"神机营"评论道：

> 《点道为止》如今在余心中之地位，已绝非普通国术流小说之范畴，超越小说之外，我隐约看到了一种武学的境界。神机自己在书中也言：真正的武学，从来都不是后空翻和旋风腿，那些都是漂亮的假把式，真正上了战场，会立马被人打趴。俗话说外行人看热闹，内行人看门道，《点道为止》是一部从细节开始斟酌，每个节点都施发出门道的力作，它让外行人看了个大世界，让内行人如获精妙的秘典。惊才横绝国术流，除却神机无人抵。

自2019年《流浪地球》开启中国科幻电影元年，科幻题材的相关文艺作品创作在国内得到了读者的热烈反响与支持。《脑控》为2020年万派文化推出的脑科幻系列小说，本书由《网络英雄传》作者郭羽、刘波联袂策划，文学新人溢青首次参与创作。这部作品以扑朔迷离的剧情、"真人剧本杀"式的故事结构和深刻的人文价值观引起了文艺界的广泛关注。小说围绕国际顶尖脑科学家艾伯特在实验室突然被杀大脑却不翼而飞的事件，展开了一系列的调查与追踪。《脑控》吸收了软科幻与悬疑元素，对准当下现实，与疫情相呼应，是一部科幻现实主义作品。小说不仅涉及科幻与生理的主题，更涉及科幻伦理的深层探讨，拥有现实题材、科幻和网络小说等多个交叉领域的优势。周志雄在《中国艺术报》上发文评论道：

> 《脑控》中，抗疫不是作品的主题，疫情也不是作品描写的重点，故事没有和现实一一对位，小说的意义更多的是在隐喻层面上，它呼应了《美丽新世界》等对科技理想主义的批判。在《脑控》中，疫情的出现是科学研究不坚守人文底线造成的严重后果，是科技狂人利用脑控技术推行人类清洗的工具。二战以来，核试验的成功，克隆技术的攻克，人类基因密码的破译，人工智能的进步，引发了科学主义与人文主义的冲突，提醒人们科学实验一定要坚守人文主义的底线，否则将会变成人类的灾难，在《黑客帝国》《星球大战》等好莱坞大片中已经表现了这一现实。《脑控》坚守人文主义的立场，以精彩的故事承续了这一主题。

古兰月新书《惊鸿翩翩》于 2020 年 11 月由作家出版社出版。这次她将笔触延伸入古典题材，与自身地域相结合，以金华兰溪明末清初文学家李渔的一生为创作灵感，在历史长河的记载空隙中纵情想象，著成一册别种风情的"李渔传"。小说中个性十足的李仙侣总能用自己的方式解决人生的难题。他的人生注定不凡，见证了明朝的灭亡、清朝的入关，以及清朝的鼎盛时期；他经历过天灾连连的贫困，也曾锦衣玉食风流奢侈……小说以章回体的形式写国仇家恨与江湖快意下的招安与反抗、家变与国乱，展现明末清初朝代更迭中文人墨客的侠义人生，也写出了李仙侣驾驭环境、掌控爱情、超越寻常眼界的过人之处。曹霞在《文艺报》上发文评论道：

> 《惊鸿翩翩》以情为质地，以事为经纬，起承转合处有危机，跌宕延绵中有转折。我以为，古兰月如此兴浓地为尚未成名的李仙侣立传，并非为了撬动历史的板结处以昭示"真知"，也非以猎奇笔墨获取流量，而是因为，她在这位初涉人世的翩翩小公子身上，见到了清莲般的澄澈洁净。这种品性无论在哪个时代都是稀有的、罕见的，而在浊世淤泥之中自在盛开更为难得。小说中不断出现的从庄子那里借用的"真人"一词，亦可视为清莲品性的别一种呈现。"不逆寡，不雄成，不谟士"，"不忘其所始，不求其所终；受而喜之，忘而复之"，如此清淡逍遥，笃定自如，不独为李仙侣所有，更是中国传统文人士大夫阶层的真实写照。

置身于2020年的特殊大环境下，不少作家潜心创作，并将眼光对准抗疫期间平民的生存状况，用平凡人的生活小事透射疫情期间群众内心的悲欢离合与喜怒哀乐，温州的陈酿就是其中一员。陈酿先后创作过现实题材网络小说《留守红颜》《传国工匠》《旷世烟火》，都取得了良好的成绩。其中《传国工匠》为国家新闻出版署、中国作家协会联合推介的"2019年优秀网络文学原创作品"；《旷世烟火》获"2019年中国作家协会重点作品扶持"，入围第三届中国"网络文学+"大会"年度十大影响力IP"，获首届全国网络文学现实题材主题征文大赛未完结组一等奖等。这次疫情，特别是温州重疫区的情况让陈酿切身体会到了灾难来临时内心情感与世界观的变化，她取材现实，以周围医生朋友的见闻扩充素材，在逐浪网连载完结了小说《酥扎小姐姐的非常朋友圈》。花名叫"酥扎"的艺术生放寒假回老家过年，没想到除夕之夜，身为医疗专家的父亲临危受命，出发驰援武汉，母亲身为党媒记者，也义无反顾冲在抗疫一线，酥扎百感交集之际，以往一直表现良好的完美男友"全明星"忽然莫名失联，酥扎一气之下拉黑男友却又放心不下。此时她所居住的楼层有一人被确诊感染新冠，整楼被封……小说从疫情下年轻人的生活入手，以通篇"朋友圈"的独特角度进行写作，跳脱时空地域的限制，将传统写作方式与网络类型小说的"爽文"机制结合，从身边的悲欢逐渐超越、关联到全国甚至世界，具有现实意义和成长意味。

紫钗恨是网络文学的"骨灰级"作者，其写作手法和类型题材影响了不少作者的小说创作。他因《三千美娇娘》被冠以"历史达人"的称号。2020年9月，他的《明风八万里》在起点中文网正式完结。小说将背景设定在1644年的"金陵残照"与"越明中兴"，讲述了提督操江刘孔昭之子刘永锡重生归来，只手再造乾坤的故事。小说依旧在历史背景下进行叙事，运用重生元素进行架构，在真实的历史环境下融入虚构的情节，余味悠长。

疯丢子是一位擅长将各类冷门题材配以清奇自然的文风写得别开生面的作者，有着"冷门奇才"的称号。"拟生活态"与"军旅热血"是疯丢子的两大写作特色。拟生活态指的是小说中显现出一种现实生活的"拟态"写照，即它不完全是现实，但又能映照出现实中的很多问题。她擅写军旅题材，如《百年家书》中的民国设定和《战起1938》中的二战元素等，用大量笔触构筑战争环境，抒发强烈的爱国情怀，描述保家卫国的战争儿女。值得一提的是，疯丢子的很多作品都用到了穿越元素，这是她自由连接不同世界的通道。2020年的新书《敢问穿向何方》对穿越元素运用更上一层，小说集结穿书、穿越、悬疑等多种网络类型文学的热门元素，写女主角叶青青多次依靠不同媒介穿回父亲所处的 20 世纪 70 年代寻找真相并试图改变过去的故事。网友"你眼睛进牛奶啦"评论道：

> 作为剧情见长的作家，疯丢子设置的转折点都恰到好处地把我的胃口吊了起来，读者以为按传统种田文，人物高考上大学自立自强了，突然凶案发生了；以为要突破重大进展了，结果主角回到现实世界了；以为没什么办法了，结果还能用某种手段取得进展。她的故事始终有种从容的紧迫感，节奏感极强，越看越想看。感情作为剧情的调剂，这次很明显地加大了比重（和她以往的作品相比），因此无论是爱情、亲情还是友情都刻画得更加细腻多元，疯丢子笔下的人物不论是否深入，都有共同的特点：真挚。他们是多面的，但感情很纯粹，因此作品有了美好的底色。她的作品总给人传递向上向善的勃勃生机，无论题材是科幻、历史还是现实。

唐四方 2020 年完结的《北平说书人》将写作方向转为评书这一中国传统表演艺术，小说将传统艺术和民间江湖行当相结合，生动描绘了民国初年北京市井的风貌，讲述一个"戏精"在民国初年的混迹史，是一部情节与文笔俱佳的作品。唐四方的网络小说一直以传统艺人为主角，之前的《相声大师》与《戏法罗》分别以相声和江湖戏法作为题材对象，通过各色充满传奇色彩的人物的经历来表现现代生活中逐渐没落的传统艺术。在《北平说书人》里，唐四方用老练精到的语言在构塑人物、铺展情节的同时，亦将评书这一传统艺术的传承及其艰难表现出来，趣味和情怀丝丝入扣。

另一些浙江代表性的网络作家新作虽未在 2020 年完结，但更新频繁，口碑良好。

如烽火戏诸侯在纵横中文网上连载的玄幻小说《剑来》，讲述少年剑客成长的故事，小说世界观宏大并融入诸子百家等传统文化内容，奇思妙想，人气超高。2020年10月，小说获得第二届泛华文网络文学"金键盘"奖。苍天白鹤在起点中文网连载的小说《我的神通有技术》讲述主人公徐毅获得了一项神通，他发现这项神通使得他在变大变小之间有着无限的可能，小说除去作者一如既往的写作风格和热门看点外，也有向影视剧吸收元素的地方，这与他2019年来兼任影视编剧有关。七英俊2020年在微博连载自己的小说《成何体统》，讲述的是女主角意外穿越到书里的故事。穿越在她的小说中不仅仅是简单的媒介，她将穿越元素运用到了极致，大量的穿越和幽默元素在异时空中交叠，构建了奇异的幻想世界。此外，管平潮的《剑侠最少年》、何堪的《男朋友每天都在吃醋》、发飙的蜗牛的《妖神记》、迪巴拉爵士的《大唐扫把星》等都在各大平台保持热度、持续更新。

二、代表性活动与主题创作工程

2020年4月至8月，"钱潮杯"首届青年创意家·网络文艺评论奖由浙江省文艺评论家协会网络文艺委员会指导，杭州师范大学文化创意学院、江干区文联、杭州文艺评论家协会共同主办。首届评论大赛设置双主题，主题一框定为"浙江网络作家作品论"。该奖项由网络文艺专家、评论家夏烈担任执行人，白烨、欧阳友权、何弘、范周、张燕玲等担任终评委。最终评出普通组一、二、三等奖十五名，优秀奖和学生组优秀作品奖若干名，一批网络文学研究、评论方面的佳作脱颖而出，不少文章围绕浙江网络作家阿耐、蒋胜男、南派三叔、烽火戏诸侯、天蚕土豆、管平潮、蒋离子等的作品作了较高水准的学术阐述，尤其是来自高校的青年学者以"入乎其内，出乎其外"或"学者粉丝"型的内行分析，使浙江网络文学评论工作得到较大推进。苏州大学于经纬、张学谦的《网络玄幻小说进化的叙事与复归的传统——以天蚕土豆的作品为中心》和北京大学李强的《"总管谜题"与进击的诗意——烽火戏诸侯论》拔得一等奖。这也是通过与市、区（县）多级文联合作，共同打造浙江网络文艺（学）评论品牌活动，凝聚全国、全省学者评论家的又一重要平台。

2020年6月5日，"网络文学IP路演中心"揭牌仪式暨首场"IP直通车活动"在中国网络作家村举行。路演中心的成立，旨在推进中国网络作家村建设成为中国网络文学产事业发展的核心区、示范区的目标，实现网络文学的IP转化，加速实现网络文学从作品到产品的经济效益和社会效益。

揭牌仪式后，"网络文学IP路演中心"举办首场"IP直通车"活动，刘阿八、随侯珠与浙江中南卡通股份有限公司、杭州若鸿文化创意有限公司、杭州作客文化传媒有限公司等网络作家和企业代表上台路演。同年8月和10月又分别举办了第二期和第三期"IP直通车"活动。第二期活动中，若鸿文化以《仙风剑雨录》为例分享了原创IP的动漫改编经验等；第三期活动中，蒋胜男工作室等分别做了项目推介。网络文学IP路演是切准网络文学创意产业特征的有效举措，在活跃强化浙江省内外网络文学产业链各环节密切交流合作的同时，也发挥了中国网络作家村在网文生产方面的组织作用。

2020年9月3日，长三角文学发展联盟大运河文化主题创作实践活动总结会在杭州举行。这次活动中，传统文学与网络文学作家齐聚一堂，共同领略大运河的文化风光与诗画江南的美景。一些网络作家公布了自己用网络小说讲述大运河历史变迁、民俗文化、时代变革的创作思路、创作计划。

2020年9月24日，舟山市网络作家协会成立，郑怡（关心则乱）当选舟山市网络作家协会主席，王金艳（菁艺）、李强（三棱军刺）、余晶莹（梦笔锦书）、鲁珊珊（苏小凉）任副主席。舟山市网络作家协会的成立代表着浙江成为全国首个下属所有市级网络作家协会全部完成建设的省份，实现了市级层面网络作协的"全覆盖"。至此，经过六年探索，浙江网络文学群体工作逐渐发展出"多抓手"，形成了全省统筹、各级联动的体系，组织工作覆盖面从领军作家拓展到有潜力的青年作家队伍。

作为全省乃至全国在网络文学红色叙事上具有先行样本功能的杭州市网络作协，2020年又在系列创作中完成出版了《西子弦歌——杭州妇运故事集》。这是继2017年组织撰写并出版网络作家杭州党史故事《东方欲晓天将明》以及2018年出版第二辑《青春无悔奔革命》以来的最新创获。通过这样的主题创作，杭州市网络作协延伸了合作手臂，调动了网络作家的创作优势，增强了主旋律历史和故事的传播力，并且真实有效地帮助与提升了网络作家走进红色历史、走进人文历史、走进社会现实，增进了该群体的"四力"意识，落实了网络作家"学四史"的要求。

2020年9月28日，杭州市文联、中国作协网络文学研究院等在中国网络作家村联合召开了"杭州市网络文学主题创作作品研讨会"，围绕"网络作家写党史"、《那江、那河、那城》、《抗疫逆行》、《西子弦歌》等作品，邀请了相关部门负责人、主题创作的网络作家、评论家、媒体代表就杭州市网络文学主题创作经验、网络流行文化发展趋势等，进行了一系列的讨论。网络作家们学习党史、普及党史、搜集小人物故事反映大环境下的事件与历史变迁的尝试，得到了与会专家们的认可，被评价为树立了网络文学主题创作的"杭州样本"。

2020 年 11 月 2 日至 4 日，全国网络文学理论研究会在杭州举行，大会主要研讨网络文学的属性和特征，探索网络文学转型升级的新途径。各级领导、网络文学专家学者、知名网络作家、地方作协和网络文学平台负责人及媒体记者等约六十人与会。大会提到了在网络文学迅速发展的第三个十年里，网络文学理论批评需要在积极继承中国传统文艺理论评论优秀遗产的基础上，借鉴外国文艺理论，立足于网络文学本土发展的特性，更好地发挥网络文艺批评在梳理网络文学发展历史、总结创作经验、规范创作方向等方面的作用。中国作协党组成员、书记处书记胡邦胜在讲话中谈到，网络文学理论评论需要在四个方面有所突破，一是要努力建构网络文学理论范式和概念共识，增强网络文学的理论性；二是要强化网络文学研究的实证性，加强大数据分析和实地调研；三是要增强理论研究的系统性和体系化；四是要提高网络文学研究的协同性，促进理论评论的繁荣。

2020 年 11 月 23 日到 27 日，扶持培养青年网络作家人才、针对网络作家新生代培育的"新雨计划"第二期培训班在杭州举行。浙江省作家协会党组书记、副主席臧军在开班仪式后以"融入新时代，谱写新华章"为主题，从"为啥学、学什么、怎样学"三个方面展开，引导作家们学习党的十九届五中全会精神。鲁引弓、烽火戏诸侯等多位作家、评论家、业界代表授课。

通过活动与主题创作加强组织力、引导力，一直是党和政府领导下的群团组织、作家协会的一贯做法，这也构成了浙江打造全国"网络文艺重镇"的一种核心抓手、一种有效经验。

三、理论评论追踪

2020 年，由浙江省作家协会、浙江省网络作家协会编著，山海经杂志社出版的《华语网络文学研究》杂志（丛刊）第六期正式面世。该期专门策划了"疫情特辑"，既收入了文学评论家汪政的《我们需要怎样的"抗疫文艺"?》等具有普遍文艺判断力标准的宏观论述，也评述了部分以抗疫为题材的优秀网络小说，如《瘟疫医生》《医路坦途》《我能看见状态栏》等，展现了在特殊时期文艺批评对特定作品的关注，以及对现实题材网络小说创作经验与问题的探究。

同期的《西湖论剑》栏目，收录了各高校青年学者和评论家们关于网络文学"种田文"、穿越小说、仙侠奇幻剧以及阿耐的《大江大河》、大地风车的《上海繁华》、酒徒的《家园》等类型、题材、作品的研究与评论文章。视角丰富，新见迭出。

该期《高峰论坛》栏目还发表了"蒋胜男历史小说《燕云台》研讨会"和以浙江网络作家随侯珠、何堪、籽月小说为对象的"现实题材作品研讨会"现场评论的主要观点。这些都是对浙江网络文学和代表作家的评论推动。

在2020年中，浙江长期致力于网络文学研究和评论的专家们依旧孜孜不倦，坚守在批评和阐释的前沿，使得浙江网络文学的评论能够努力跟上创作的步伐，在全国同行中拥有一席之地。

杭州师范大学教授夏烈作为浙江省网络文学研究评论的领军人物和网络文学创作评论事业的组织者，2020年发表了多篇论文与文章，同时出版了《中国网络文艺的常识与趋势（领导干部读本）》。

《中国网络文艺的常识与趋势》主要集结了夏烈以"新时代网络文艺的发展与趋势""网络文学20年及'浙江模式'""20年媒介环境与文艺批评"为主题进行讲演的核心内容，以社科普及为目的，通过通俗易懂的文字对网络文学二十年发展史等议题做了阐释。苏州大学教授房伟在《跨界与融合的网络文学研究炼金术——评夏烈的〈中国网络文艺常识与趋势〉》一文中评价，"夏烈的《中国网络文艺的常识与趋势》，在沟通学界、官方、产业与大众方面，做出了有益尝试，语言简练干净，准确凝练，说理晓畅"，"夏烈对于雅俗之变的敏锐把握与理论前瞻性，令人佩服"。该书为浙江省社科联社科普及重点课题、杭州市文化精品工程扶持项目。

面对 2020 年在中国网络文学现场呈现的大事件，夏烈也及时而富有专业度地撰写了评论，介入其中。就在 2020 年 4 月底 5 月初的"阅文风波"出现后，很快围绕网络作者相关权益问题引发了 5 月 5 日的所谓"五五断更节"。夏烈当即就社会广泛关注的热点做了深层分析，厘清了隐藏在外部矛盾下的根本问题。他的评论文章《上热搜的"阅文风波"之我见》发表于 2020 年 5 月 17 日的《钱江晚报》，他在文章中对网络文学商业模式及其利润增长做了总结，并提出了两个主要问题，即收费阅读的人口红利问题和免费阅读的挑战问题，而处理这些问题的关键就在于中国网络文学产业模式的转型升级，并提出同时要警惕在资本化运作中损失网文创作腰部作者群的成长。他在文章中这样小结："技术、受众、市场和资本、国家政策乃至文学知识精英，都是影响其更新、迭代、发展方向、成长模式的主要力量。它（网络文学）的精彩之处在于，永远的动态及其合力的矩阵效应。"

夏烈发表于《群言》杂志 2020 年第 5 期的《不断发展的中国新型文艺与国家人才观》介绍了 21 世纪以来，由互联网及其一系列技术"奇点"越境后全面融合而成的新型文艺概念以及如何处理新型文艺带来的人才观问题。文章主要以 2019 年中宣部文化名家暨"四个一批"人才工程中网络文学人才入列的新情况、新特点为案例，说明了宣传文化思想系统"国家人才观"的位移和拓展，提出应重视新型文艺中的新人才队伍，并在条件合适的情况下，将新型文艺创作链、产业链、价值链的更多不可或缺的人才考虑进来，形成一支面向21世纪中长期发展的新型文艺的更加稳定的人才队伍。

在网络文学中，女性无论作为读者还是作者，都占有重要位置。夏烈发表于《东吴学术》2020年第4期的文章《网络文艺场域中的女性文化与主体新世界》对准女性在网络文艺场域中的作用和现状，指出十余年来女性文化在其中的发展变化，并提供了网络文艺中女性主体"报复型重建"与"本真型重建"的案例路径，为下一步创造性和积极自由的女性主体建构提供了思想资源。文章将网络文学中的耽美文学视为反映女性的部分主张和主体重建的努力，他认为，耽美文学已成为一块女性文化探索的飞地，帮助女性摆脱或者倒置现实里的权力话语，具有一定的自由自主精神，但也指出了其新文化霸权和效仿男权话语的问题。

夏烈发表于《粤海风》2020年第2期的《文艺，疫情期间的精神图谱》则主要论述了全民被疫情封锁之时，人们作为读者、作者、评论者在互联网及其所架构的虚拟生活空间里进行互动的状态，并对在此状态下的网络文艺创作进行了剖析解读。文中着重提到了疫情期间泛文艺创作的现象，特别是网络文学、网络短视频等，并对其中出现的问题给予逻辑合理的解释，对其中出现的思想性、专业性和市场性俱佳的作品给予了肯定。

夏烈、段廷军发表于《中国文学批评》2020年第3期的论文《网络文学"无边的现实主义"论——场域视野下的网络文学现实题材创作20年》，主要从作品特征、场域力量等方面将网络文学现实题材创作分为"自发时期"和"自觉时期"，借用"无边的现实主义"概念来统摄归纳网络文学发展史上的三种现实主义的路径。在他们看来，"网络文学可以不用管顾特定的西方现实主义至现代主义这样一种流传有序的纯文学认知体系、价值体系及其技巧训练,而改为杂取中西古今的各种元素来综合出自己的可能性,呈现着某种无法之法和创世界的快感"。

网络仙侠代表作家、浙江省作协副主席管平潮 2020 年 7 月 8 日在《光明日报》发表了《精品才能扛得住时间之潮的冲刷——基于十七年的网络文学创作观察》一文。管平潮结合自己十七年写作的切实经历,以及当下网络文学在社会大众中强大的传播力、影响力,对网络文学的未来发展方向以及创作者应该秉持的价值观与创作原则做了梳理。他认为:"网络文学既然作为一种文学,便天然具有教化功能,能够传递价值观。真不能小看网络文学对人民群众精神世界的影响和价值观的塑造作用。所谓'寓教于乐',网络文学是网民喜闻乐见的文学形式。网络作家要意识到,自己在作品中体现出来的人生观、世界观、价值观,会潜移默化地影响读者。"

中国作协网络文学研究院研究员马季 2020 年 2 月 5 日在《光明日报》发表了《关注现实才有说服力——谈工业题材网络小说的价值及其走向》一文。马季主要从新时代工业题材小说入手,论述此类类型小说的创作模式。马季这样谈道:"工业题材网络小说以中国社会现实为基础,以全球工业文明为背景,不拘一格,融合科幻、穿越和魔法等多种文学类型,实现了工业要素和文学想象的二元互动,极大丰富了当代文学的表现内容,拓展了工业题材的表现疆域。"在他看来,一些优秀的工业题材小说以现实题材作为创作文本,并与网络小说中的"金手指"、穿越等元素进行了恰到好处的融合创新,在时空交错中反映现实,展现工业世界全新的美丽,也更有利于作者在现代文明背景下表达价值立场。

杭州师范大学人文学院教授单小曦在《学术研究》2020 年第 12 期发表了《网络文学"内部研究":现实依据、问题域与实践探索》一文。单小曦从中国网络文学发展进程入手，主要以《二零一三》《天才基本法》《盗墓笔记》《全职高手》等八部网文名作为文本对象，对网络文学的内部关系和"内部研究"问题进行深入分析。他认为，"作品（文本）仍是中国网络文学活动的中心，作品（文本）的内部关系仍是中国网络文学活动中的现实存在。因此，致力于作品（文本）分析的'内部研究'应该处于网文整体研究或'内外综合'研究的核心地位，'外部研究'则需要建立在'内部研究'基础上"。

此外，省内高校逐渐涌现出一些中青年学者，开始介入网络文学研究和批评工作，如浙江大学陈力君、嘉兴学院周敏、浙江传媒学院叶炜等，他们以及更为年轻的博士、硕士群体，相信能够成为促进浙江网络文学研究与评论进一步繁荣发展的生力军。

2020 年浙江文坛大事记

文学组织活动

1 月 2 日至 4 日，省作协党组书记、副主席臧军带队，先后深入衢州市衢江区、巨化集团、柯城区，与有关企业主、广大基层群众和文学工作者、文学爱好者深入交谈，共商助企助困助农之策，开展"深化三服务、助推开门红"活动。省作协向当地农村文化礼堂捐赠图书 200 余本，为当地 150 名文学爱好者送去两场"浙江作家文学课堂"。

1 月 6 日，省作协向全省各市作协及各专业委员会征集第八批"新荷人才库"推荐人选。经专家组评审，入库 44 名。

1 月 14 日，臧军赴之江文化中心项目工程指挥部开展走访慰问，向项目指挥部赠送 500 多册文学图书。

1 月 15 日，余杭区网络作协成立大会召开，省作协党组成员、秘书长晋杜娟出席会议。

1 月 16 日，国际网络文学周活动组委会第一次会议在省委宣传部召开，中共浙江省委常委、宣传部部长朱国贤，中国作协党组成员、副主席、书记处书记李敬泽等领导出席会议。

1月27日，浙江省作协在全国率先组织开展征文活动，全省文学界投入到文学战"疫"中来。省作协主动与《钱江晚报》联合发起"逆行而上——新时代最可爱的人"文学作品征集活动。各级作协积极响应号召，广泛组织动员开展文学创作，收稿量近3000篇。浙江作家微信公众号开设"致敬，新时代最可爱的人"专题，《江南》杂志社微信公众号上推出"抗击新型肺炎诗歌特辑"《此刻，我们在前行》和《特别时间里的作家》栏目，《江南》2020年第2期还设立了《抗疫特稿》栏目。同时，持续开展"特别时期的文学暖心公益活动"，向医务人员、大中学生和基层读者赠阅《江南》杂志。浙江作家网和浙江网络作家网开设《逆行而上——新时代最可爱的人》专栏，连续编发14期36位作家的近60篇作品。作品推广后，学习强国平台、《人民日报》（海外版）、人民网等先后引用、发表浙江作家作品。

3月2日，经中共浙江省委机构编制委员会认定，浙江文学院为浙江省作家协会所属公益一类事业单位，机构规格为正处级，挂浙江文学馆牌子，所需经费由省财政全额补助。

3月25日，2020年"新荷文丛"作品征集启动，截至5月底，共收到作品22部。其中叶桂杰的小说集《恍惚》、陈锦丞的长篇小说《三迭》、张文志的散文集《重构的村庄》、刘杨的评论集《经典新释与当代批评》入选文丛。另编《2018—2019"新荷十家"作品集》专辑1部。上述5部作品由作家出版社出版。

4月11日，省作协第九届主席团第四次会议在杭州召开。省作协第九届主席团委员参加会议，省作协中层干部列席会议。会议由省作协主席艾伟主持。会上臧军传达学习习近平总书记在浙江考察时的重要讲话精神；省作协党组副书记、二级巡视员曹启文向第九届主席团通报了省委第十巡视组对省作协党组巡视的相关情况和巡视整改工作举措。会议审议通过《省作协 2019 年工作总结及 2020 年工作思路》和《2019 年度加入省作协个人会员、推荐加入中国作协个人会员名单》，并审议通过疫情防控期间暂不安排召开省作协第九届委员会第三次会议的决定。

4月26日，2019 年度浙江省作家协会新会员名单公布，158 位作家加入省作协。

5月20日，臧军一行走访华云文化，开展"服务企业、服务群众、服务基层"活动。

5月26日至28日，臧军带队，赴义乌、桐庐开展"三服务"活动，调研指导"一市一周、一县一品"文学品牌建设，并征求浙江文学馆建设意见。

6月9日至11日，省作协赴武义、磐安开展浙江作家服务营活动，举办了两场"浙江作家文学课堂"，约50名基层作家参与活动。省作协向武义履坦镇坛头村和磐安尚湖镇下溪滩村的文化礼堂、乡村书屋捐赠图书 200 余册。

6月11日，臧军带队，赴舟山市普陀区、定海区开展"三服务"活动，调研指导"一县一品"文学品牌建设、"三毛文学奖"筹备工作。

6月15日，中国作协2020年度定点深入生活项目名单公布，应湘平的《长河》、陈博君的《毛泽东在杭州的77天——中国首部宪法诞生记》和张驰的《大地芬芳》入选中国作协2020年度定点深入生活项目，袁亚平的《我为天下安》入选中国作协2020年度定点深入生活项目"抗击疫情"专项扶持。

6月24日，2020年中国作家协会重点作品扶持项目揭晓，浙江省有5部作品入选。海飞长篇小说《苏州河》获"庆祝中国共产党成立100周年"主题专项扶持，张国云报告文学《保卫英雄城：我们是浙江救援队》获"抗击疫情"主题专项扶持，黄立轩、其峥报告文学《跨国模范生——援助瓜达尔港纪实》获"一带一路"主题专项扶持，王手长篇小说《送行人》、蒋离子网络文学《糖婚：人间慢步》获"青年创作与理论研究专项"扶持。解语的《帝台春》获2020年度中国作家协会网络文学中心重点作品扶持项目，古兰月的《冲吧，丹娘！》获2020年度中国作家协会网络文学中心重点作品扶持项目"庆祝中国共产党成立100周年"主题专项扶持。

7月3日，"名家写苍南"文学活动在温州苍南举办启动仪式，来自全国各地的10位作家齐聚苍南，探访自然风光和风土人情，挖掘地域文化和发展成果，用"生花妙笔"展示苍南的历史变迁、山海传奇和改革故事。

7月4日，嘉兴市作家协会第八次代表大会召开。会议回顾总结了五年来嘉兴文学事业取得的成绩和积累的经验，谋划了今后五年嘉兴市文学事业的发展思路和目标任务，并选举产生市作协新一届领导班子，杨自强当选嘉兴市作协主席。晋杜娟出席会议。

7 月 13 日至 15 日，臧军带队，赴舟山开展浙江作家服务营活动，参加了《舟山有意思》新书分享会，并代表浙江省作家协会向舟山市作家协会捐赠图书 200 余册。服务营在舟山举行了两场"浙江作家文学课堂"，约 30 名舟山作家参与活动。

7 月 14 日，省作协组织召开挂靠社团工作会议。省作协正式建立党组领导联系挂靠社团工作制度、省作协机关党委与创作联络部协同负责工作制度和选派党建联络员工作制度，通过三级联动、创新载体，推进挂靠社团党的工作有效覆盖。

7 月 25 日，常山县紫薇花节开幕仪式暨"乡村题材创作基地"在常山县金川街道徐村挂牌。臧军出席活动。

8 月 10 日至 12 日，臧军带队，赴丽水开展"三服务"活动，与网络作家进行了座谈交流。

8 月 13 日，首届中国美丽乡村文学创作会在浙江德清召开，中国作协中国报告文学学会、《人民文学》杂志社授予德清莫干山"中国美丽乡村创作基地"。中国作协副主席、中国报告文学学会会长何建明，以及丁晓原、张陵、关仁山等十多位作家、评论家参加了会议。

8 月 19 日至 21 日，省作协赴常山县开展"三服务"送文学服务到基层活动。19 日下午，"省作协乡村文学创作基地"揭牌仪式暨新时代乡村题材文学采风活动启动仪式在常山县金川街道徐村举行，标志着我省首家乡村文学创作基地正式落户常山。活动期间，省作协在常山"文艺之家"举办了一场以"精品小说创作"为主题的"浙江作家文学课堂"，当地 50 余名文学爱好者参加了讲座。

8 月 24 日，经省委宣传部批准，"新雨计划"纳入全省青年文艺人才培育重点工作中，成为与"新松计划""新荷计划""新峰计划""新光计划""新鼎计划"等"五新"计划并列，针对新文学群体青年人才培养的第"六新"。至此，我省文学青年人才培养"两新"并举，"新雨"与"新荷"共同为我省"全国当代文学重镇"和"全国网络文学重镇"培养有生力量。

8 月 30 日，舟山市作协在舟山新城南洋召开第八次代表大会，大会选出新一届理事 26 人，白马当选主席。曹启文出席会议。

8 月至 12 月，中国作协网络文学中心共举办 3 期全国网络作家在线学习培训班，浙江省网络作协共组织 311 位浙江网络作家参加培训。

9 月 4 日，中国作家协会 2020 年新会员名单公布，浙江 47 位作家成为中国作协会员。

9 月 7 日至 9 日，由浙江省作协、宁波市委统战部、宁波市委网信办、海曙区委统战部主办的第十二期浙江网络作家体验营在宁波开展。20 余位网络作家参加活动。

9 月 10 日至 15 日，由中国作协主办的"到人民中去"职业道德教育与文学社会服务实践活动在山东临沂举行。浙江作家汤汤、孙玉虎、少封参加活动。

9 月 12 日，衢州市作家协会第七次代表大会在衢州召开。大会选举产生新一届理事会理事，余风当选主席。

9 月 24 日，舟山市网络作协成立，曹启文出席并讲话。舟山市网络作协的成立标志着浙江网络作协组织实现 11 市网络作协"全覆盖"。舟山市网络作协成立大会后，11 市的网络作家代表参与了第十三期网络作家体验营活动。

9 月 24 日，省作协 2020 年作家定点深入生活项目名单公布，蒋峰（笔龙胆）、朱和风等 20 人入选。

9 月 27 日，缙云县网络作协第一次代表大会召开，成为我省第十家县级网络作协。臧军在大会上致辞。

9 月 28 日下午，金华市网络作协第二次代表大会召开。臧军出席会议并致辞。

9 月 30 日，《浙江通志·社会团体志·省作协章》在杭州召开的《浙江通志·社会团体志》（二）（三）复审会上通过复审。

10 月 13 日，由《江南》杂志社主办、杭州市富阳区人民政府协办的第六届郁达夫小说奖在浙江德清成功举行终评委会议。经过6个多月的推荐和评选，最终产生中篇小说大奖1名、提名奖3名，短篇小说大奖1名、提名奖3名。12月7日，颁奖典礼在郁达夫故乡富阳举行隆重，获奖者和郁奖专家评委及众多特邀嘉宾一起聚集于此，共同见证本次文学盛典。中国作家协会副主席阎晶明，中共浙江省委常委、宣传部部长朱国贤，浙江省委宣传部副部长、省电影局局长葛学斌，浙江省作协党组书记臧军，浙江省作协主席艾伟等出席典礼并为获奖作家颁奖。

10月14日下午，省作协主办的"浙东唐诗之路"文学采访活动在绍兴柯桥启动。臧军及省内近30名知名作家、摄影家参加启动仪式。"浙东唐诗之路"采访团由曹启文带队，包括省内30余名散文、诗歌、辞赋、诗词作家和摄影家，分期分批在"浙东唐诗之路"沿线开展采访活动，包括绍兴柯桥、上虞、嵊州、新昌、天台、临安、仙居等地，以边采访边创作的形式，围绕"浙东唐诗之路"开展主题创作。

10月21日，臧军一行赴玉环市开展"三服务"活动。台州市委常委、宣传部部长叶海燕，玉环市委常委、宣传部部长杨良强陪同。

10月21日至22日，2020年浙江省基层文学编辑工作联盟会议在宁波举行。来自全省各地的60多位基层文学主编、编辑参加会议。

10月27日，浙江文学馆展陈设计专题研讨会在淳安县千岛湖召开。来自全国的近10位专家与会，中国作协副主席、书记处书记李敬泽，省作协领导臧军、艾伟、曹启文等出席会议。

10 月 30 日，龙港市作协成立大会在龙港召开，省作协副主席、《江南》杂志主编钟求是参加会议。

10 月 31 日，中国当代文学研究会第二十一届学术年会暨会员代表大会开幕式在杭州师范大学仓前校区举行，臧军出席活动。

11 月起，省作协与《文艺报》联手推介 20 位浙江中青年实力作家，《文艺报》以"中国文学中的浙江青年作家方阵"为主题，专版刊发了 4 篇评论：潘凯雄《之江大地上几位"特别能讲故事"者——四位浙江青年作家作品读感》，张燕玲《淡妆与浓抹——关于浙江青年文学的一种描述》，谢有顺《在确定与不确定性之间徘徊》，杨庆祥《青年写作的动力——浙江青年作家简评》。

11 月 1 日，《青年文学》2020 年第 11 期杂志推出"浙江新荷计划作家小辑"，共刊发了高上兴、余静如、谢青皮等 7 位新荷作家作品；今日头条、网易、腾讯、浙江在线等媒体发布了该专辑的消息和评论文章，专辑部分作品被《小说月报》《小说选刊》等转载。

11 月 3 日，中国作协启动"中国一日·美好小康——中国作家在行动"全国作家联动大型文学主题实践活动。我省作家赖赛飞、纪江明分别走进梁弄镇横坎头村、景宁畲族自治县采访。

11月7日，第八届徐志摩微诗歌大赛颁奖典礼暨秋游诗会在海宁鹃湖畔举行。获奖代表、诗人作家和诗歌爱好者共500余人参加此次活动。曹启文参加活动。

11月9日至11日，全国文学馆联盟成立会议在成都举行，浙江文学馆当选为全国文学馆联盟首届常务理事单位。臧军参加会议。

11月10日，《浙江通志·社会团体志·省作协章》在杭州召开的《浙江通志》第十三次终审会上通过终审。

11月12日，"天目山名山公园文学创作基地"在临安天目山挂牌。臧军出席活动。

11月23日至27日，培育网络作家新生代的"新雨计划"第二期培训班在杭州举办。此次培训由浙江省作家协会、浙江传媒学院联合主办，31位网络作家参加了培训。

11月25日至26日，中国作协在浙江长兴举办省级作协行业作协负责人专题研修班。中国作协党组书记钱小芊在专题研修班上宣讲了党的十九届五中全会精神，并对学习贯彻工作提出意见。中国作协书记处书记邱华栋作专题研修班小结。各省市区作协和各行业作协负责同志、中国作协有关部门和直属单位负责同志参加了专题研修班。臧军在会上作学习交流发言。

11月28日，第八届宁波文学周开幕，中国作协副主席李敬泽、浙江省作协主席艾伟以及来自全国各地的40多位作家、诗人、编辑参加此次文学周活动。本次文学周将宁波市民读书节纳入了活动框架，举办了"疫文学快闪诵读"和多场名家讲座、作品分享会，并评选"宁波城市书单"，向市民推介优秀文学作品。

11 月 29 日，由《十月》杂志社和温州市瓯海区人民政府共同设立的"琦君散文奖"第五届颁奖典礼在瓯海区三溪中学琦君文学馆举行。李敬泽的《〈黍离〉——它的作者，这伟大的正典诗人》、祝勇的《故宫六百年》、刘大先的《故乡即异邦》获得"作品奖"，胡冬林的《山林笔记》获"特别奖"。艾伟出席本次活动。

11 月下旬，省作协与《文艺报》合作宣传浙江作家作品，阎晶明、吴义勤等 8 位著名评论家撰写评论，对黄咏梅、祁媛、东君、徐珂等 24 位浙江中青年实力作家作品及浙江文学现象予以评述、综述，刊发在《文艺报》两个整版以及《光明日报》等 7 家报刊。

12 月 3 日至 5 日，2020 年花城文学论坛在花城·莫干山创作基地举行。本次论坛的主题为"'不惑'和'知天命'之间：一代人的精神图谱和文学经典化。"艾伟、何平、张楚、弋舟、路内、付秀莹、阿乙、石一枫、孙频，作为 20 世纪 60 年代至 80 年代的作家代表出席本次论坛。

12 月 6 日，由《人民文学》杂志社、温州市人民政府共同主办的"林斤澜短篇小说奖"第五届颁奖仪式在温州广电传媒集团举行。中国作协书记处书记邱华栋发表视频致辞，浙江省作协党组副书记、二级巡视员曹启文，温州市委常委、宣传部部长胡剑谨等出席颁奖典礼。

12月8日，浙江省网络作家协会第二届理事会第二次会议在杭州召开。臧军出席会议，曹启文主持会议。会上审议通过了《关于延期召开浙江省网络作协第三次代表大会的决议》《浙江省网络作家协会工作报告》等。

12月9日，中国网络作家村第三次村民大会暨"村民日"活动在杭州举行。80余位村民参加活动。中国作协网络文学委员会主任、中国网络作家村名誉村长陈崎嵘出席开幕式。

12月16日至18日，省作协在德清县委党校举办学习党的十九届五中全会精神专题培训班。省作协党组成员以及各地市作协主要负责人、青年作家代表参加了本次培训。

12月18日，浙江省作家协会与咪咕数字传媒有限公司合作，为网络作家自由撰稿人提供体检服务，35位网络作家参与体检。

12月19日，"红船精神"全国网络文学大咖征文活动第三季启动暨《红雨》首发式在嘉兴举行。曹启文出席活动。

12月21日，中国作协"深入生活、扎根人民"主题实践经验交流暨创联工作会议在深圳举行。曹启文作为"深入生活、扎根人民"主题实践先进集体代表进行交流发言。浙江省作协荣获"深入生活、扎根人民"主题实践先进集体称号。

12月28日，《文艺报》专题刊发了对2019年"新荷文丛"

5 部作品的评论文章。

12 月,《江南》杂志开展创刊 40 周年活动。自 11 月初开始,在微信公众号开辟《〈江南〉40 周年特稿》栏目,连续推送作家们回忆《江南》的征文作品。同时,制作创刊 40 周年视频,印制创刊号纪念版。12 月 7 日下午,庆祝《江南》创刊 40 周年座谈会在富阳举行。中国作家协会副主席阎晶明,浙江省委宣传部副部长、省电影局局长葛学斌,浙江省作协臧军、艾伟等有关领导及省内外文学杂志的编辑等 60 余人与会。中国作家协会主席铁凝发来贺词,著名作家莫言、王安忆、李敬泽、阿来、毕飞宇等发来贺信。

文学研讨活动

6 月 5 日上午,浙江长篇小说创作研讨会在杭州召开。省作协主席艾伟主持会议,钟求是、王手、哲贵等近 20 位浙江作家及评论家与会。会上,大家围绕近年来浙江长篇小说创作现状及存在困境,地域文化对长篇小说创作的影响,如何助推浙江长篇小说创作新繁荣等话题进行了广泛的讨论和交流。

6 月 25 日至 26 日,2020 年省作协文学评论委员会年会暨临安作家作品点评会举行。王侃等 11 名知名评论家参加会议。

7 月 15 日,作家傅通先作品研讨会在杭州浙江日报社召开,晋杜娟出席会议。

7 月 15 日,中国作协召开全国新时代乡村主题创作视频会议。会议采用"主会场＋分会场"的形式召开，在浙江分会场中，臧军出席并主持会后讨论，省作协党组班子成员和作家、评论家代表及部分中层干部参会。

8月21日至24日，第六届中国网络文学论坛在内蒙古自治区赤峰市开幕。曹启文参加会议并作交流发言。

10月26日，中国作协定点深入生活作品《金乡》研讨会在苍南召开。中国作协书记处书记邱华栋、浙江省作协党组书记、副主席臧军出席会议，中国作协创联部副主任包宏烈主持会议。来自全国的20余位作家、评论家参加会议。

11月2日至4日，全国网络文学理论研讨会在杭州召开。中国作协党组成员、书记处书记胡邦胜主持会议并讲话。浙江省作协党组书记臧军致辞。网络文学专家学者、知名网络作家、地方作协和网络文学平台负责人及媒体记者等60余人参加会议。

12月4日至6日，浙江省新荷作家交流提升会在杭州湖光饭店召开，来自全省各地的40多位青年作家参加会议，《钟山》杂志主编贾梦玮、《人民文学》杂志编辑梁豪等授课、改稿。晋杜娟出席活动。

12月6日，东君作品研讨会在杭州召开，省作协臧军、艾伟出席会议。吴玄、张莉、张定浩等20余位作家、评论家参与会议。

作家获奖

1 月 20 日，浙江文学院副院长、鲁迅文学奖获奖作家黄咏梅获省政府授予的"2019 年度浙江省有突出贡献中青年专家"称号，省作协副主席、省网络作协副主席管平潮被评为"2018—2019 年度省政协履职成绩突出委员"。

年初，浙江作家蒋胜男入选 2019 年文化名家暨"四个一批"人才（文艺界），李虎（天蚕土豆）入选 2019 年宣传思想文化青年英才（文艺界）。

3 月 19 日，省作协主席艾伟入选 2019 年度浙江省"万人计划"人文社科领军人才。

3 月 17 日，经专家评选，魏丽敏、卢德坤、陈树、陈巧莉、余静如、朱夏楠、曹高宇（余退）、边凌涵、刘传友（尤佑）、胡海燕当选为 2019 年度"新荷十家"。

7 月 14 日，徐磊（南派三叔）、徐衍入选浙江省首批"宣传思想文化青年英才"。

9 月 28 日，中国网络文学排行榜（2019 年度）发布仪式在深圳举行。浙江省 6 部作品上榜。北倾的《星辉落进风沙里》、陈酿的《传国功匠》、管平潮的《天下网安：缚苍龙》、善水的《书灵记》等 4 部作品入围"中国网络小说排行榜"；关心则乱的《知否？知否？应是绿肥红瘦》、南派三叔的《藏海花》入围

"中国网络文学 IP 影响排行榜"。

10 月 13 日，斯继东的《禁指》获郁达夫小说奖短篇小说奖，雷默的《大樟树下烹鲤鱼》获郁达夫小说奖短篇小说提名奖。

11 月 25 日，《扬子江文学评论》2020 年度文学排行榜评选工作启动，黄咏梅发表在《钟山》杂志的短篇小说《跑风》荣获排行榜第一。

12 月 6 日，哲贵获第五届林斤澜短篇小说奖"优秀短篇小说作家奖"。

12 月 10 日，由中国版权协会主办的 2020 年中国版权年会在珠海举行。大会首次公布了 2020 年度最具版权价值网络文学排行榜，陈酿的《传国功匠》、北倾的《星辉落进风沙里》、关心则乱的《知否？知否？应是绿肥红瘦》、南派三叔的《藏海花》、烽火戏诸侯的《雪中悍刀行》入选排行榜。

12 月 19 日，"松山湖·《十月》年度中篇小说榜" 2020 年度榜单揭晓，艾伟的《敦煌》入选。

12 月 21 日，浙江作家哲贵、赖赛飞荣获中国作协"深入生活、扎根人民"主题实践先进个人称号。

12 月 28 日，"2020 收获文学榜"揭晓，浙江省有 4 部作品入选，其中，艾伟的《最后一天和另外的某一天》荣获短篇小说榜首。另有袁敏的《燃灯者》系列入选长篇非虚构榜，陈河的

《天空之境》入选中篇小说榜，哲贵的《仙境》入选短篇小说榜。

文学交流

1 月 7 日至 8 日，"长三角文学发展联盟"年度工作会议在上海召开。浙江、江苏、安徽、上海四地作协相关领导和部门负责人出席会议，上海作协专职副主席、秘书长马文运主持会议，曹启文在会上发言。

7 月 13 日，深圳市文联作协来访，开展交流并座谈。晋杜娟参加座谈。

8 月 27 日至 9 月 3 日，长三角文学发展联盟大运河文化主题创作实践活动在江苏、浙江举行。上海、江苏、浙江、安徽的 40 余位作家从徐州一路向南，到达杭州。此次大运河文化主题创作实践活动旨在引导作家充分挖掘大运河深厚的精神内涵和时代价值，从而创作出一批以大运河为主题的精品力作。9 月 3 日，活动总结会在杭州举行。浙江省作协臧军、曹启文，上海市作协党组书记、副主席王伟，江苏省作协党组成员、书记处书记、副主席汪政，安徽省文联党组成员、书记处书记、副主席林勇出席会议。

9 月 10 日至 15 日，由中国作协主办的"到人民中去"职业道德教育与文学社会服务实践活动在山东临沂举行。浙江作家汤汤、孙玉虎、少封参加活动。

9 月 11 日至 19 日，由省作协机关党委专职副书记、文学馆筹建办主任朱丽军和文学院（馆）副院长黄咏梅带队，浙江省作家代表团一行 10 人赴青海开展"心连心"文学结对交流活动。活动期间，浙江作家与青海省海西州文联（作协）、海西州格尔木市文联（作协）进行了座谈。

9 月 13 日至 20 日，臧军带领浙江省作家代表团一行赴内蒙古阿拉善盟开展文学结对交流活动。其间，代表团与内蒙古阿拉善盟文联（作协）进行座谈交流；台州市作协和阿拉善盟文联（作协）签订友好合作协议；省作协向阿拉善盟文联（作协）赠书。

12 月 12 日，长三角文学发展联盟 2020 年度工作会议在南京举行。会议宣布 2021 年由浙江省作协担任联盟轮值主席单位，并进行了盟旗交接仪式。省作协副主席哲贵代表浙江省作协作讲话。

图书在版编目(CIP)数据

浙江文坛.2020卷/浙江省作家协会编.—杭州：
浙江文艺出版社,2021.9
ISBN 978-7-5339-6563-1

Ⅰ.①浙… Ⅱ.①浙… Ⅲ.①中国文学—当代文学—
文学评论—文集 Ⅳ.①I206.7-53

中国版本图书馆CIP数据核字(2021)第121543号

责任编辑 丁　辉
责任校对 罗柯娇
装帧设计 吕翡翠
责任印制 张丽敏

浙江文坛(2020卷)

浙江省作家协会 编

出版　浙江文艺出版社
地址　杭州市体育场路347号
邮编　310006
电话　0571-85176953(总编办)
　　　0571-85152727(市场部)
制版　浙江新华图文制作有限公司
印刷　浙江海虹彩色印务有限公司
开本　880毫米×1230毫米　1/32
字数　210千字
印张　8.375
插页　2
版次　2021年9月第1版
印次　2021年9月第1次印刷
书号　ISBN 978-7-5339-6563-1
定价　39.00元